ジェネラル・ルージュの伝説

海堂尊ワールドのすべて

海堂尊
Kaidou Takeru

宝島社

ジェネラル・ルージュの伝説

海堂尊ワールドのすべて

はじめてのご挨拶

デビュー三年、上梓した小説は一〇冊になり、「一〇冊書くまでは作家とは名乗らぬ」と言って「物書き」と名乗るモラトリアム時代を過ごしていた私は、ふと気づくと、作家と名乗る資格を手に入れていた。もともと「作家」という言葉の響きには果てしないあこがれがあったが、名乗ってみると、自分が読んできた名作の数々が脳裏に浮かび、私のような者が作家と名乗っていいのかなどという、煩悶の日々が到来したのだった……なんちて。

こんな白々しい台詞に惑わされてはいけません。一〇冊書けば誰でも作家。もはや新人ではありません。そもそも作家稼業では新人扱いでも、四〇代半ばのおっさんがそんなにウブなはずもなく、文壇という実態不明な妖かし領域に足を踏み入れてしまったからには、この世界も傍若無人に闊歩《かっぽ》してやろう、と戦略を練りました。

基本戦略はただひとつ。私の本を手にした読者に「生きてるって楽しい！」と思わせること。夏目漱石一枚とコインを数枚投資してくださった方が、わくわくどきどきカッコイイ！と思えば私の勝ち。明日はテストなのに眠れなかったじゃねえか！と罵られるのは至上の快楽。なので自信作はいつでもどこでも最新作。

人生は誰にとっても自分が主役の群像劇。舞台はひとつ、主役の御仁が別の物語では冴えない脇役に早変わりする回り舞台。みんなひとりひとりに過去と未来があって、脇役人生なんてありえない、ならばそれは虚数空間でも同じこと。そんな私が、これまで言ってきたこと、言えなかったこと、言おうとしたけどやめたこと、などすべてを取り混ぜてごった煮にした、なにやら面妖な本になりました。

もともと私の性質は、既存のパラダイムの破壊者。でもそれは、新しい物を作りたいと願う人間の基本的人格。だから権力にそっぽをむかれ、権威主義者に無視を決め込まれても賞味期限が過ぎた枠組みは壊す。そうでもしないと、いずれ未来を背負う若者たちが、負の遺産を負わされて潰《つぶ》されてしまうから。

前口上が済んだところで本書の中身のご説明。合い言葉は「医療再生・文芸復興」。まず小説は映画化した『ジェネラル・ルージュの凱旋』の中で語られた伝説の物語。救命救急の虎・速水晃一の若き日の戴冠を紐《ひも》解きました。これはまあまともな小説。ヒストリーと自作解説で手の内を晒《さら》し、秘伝を公開した理由はこの世界を豊かにするため。別に私の真似《まね》をしてねという意図はなく、こんなやり方もありなのかという、文学世界の水平線の拡張企画。もしもあなたが何か新しいものを作りたいと思った時には、きっと何かの役に立つはず。そうやって世の中をライバルだらけの密林にして、深き森の奥で咆哮《ほうこう》する。何と贅沢《ぜいたく》なことでしょう。

編集部作成の資料は、執筆を続けていく上での道標。ということは気の利く美人秘書としてあなたの読書の手助けもしてくれるはず。そしてこの世界のことを知れば知るほど、いつしかこの世界が現実世界と同じ実存であることに気づくでしょう。

さて、みなさん、開幕のベルが鳴りました。海堂ワールドへようこそ。

海堂　尊

ジェネラル・ルージュの伝説　海堂尊ワールドのすべて †

目次

監修・執筆　海堂尊
編集　下村綾子、大住兼正(宝島社)／
森晶磨、小牧昌子(ミック&モリソンデザイン)
協力　清水一範
デザイン　中川まり(SINN graphic)
イラスト　アルマジロひだか、市川香苗
DTP　株式会社明昌堂

Novel

ジェネラル・ルージュの伝説

『ジェネラル・ルージュの凱旋』から遡ること15年――
のちに〈将軍〉と呼ばれるその男・速水晃一は、
まだ世界を知らない新人外科医だった。
"伝説"の始まりを描く、ファン待望の書き下ろし!

01

一九九一年十月二十日　火曜日　午前十一時
東城大学医学部付属病院

　金属製のソファに寝ころび腕枕。高い空を見上げていると、どこまでも吸い込まれそうになる。凍えた青空には刷毛《はけ》で掃いたように、層雲が塗りつけられている。

　目を閉じる。冬の気配が混じった強風に、血しぶきが一条飛び散った白衣の裾《すそ》がばさばさとはためく。遠くから見ると、それはまるで祝日の国旗のように見えたかもしれない。もちろん、今日は祝日ではない。十月下旬の平日、火曜日の午前十一時だ。

　小高い桜宮丘陵《さくらのみや》のてっぺんに完成した十三階建ての白亜の新病院。一昨年完成し、大々的にこけら落としをした建物のその屋上は、たぶん桜宮市で一番空に近い場所だ。

　桜宮市街を見下ろす東城《とうじょう》大学医学部付属病院の屋上の、さらにその上に設置された貯水タンクのそのまたてっぺん。なだらかな曲線を描く頂点に寝ころぶことは、とてつもなく不安定だが、一カ所だけ少し窪《くぼ》んだ場所があり、そこに身体を預けると奇妙に安定する。

　男は、タンクの縁から垂れ下がった両足をぷらぷらと揺らす。その様は、ヤジロベエがその腕を縁から大きく乗り出しているのに似ていた。身体はふらふら揺れていて、今にも落ちそうに見えるのに、いくら揺れても落ちない。不安定の中の安定。

　足下を覗《のぞ》き込めば、十三階下の前庭に直行する。気の弱い人間なら、そこに立つことすらできないだろう。うっかり足を踏み外せばまっさかさま、そうなったら翌朝の新聞は、地方版の小さな囲み記事で『仕事に疲れた研修医の自殺』と報じるに違いない。

風がごお、と鳴った。その瞬間、男はがば、と上半身を起こす。

「やばい」

すい、と立ち上がると、給水タンクの縁でバランスを崩す。「おっと」

ゆらりと身体を揺らしバランスを取り戻す。真下に小さくマッチ箱のような車が見える。男は一瞬ぶるりと身体を震わせるが、すぐに傲然《ごうぜん》と胸を張る。

タンク横に張り付いた排水パイプをするすると伝って屋上の地平に降り立つ。屋上は十四階。手すりからひらりと身を乗り出し、虚空にダイブ。鉄棒で回転する要領でぶらさがり、長身の身体を一階下の窓枠にすべりこませる。

屋上のひとつ下の階、つまり病院最上階は病院長室だった。その窓はなぜかいつも開いていて、しかも火曜日のこの時間には病院長は不在だということを男は知っていた。なぜなら男は、佐伯《さえき》病院長率いる総合外科の新米医局員だったからだ。男は無人の病院長室の赤絨毯《じゅうたん》を踏みしめ、堂々と扉を開け放つ。まるでその部屋の主であるかのように胸を張り、大股《おおまた》で部屋を後にした。男の背で、重厚な総欅《けやき》造りの扉がゆっくりと閉まる。

ホールへ直行し、呼び出しボタンを押すと、三台並列のエレベーターが一斉に上昇し始める。一台は最上階十三階を通り過ぎRマークの屋上へ。他の二台が扉を開く。男はその一台に乗り込みボタンを押す。壁にもたれた男の胸には『速水《はやみ》晃一《こういち》』というネームプレートが光っていた。

病院長室から堂々と遁走《とんそう》した速水とすれ違ったエレベーターの扉が、屋上で開いた。中から小柄な白衣姿の女性が飛び出してきた。澄んだ声が屋上に響く。

「速水先生、どこですか。いるのはわかってるんですよ」

切り揃《そろ》えた黒髪の上にナースキャップがちょこんと載っている。視線を左右に揺らし、あちこちを探索する。その様は小鳥のように軽やかだ。屋上を捜し終えた女性は小さくため息をつく。

「また逃げられちゃった。猫田《ねこた》主任のカンが外れるはずないもの。あーあ、怒られちゃう。本当にいい迷惑だわ、速水先生って」

女性は『花房美和《はなぶさみわ》』と書かれた胸の名札を、細い指で弾く。名札の下の胸ポケットに忍ばせた一本の赤いルージュの、固い容器が指先に触れる。

白衣のスカートの裾を揺らし、花房美和は屋上から姿を消した。

誰もいなくなった屋上に、風が鳴っている。

花房はフットスイッチにそっと足を差し入れる。扉が開く瞬間の緊張に、いまだに慣れない。一歩足を踏み入れればそこは手術室と地続きのＩＣＵ、神聖な清潔区域の一画なのだから。

新病院に移って二年目、花房が看護婦になって三年目。おどおどしていた花房もすっかり中堅どころとなり、猫田主任と共に、今年開所したＩＣＵのスタッフになった。看護婦不足の折り、手術場との併任という不規則な雇用状況だ。前任者の藤原《ふじわら》婦長は厳しい指導で有名だったが、不思議と花房には穏やかに接してくれた。何かというと五歳上の猫田主任が藤原婦長の神経を逆撫《さかな》でしていたため、花房に対する扱いが相対的によくなっていたのだ。だが猫田は、藤原婦長の叱《しっ》責《せき》をのらりくらりとすりぬけ、今日まで無事生き延びていた。気がつくといつも、その場にぼんやり佇《たたず》む花房にいきなり後始末が振られる、という毎日だった。

それが今年になって風向きが変わった。婦長の人事異動があり、藤原婦長は佐伯外科と称される総合外科の婦長に、その代わりに手術室・ＩＣＵのユニットの看護婦長には松井《まつい》婦長が赴任してきた。几帳面な松井婦長は、ずぼらな猫田主任にさっそく目をつけ、ことあるごとに注意するようになった。それは神経質すぎるようにも思えたが、中立的に考えれば上司としてごく当然だ、とも言えた。何しろ松井婦長の小言の八割は「勤務時間中に昼寝をしてはダメ」というものだったのだから。

強まる監視網の中、それでも猫田はひらりひらりと地雷をかわし、昼寝《シエスタ》を取り続けた。その被弾回避のために差し出される人身御供、それが花房だった。何かあると、猫田は花房に丸投げする。生真面目で、猫田評価では〝ややトロい〟花房は、いつも猫田のとばっちりを受けていた。

今日の顚末《てんまつ》もそのパターンだった。ＩＣＵの定期オーダー漏れを松井婦長から指摘された猫田主任は、すかさず後始末を花房に振った。

「あら美和ちゃん、今朝は速水先生の回診についていたよね。あの時、どうしてオーダーをもらわなかったの？」

このひと言で、花房は速水を捜しにＩＣＵ病棟を飛び出す羽目になったのだ。

速水が勤務中に屋上でサボっているらしい、というのは東城大学医学部付属病院ではウワサの種だった。天下の佐伯外科の一年坊が勤務中に堂々とサボるなど前代未聞だったので、ウワサはまたたく間に病院中を駆けめぐった。

思い当たる場所をあちこち捜したが結局速水を見つけられなかった花房は、しかたなく猫田主任から示唆された屋上へ向かった。これまでも幾度か屋上に捜しにいったことはあるが、いつも空振りだった。屋上で速水がサボっているというウワサは、ナマイキな速水に対する反感の表れかもしれない、と花房はちらりと考えた。

火曜日は佐伯外科の手術日なので、ICUオーダーは手術前に出されていなければならない。そして術中は一年生研修医が留守番役のオーダー係として、臨時オーダーに対応する。一年生でも医者は医者、面倒でもいちいち彼らの指示を仰がなければ物事は進まない。指示簿に処方箋《しょほうせん》を書けるのは医者だけなのだ。

一年生医師と比べれば、熟練看護婦の方が知識は豊富だし的を射ていることも多い。だが看護婦にはオーダーを出す資格はない。だから看護婦は新人医師を操り人形のように扱い、必要なオーダーを出させる。だが、いつまでたっても医師に向かってオーダーを催促できない気弱な看護婦も、もちろんいる。

四年目の花房は、ちょうどその橋を渡れるかどうかの分岐点にいた。オーダーを出す実力は身についていたが行なう度胸がない、いわばブルペンエース。しかも花房はツイていなかった。その権利を行使できる状態になった時、入局してきたのが超問題児・速水晃一だったからだ。ベテラン看護婦さえ扱いかねる規格外の新人医師を、気弱な花房が御せるはずもなかった。

花房はため息をついて、ＩＣＵの扉を開ける。

「すみません、屋上まで捜してみたんですが、速水先生は……」

言いかけて花房は、あんぐり口を開けた。生真面目な表情で温度板にさらさらとオーダーを書いていたのは、自分がたった今、わざわざ屋上まで捜しにいった速水晃一その人だったからだ。

速水はちらりと花房を見ると、微笑《わら》う。

「俺が何か？」

花房は目を見開き、速水を見つめた。その後ろで猫田主任が大あくびをしながら呟《つぶや》いた。

「本っ当にトロい子ねえ」

速水は猫田に言う。

「花房さんは普通の看護婦さんです。猫田さんとは違いますよ」

猫田主任は目をうっすらと開けて言う。

「すばしっこさばかり鼻にかけてると、いつか痛い目に遭うわよ」

速水は胸を反《そ》らして答える。

「ご心配なく。速度はすべてを凌駕《りょうが》するもんです」

自分を置き去りにして成立している会話に苛立《いらだ》つように、花房が会話に割って入る。

「今週は佐伯総合外科は手薄なんですから、速水先生もサボらず働いてください」

猫田主任から受け取った注射筒をラインに注入しながら、速水はぼそりと答える。

「だからこうやって看護婦さんのオーダー通り、手足となり働いているでしょ」

猫田がすかさず言い返す。

「看護婦はオーダーできませんよ。これは手術中の世良《せら》先生からの指示です」

「でも看護婦さんが必要だと思ったから、手術中の世良先生にわざわざ臨時オーダーをもらいにいったんでしょう？　それなら看護婦のオーダーだ」

猫田主任は速水を見つめて言う。

「口が減らない先生ね。これは本来、留守番役の先生が出すべきオーダーなの。速水先生がどこを捜してもいらっしゃらないから、看護婦が臨時オーダーをもらいにいったんですよ」

速水は肩をすくめて、ため息をつく。

「医局のみんなは東京へ出張中だから、手術に入るチャンスだと思ってたのに、黒ナマズはしっかり残ってるし、世良先生は相変わらず小姑《こじゅうと》みたいに医局を仕切ってるし。これなら佐伯教授が主催する国際外科学会に連れていってもらった方がよかった」

花房が顔を上げて、抗議する。

「黒崎《くろさき》助教授がいらっしゃらなければ、佐伯外科は完全停止です。ＩＣＵがつつがなく動くのだって、世良先生が支えてくださるおかげじゃないですか」

速水はいたずらっ子の小学生のように花房を混ぜ返す。

「ごめんごめん。花房さんの前では世良先生の悪口は御法度だよね」

真っ赤になった花房はうつむいてしまう。猫田主任がうっすらと目を開く。

「あたしが教授なら、速水先生は絶対に東京に連れていきますけどね」

速水は驚いたように、顔を上げる。

「俺が猫田さんにそんなに評価されてるなんて思わなかった」

猫田はうっすらと笑う。

「だって留守番に残しても全然役に立たなそうだし、それどころか何をしでかすかわからないし、あたしなら無理矢理連れていって、自分の手元で監視してますよ」

速水はむっとして猫田を見て、ぶっきらぼうに言う。

「セデーションの追加オーダーとラシックス静注、抗癌《がん》剤の静注は終えましたけど、他に何か雑用はありますか」

「とりあえず、今のところはありません。ＩＣＵ病棟は落ち着いています」

速水は白衣の裾を翻し、部屋を出ていこうとする。その背中に花房が問いかける。

「速水先生、どちらへ？」

速水は一瞬足を止めると、振り返らず答える。

「隣のオペ室。手術の外回りを手伝ってきます」

すかさず猫田が言う。

「お珍しい。速水先生は外回りなんて大嫌いだとあちこちで言いふらしているというウワサなのに。退屈だ、退屈だと触れ回っては、先輩からこっぴどく叱《しか》られてるんでしょ」

速水はちらりと猫田を振り返り、ひとこと答える。

「そりゃ、オペの外回りなんて退屈で死にそうですよ」

それからぼそりとつけ加える。

「それでも病棟の雑用よりマシです」


速水がフットスイッチを蹴り抜く。金属製の扉が開く。無影燈の強力な光が、手術室をのっぺりした空間に塗り変えている。

第一手術室では、青い術衣姿の三人の医師が手術台を取り囲み、黙々と作業をしていた。速水は紙マスクを口にあてがいながら足台を蹴り押し、青い術野の中、見学するには一番の特等席であり、参加するにはもっとも末席である麻酔医の隣に陣取った。

術者が顔を上げずに、言う。

「病棟をカラにするな、速水」

マスクの奥で速水が答える。

「すみませんでした、世良先生」

それから身を乗り出し、術野を覗きこむ。

「まだネッツの剝離《はくり》か。よかった、間に合った」

「お前は外回りだ。手術を見たいなら黙って見学してろ」

前立ちの黒崎助教授の重々しい言葉が、がらんとした手術室に響いた。速水は肩をすくめて、一等地から術野を見下ろす。手術を見ながら、研修医・速水の指はメッツェンの動かし方を何度も空間で模倣していた。

その時、術野の端っこの一年、第二助手の松本《まつもと》の身体がぐらりと揺れた。

「松本、スピッツを利かせろ」

術野の外枠から手を伸ばした松本は、世良の叱責に一瞬、身を伸ばす。しかしすぐにぐらぐらと身体を揺らし始める。黒崎助教授は舌打ちをする。

「何だ、さっきから。しっかりしないか」

世良は前立ちの第一助手、黒崎助教授に言う。

「黒崎先生、松本はゆうべの当直で救急外傷をＩＣＵで一晩中ウオッチしてたんで、限界かもしれません」

術者の世良はちらりと速水を見つめて続ける。

「助手を速水に交換していいですか」

黒崎助教授は顔を上げ、研修医・速水を見た。目の奥に瞬間、不愉快そうな光がよぎったが、マスクの奥で嚙《か》み殺した言葉を吐き捨てる。

「お前がそうしたいのなら、そうすればいい。手術の決定権は術者にあるのだからな。だが、ひとつだけ忘れてくれるなよ。手術時の全責任は術者が持つことになるんだぞ」

世良は顔を上げずに黙々とコッヘルの受動術を行なっている。やがてぽつりと言う。

「聞こえなかったのか、速水。何ぐずぐずしてるんだ、とっとと手洗いしてこい」

「その言葉、待ってました」

たしなめようと顔を上げた世良の視界に、もう速水の姿は映っていなかった。

元第二助手の松本は手術室の片隅に腰を下ろし、抱えた膝《ひざ》に頭を載せている。眠りたくても眠れない様子だ。疲労が強すぎると、眠れずにただ呆然《ぼうぜん》としてしまうものだが、昨晩から緊急手術とそのウオッチを続けて徹夜状態だった今の松本は、まさにそんな状態だった。

銀色の扉が開く。速水が颯爽《さっそう》と入場し、当然のような顔で第二助手の指定席、高みの特等席に就く。手渡された金属製スパーテルを術野に当て、びしりと背筋を伸ばした。

世良がぽつりと言う。

「お。いいな。術野が広い」

すぐさま黒崎助教授が言い返す。

「第二助手としての当然の業務だ。やたらおだてても、将来コイツが苦労するだけだぞ」

世良は顔を上げ黒崎助教授を見たが、何も答えなかった。

手術は黙々と進み、いよいよ佳境にさしかかった。

手術は胃幽門部切除術。ごく一般的な胃癌手術だ。難易度でいえば五段階中の三番目。普通の外科医ならこなせて当然の手術だ。

速水が手術に入り、一番重要な部分にさしかかった世良の集中度が高まったのか、器械出しの看護婦に世良がオーダーを出すテンポが上がる。

「メス、ペアン、ペアン、3《サン》－0絹糸《ゼロけんし》、メッツェン」

やがて世良の声がぴたりと止み、滑らかだった手の動きを止めた。静寂が手術室を覆った。

前立ちの黒崎助教授と第二助手の速水は顔を上げ、不思議そうに世良を見つめた。

世良は、第二助手に徹している速水に声を掛けた。

「速水、左胃動脈結紮《けっさつ》、やってみるか？」

「え？　いいんですか？」

世良の向かいで術野を見守っていた黒崎助教授が顔を上げる。

「本気か？」

術者・世良はうなずいた。

速水は嬉々《きき》として第二助手の席を離れた。入れ替わりで速水の席に就こうとした世良を、黒崎助教授の低い声が押しとどめる。

「術者が第二助手と交代するのはおかしい。私が交代しよう」

「でも、黒崎助教授に第二助手をさせるなんて」

「構わん。こんな茶番のとばっちりは御免蒙《こうむ》る。世良、繰り返すが、術野で起こった事態はすべて術者の責任だぞ」

世良は黒崎助教授を見つめ、マスクの奥でにっこり笑う。

「黒崎先生に術者の代理としての前立ちをお願いしたりすることは、かえって失礼でした。申し訳ありません」

「何、ごちゃごちゃ言っているんですか。俺が左胃動脈結紮を行なうのはまだ早い、とでも？」

黒崎助教授は首を静かに振る。

「早いなどという生やさしい表現では追いつかんな。危険だ、と警告してるんだ」

速水は鋭い視線で黒崎を射抜いた。

「やらせもしないで評価するなんて不当だ」

黒崎助教授は顔を上げ速水をにらんだ。それからそっぽを向いてしまった。

速水は世良に、尋ねた。

「結局、俺はどこに行けばいいんですか？」

挑発的な匂いを含んだ速水の言葉に、世良はひとこと言う。

「術者をやれ、と言っただろう」

その言葉をきっかけに、世良と黒崎助教授は同時に動く。黒崎助教授が速水のいた第二助手の席へ。そして世良は黒崎がいた前立ちの位置へ。速水の眼前には手術室の玉座、術者席がぽっかりと口を開けた。

主賓席にためらいなく就いた速水を見ながら、世良はかつてベッドサイド・ラーニングで速水のグループを教えた時のことを思い出した。

「あいつは、どこにいても主役にしかなれない男なんです」

――あれは確か、血が大嫌いな田口《たぐち》クンのセリフだったかな。

世良の胸に、速水に左胃動脈結紮を持ちかけたことを後悔する気持ちがかすかによぎった。それから自分がベッドサイドで教育した結果、学生のうちに外科との決別を決意した学生、田口が神経内科学教室に入局したというウワサ話を思い出す。

術者の座に就いた速水は、ためらうことなく器械出しの看護婦に命ずる。

「３－０絹糸ロング、長ペアン付きで」

その軽い口調に黒崎助教授が待ったをかける。

「ちょっと待て、速水、お前は左胃動脈結紮の意味を本当にわかっているんだろうな」

速水は顔を上げる。黒崎助教授の目を見つめたまま、短く答える。

「左胃動脈とは大動脈から直接分枝する腹腔《ふくこう》動脈の第一分枝で、胃幽門部切除術では一番大動脈に近い血管です。この結紮をしくじれば大動脈損傷に等しく、術死しかねません」

黒崎助教授は速水を見つめ返した。速水は続ける。

「佐伯外科では、左胃動脈結紮ができれば、胃幽門部切除術の術者になれる技量があると見なされます。つまり一人前の外科医と認められるわけです」

黒崎助教授はまじまじと速水を見つめた。やがてぽつんと呟く。

「ことの重大さがわかっていれば、それでいい」

速水はうなずき、滑らかな動作で長ペアンの先端を患者の腹部の最深部に沈める。糸の先端を切離した左胃動脈断端を把持している別の長ペアンの先に通す。それから糸の両端を持ち、鮮やかな手つきで二回ひねり、手元で作った結び目をしなやかな人差し指の指先ですい、と身体の深部に送り込む。力みもなく二度、力をこめると、あっさり言う。

「長ペアン、もういっちょう。それと糸付きも」

結紮した左胃動脈断端の末梢《まつしょう》をもう一度長ペアンで摑《つか》み、糸を身体の深部に走らせる。二重結紮だ。

世良は滑らかな速水の動作をじっと見つめている。その目には、いくら努力してもたどたどしくしか糸結びをできなかった、かつて一年生だった頃の自分の姿が二重写しに重なって見えていた。そのスピードは軽自動車とF1くらい違っているように思えた。

「メッツェン」

手渡された金色のハサミで、身体の奥で結ばれた二組の糸を切離する。速水はその糸を高々と背後に投げ捨てた。

「左胃動脈結紮、終了」

速水は身体を後ろに引き術者席を離れると、ふたりの先輩医師が啞然《あぜん》とする中、宣言する。

「任務終了、第二助手に戻ります」

我に返ったように、世良は前立ちのポジションから術者席に戻る。黒崎助教授は、やはり第二助手の高台からゆっくりと前立ち席に復帰しながら、ひとことたしなめる。

「速水、そういう指示は術者が出すものだ。下っ端が出しゃばるな」

速水は涼しく答える。

「左胃動脈結紮の瞬間は俺が術者です。なので僭越《せんえつ》ながら諸先輩方に指示させていただきました。こうでもしないと、俺が最後までやっちゃうことになりますよ」

世良は黙って速水を見つめた。それから静かに言う。

「速水先生、ご苦労さまでした。引き続き胃幽門部切除に入ります」

手術を終えた患者の搬送に付き添って一年生の速水と松本が手術室から姿を消す。器械出しの看護婦も麻酔医も姿を消し、手術室には世良と黒崎助教授が残った。

紙マスクをひきちぎりながら、黒崎助教授が世良に言う。

「さっきのアレは何だ。若手に機会を、などとほざく高階《たかしな》の真似事《まねごと》のつもりか。それなら東京にお伺いでも立てるんだな。今頃は帝華《ていか》ホテルのスイートルームで、学会事務局長様でございい、とふんぞり返っているだろうよ」

世良は黒崎助教授を見つめた。そして答える。

「とんでもない。総合外科流のスパルタ教育です。いや、そのつもりでした。失敗させて外科の厳しさを叩《たた》き込むつもりだったんです」

黒崎は黙り込む。世良はぽつんと続けた。

「天才って、本当にいるんですね」

黒崎助教授は世良を怒鳴りつける。

「いいか、今の言葉、教室員の前では二度と口にするんじゃない。ただでさえあの生意気な小坊主は、医局を引っかき回している。そんな評価を若手の筆頭のお前が言ったなどとわかれば、さらに図に乗る」

部屋を出ていこうとした黒崎助教授は、振り返って言い放つ。

「そうなったら、あたら才能を腐らせる。渡海《とかい》の二の舞だ」

三年前にこの医局を去った手術室の悪魔、渡海征司郎《せいしろう》の後ろ姿を、世良は思い出した。

02

一九九一年　十月二十日　火曜日　午前十一時
城東デパート屋上

灰色のコンクリートが剝《む》き出しの屋上で、風が鳴っている。一段高いステージから見回すと、百円で三分間動くパンダとゾウがぽつんと設置されている。隣には赤と青のゴーカートが、はげかけたペンキで塗られた柵の中に放牧されている。客席には三人掛けのベンチが並んでいる。ベンチの端では母親が女の子にアイスを食べさせている。他に誰もいない。母親は風で乱れる幼い娘の髪をいちいち撫《な》でつける。女の子は震えながらアイスを食べる。

水落冴子《みずおちさえこ》は、フリルつきの真っ赤なミニスカートを手にして考える。一生懸命アイスを食べているあの子なら似合うけど、あたしに似合うはずなんて、ないのに。

顔を上げて、マネージャーの小堀《こぼり》に尋ねた。

「こんな短いスカート、どうしても穿《は》かなきゃいけないの？」

「新人アイドルは何でもやらなくちゃ、ね。ステージがあるだけありがたいのよ」

立てた小指を頬《ほお》に当て、オカマ風の小堀が野太い声で答えた。

「あたしって、アイドルなの？　コスチュームとかの件は、事務所と話がついてるでしょ」

寒風吹きすさぶ中、両肘《ひじ》を抱え震える。デビュー一年。時々魅力的な表情をする年齢不詳の歌手。それが冴子の評価だった。誰もが振り返るくらい可愛《かわい》いかと尋ねれば、誰もが言葉を濁す。冴子に似合うのは原色の赤いミニではなく、膝が抜けたジーンズだ。

——ルックスより歌唱力で勝負。だってあたしは歌手だもの。

歌声に耳を傾けてくれる人がひとりでもいればいい。もちろん冴子だって、いつかは武道館を観客でいっぱいにしたいという、野心に似た夢を見ないわけではない。でも、だからといって目の前の小さな舞台をバカにする気持ちはさらさらなかった。ただ、このひらひらのミニスカートを着て舞台に立つことは、また別の話だ。

マネージャーの小堀は首を傾《かし》げて言う。

「ごめんなさいねえ、冴ちゃん。これは事務所じゃなくて依頼主の希望なの。無理ならステージをキャンセルする？　あんたは自由。だから好きにして。でも、はっきり言うけど、ここをドタキャンしたらこの先仕事はひとつも入ってこなくなるからね」

老舗《しにせ》・城東《じょうとう》デパートの開業三十周年記念行事の一環として、冴子に舞台の声がかかったのは二ヶ月前。四年前、デビュー・シングルがオリコンチャートの一番下に顔出しした時は事務所も冴子の売り出しに力を入れた。だが半年後、二曲目のシングルの売り上げが芳しくなく、事務所の主力商品のラインナップから外れた。以降、地方巡業のような細かい仕事を割り振られた。

坂道を転がり落ちる石ころのように、冴子の環境は悪化した。最初のマネージャー小林《こばやし》は遣り手で密かに憧《あこが》れていたが、ドサ回りになったとたん小堀に代えられた。

——小堀さんも、悪い人ではないけど。

男性アイドルグループの元マネージャー・小堀は、仕事がトロくて交代させられた。これは表向きで、実は一目でわかるオカマ系でアイドルグループのひとりが毛嫌いし交代させられたのだ。小堀本人がこぼしていたから間違いない。つまり小堀はゲイなので、冴子にとっては完全な安全牌《パイ》で、万一も間違いは起こらない。そこだけはプラス材料だ。

——あたしは歌を歌いたいだけ。どうして自分らしくない格好をしなくてはならないの。

主力商品の地位を失った冴子はついでに小反乱を起こし、今後はアイドルの格好はしないと宣言した。事務所はあっさり、その宣言を黙認した。なぜなら冴子には、もはやアイドルとしての商品価値がなかったからだ。経済原則優先のプロダクションが、自分に無関心なのをさいわい、冴子は自由を手に入れた。代わりに事務所のバックアップはいっそう低下して、ほとんどゼロになった。

今、冴子の目の前に、ひらひらフリルの真っ赤なミニスカートが揺れている。それはたぶん一枚のチケットで、そこには「アカルイミライ」と行き先が印刷されているに違いない。だが冴子は知っていた。切符を裏返せば、ピエロの絵が描いてあり、吹きだしに「カモネ」と書かれているということを。

——明るい未来、かもね。

真っ赤なミニスカートを床に叩きつけ、この場を去りたかった。

——何よ、桜宮なんて。名前はしゃれてるけどただの田舎町じゃないの。

冴子は黙って、差し出されたミニを受け取った。小堀は笑顔で言う。

「やるわよね。だって冴ちゃんは歌手。ステージで歌えるなら何だってするんだもんね」

瞬間的に燃え上がった屈辱感と、明日は舞台で歌えるという恍惚《こうこつ》感が入り交じり、フリルのスカートを握りしめた冴子は、自分の感情を見失う。


強い風が吹き抜ける。顔を上げると、若い男性の一団が現れていた。総勢五人、カラフルな服装が、風吹きすさぶ灰色の屋上を一瞬で華やかな彩りに塗り変えた。

アイスを食べていた女の子が、母親と一緒に、わあ、という表情で彼らを見つめる。

髪をハリネズミのように立てた男がキンキン声で言った。

「ちぇー、ちぇー、デパートの屋上なんて、やっぱこんなもんじゃん」

鼻ピアスから金鎖を垂らした男が、言葉を聞かなかったかのように言う。

「あ、ゴーカートだ。やろうぜやろうぜ」

「ち、ガキだな、キーボーはよ」

ひとりだけ背広姿の社会人風の男性が、落ち着いた声でたしなめる。

「はしゃぐな。今夜のライブがはねたら明日は完全オフにしてやる。だが今はダメだ。会場入りしてリハーサルが先だ」

「ちぇー、場末の飲み屋ライブなのにリハ、やんのかよ。そんなのいらなくね？」

ハリネズミ男・ハリーの提案を背広男はあっさり却下する。

「知らないだろうが、今夜の店『黒い扉』は、ビッグなアーティストが無名時代に一度はライブをやっている伝説の名店だ。絶対に手は抜くなよ」

ハリーが、黒い革ジャンを着込んだ細身の男に話しかける。

「さっきからやけに静かじゃんよ、ザック。ここってお前の生まれた街なんだろ」

黒い革ジャンのザックは、ポケットに手を突っ込んだまま答える。

「ああ、退屈な街だよ」

「で、お前んち、ここから見える？　病院なんだろ？」

ザックはベースのケースを肩から外し、金網によりかかりながら、うなずく。

「目立つ病院だから、すぐわかる。でもお前にゃ教えてやんねえよ」

「何でだよ、意地悪言うなよ」

「教えたら乱入するつもりだろ。俺は親父に勘当されてんだよ。迷惑だってえの」

ハリネズミ男は肩を落とす。

「だってよ、お前の妹たちは美人で頭も気立てもいいっていつも自慢してたろ」

「いつも、じゃない。一度口を滑らせただけだ。毎回毎回お前が繰り返すから、いつもみたいに思えるだけだ。しくじったぜ。……あれ、どうしたの、コバちゃん？」

いつも冷静に場を取り仕切り、暴走するメンバーの会話を調整する小林マネージャーの沈黙に、ザックは顔を上げる。小林マネージャーの視線は舞台上に注がれていた。

「冴子……」

小林の呟きにザックは視線を走らせる。舞台の上にはくたびれた背広を着た貧相な小男と、質素なジーンズ姿の若い女性が佇んでいた。

03

一九九一年十月二十日　火曜日　午後五時
ライブハウス・黒い扉

「するとコバちゃんは、売れなくなった冴ちゃんをあっさり切り捨てたわけね。ひどいヤツだね。でも俺たちも寸前さ。ガチのパンク・ロックで『スカラベの涙』みたいにキッチュなタイトルで押し通してきたけどそれで売れずに三年、次の曲が当たらなければもうお払い箱だぞって脅されてた。でもそこで一発、思い切って清水の舞台から大ダイブ、路線を変えて逆転大ホームラン、それでもってファンキーでルーズな『波乗りトロピカル』が大ヒットしたってわけ」

その曲は冴子も耳にしたことがあった。この夏、軽薄な歌詞が街角の有線放送から溢《あふ》れていた。冴子はうなずきながら、メンバーを見回す。

「あ、俺、ハリネズミのハリー。ボーカルで本名はヒミツ。何で俺がリードボーカルかっつうと、見ておわかりの通り、ルックスの勝利ってわけ。くすくす。あ、こら、ここは笑うところだぞ、冴ちゃん。でもってコイツはドラムの久保《くぼ》でボギー。でベースの城崎《しろさき》がザック。鼻から鎖を垂らしてるキーボーはまんまキーボードの木村《きむら》っつうの。なめてるよな、俺たち。こんな連中ばっかで、バタフライ・シャドウ、なんてさ。ほんとサイコー、コバちゃんのネーミングはよ」

ハリーの饒舌《じょうぜつ》は続いた。

「でもって俺たちの本当のサウンドは、ロック八、バラード二のぎんぎんのオン・ザ・ロックさ。グルーピーを熱いロックでぎんぎんに燃やし、ひんやりとバラードで酔わせてイン・ザ・ベッド。なに？　バラードが入ったらオン・ザ・ロックじゃない？　冴ちゃん頭切れすぎ。全然酔ってないね。飲んで飲んで」

ハリーは一息で水割りを飲み干す。ひとことも口を利いていないのに、いつの間にか会話のあいづちを打ったことにされて、冴子は戸惑う。

「もうそのくらいにしておけ、ハリー。本番前だぞ」

小林マネージャーの低い声に一瞬、場が静まる。

午後五時半、開店前のライブハウス・黒い扉。八時からの『バタフライ・シャドウ』のライブチケットはソールド・アウト。二時間後、この店は満員になる。

目の前の薄い水割りを口にしながら冴子は考える。

——なんであたし、こんなところにいるんだろ。

隣で烏龍茶《ウーロン》を飲んでいる小林を見る。かつてのマネージャー、そして密かに憧れていた男。今のマネージャー、オカマのコボちゃんと見比べる。小堀は、若く綺麗《きれい》な男の子たち、バタフライ・シャドウの面々に囲まれご機嫌だ。水割りを作ったり灰皿を交換したり、キャバ嬢さながらのサービス振りだ。

——あんた、いったい誰のマネージャーなのよ。

ハリーが煙草をくわえると、すかさず小堀がライターで火を点ける。満足げな表情でハリーが紫煙を吸い込もうとした瞬間、後ろから小林が煙草を取り上げ灰皿に押しつける。

「何度言ったらわかるんだ。ボーカルは喉《のど》が命。禁煙は絶対命令だ」

「へいへい」

ハリーは肩をすくめる。その様子を見て冴子はうつむいた。それまで黙って座っていたザックが立ち上がって言った。

「んじゃ、リハ、一発行っとこうか。でないとコバちゃん、切れそうだし」

メンバーはザックの言葉に腰を上げた。

その時、甲斐甲斐《かいがい》しくテーブル回りを整えていた小堀マネージャーが、突然立ち上がると直立不動の姿勢を取った。腰を直角に折り、深々とお辞儀をする。

「バタフライ・シャドウのみなさん、お願いがあります」

メンバーは動きを止めた。小堀は続けた。

「明日、冴子のライブがあります。そこで一曲だけ共演してやってくれませんか」

小堀の深々としたお辞儀を見つめ、メンバーは上げかけた腰を再び下ろす。ハリーが、小堀を呆然と見上げる冴子に話しかける。

「冴ちゃん、ライブやるんだ。せっかくだから見に行っちゃおうかな。俺たちは明日、完全オフだし。会場はどこ？　まさか、ここときか？」

小堀マネージャーがお辞儀の姿勢のままで答える。

「先ほどの城東デパート屋上特設ステージ、午後四時開演です。どうか、なにとぞ」

ハリーが小堀の下げた顔を覗き込んで言う。

「こりゃいい。あのお子ちゃまのミニミニ遊園地、デパオク（デパート屋上）かよ」

メンバーは一斉に笑い出す。キーボーは手を打って、鼻から垂らした金鎖を揺らしながら笑い転げている。黒装束のザックだけは黙って冴子と小堀を、無表情で交互に見つめている。小堀は繰り返す。

「冴子にとって、これはラストチャンスなんです。みなさんの飛び入りがあれば客が呼べます。客さえ呼べれば、冴子の歌声はみんなを納得させられる」

小堀の、なりに似合わない唐突な熱弁に、バタフライ・シャドウのメンバーは押し黙る。彼らもまた、つい最近まで売れない時代を経験しているので、小堀の熱い訴えには共感するところがあるのだろう。

場に沈黙が流れた。静寂を破ったのは、小林マネージャーだった。

「同じ事務所だし、冴子は昔私も手がけたことがあるし、協力したいのは山々だが、彼らもハード・スケジュールでね。完全オフは三ヶ月ぶりだ。マネージャーとしてはゆっくり休ませてやりたい。メンバーの体調管理も重要な業務なんだ」

「わかっています。でもそこを何とか。ほら、お前も頭を下げろ」

小堀が冴子の頭を押さえつける。冴子は形だけ頭を下げる。

時計の秒針が一周し終えた頃、小林マネージャーがぽつんと言う。

「悪いが、無理だ」

バタフライ・シャドウのメンバーは顔を見合わせた。重苦しい沈黙が続いた。

涙がこぼれそうになる。メンバーの協力が得られなかったからではない。小林が、もはや自分に何の感情も持ち合わせていないという事実を突きつけられたからだ。

俯《うつむ》いていた冴子は、きっぱりと頭を上げた。それから頭を下げ続ける小堀に言う。

「もういいよ、小堀さん。行こう」

立ち上がると、冴子は頭を下げた。

「マネージャーが突然ぶしつけなお願いをして、申し訳ありませんでした」

冴子は自分のデビュー曲『ラプソディ』のサビをひとふし口ずさむ。澱《よど》んだ場に一瞬、清浄な風が吹き抜ける。

小堀の手を引き店を出ようとする冴子の背中に甲高い声が響いた。

「ちょっと待てよ、冴ちゃん、俺たちのライブを見ていかないのか？　今や俺たちは成り上がりの星、ライブは滅多に手に入らないプラチナ・チケットだぜ」

冴子はハリーを見下ろして、答える。

「せっかくですけど、興味ありませんので」

腕組みをしたザックが呟く。

「気に入らないな。あんた、俺たちのこと見下してないか？」

メンバーが一斉にザックを見た。冴子は精一杯の愛想笑いをした。

「みなさんが私の歌に興味がないのと同じで、私もみなさんの音楽には興味がないんです。わかるでしょ。私たちってみんな、自分がてっぺんだと思っているんだから」

ザックはまじまじと冴子を見た。

「ふうん、面白いこと言うね。確かに俺たちはあんたの曲なんか聴いたこともないけど、それはあんたにとっての俺たちの音《サウンド》と同じだ、と言いたいわけね」

ザックは唇の端を歪《ゆが》めて、笑った。

「よし、わかった。それなら、俺たちをバックに従える力があるか、テストしよう。今夜、五曲演《や》るうち一曲、あんたに歌わせてやる。客席から飛び入りだ。アンコールが出たらそんときゃ明日のバックを演ってやる」

「ちょ、ちょっと待て。勝手な真似は許さん」

小林マネージャーにザックは冷ややかに言い放つ。

「ステージの上は俺たちの領分、それに明日は完全オフだから、俺たちが何をしようと勝手だろ」

きな臭い空気が流れ、メンバーは黙り込む。やがてハリーが陽気な声を上げる。

「面白え。そうすれば冴ちゃんに俺たちの音楽《おと》をたらふく喰わせられるし。聴きもしないで、とやかく言われたくないよな、なあ、みんな」

ハリーの言葉にメンバーはうなずく。冴子はメンバーを見下ろし、答える。

「あたしも同じ。歌を聴いてもらえるんだったら何だってやるわ」

「交渉成立。ところで冴ちゃんは俺たちの音《サウンド》を聴いたこと、あるかい？」

冴子は首を振る。ハリーは続ける。

「んじゃ、今から一緒にリハしよう」

立ち上がったハリーを手で制したザックが、小林マネージャーに告げる。

「コバちゃん、今夜はリハなしで行くぜ」

「ば、ばかな」

戸惑いを隠せない小林に、ザックは笑いかける。

「責任は俺が取る。鼻っ柱の強いお嬢ちゃんがどこまで俺たちについてこれるか、見物だろ」

冴子は目を見開いてザックを見つめた。ザックの黒い瞳が冴子を捉えて離さない。

冴子はゆっくりと笑顔になる。

「じゃああたし、客席の隅っこで待機してます」

冴子は会釈して、メンバーの座っているソファから離れる。それから思い出したように振り返ると、もう一度深々と頭を下げた。

「よろしくお願いします。それと、チャンスをくださってありがとう」

04

一九九一年十月二十日　火曜日　午後六時
東城大学医学部付属病院

午後六時。ふだんなら夕方の申し送り後のＩＣＵ病棟は、手術患者が行き交い、戦争状態なのだが、今日は総合外科の手術が少なかったので、落ち着いていた。

速水はナースステーションの奥にある部長専用の椅子《いす》に腰掛け、ＩＣＵ全体を睥睨《へいげい》していた。

そこへ米田《よねだ》副婦長がやってきた。

「速水先生、その席は部長席ですよ」

速水はちらりと米田を見て答える。

「ふうん、そうですか。ところでＩＣＵの部長って誰なんですか？」

一瞬、米田副婦長は黙り込む。それから静かに答える。

「まだ決まっていません。そんなこと、速水先生だってご存じでしょう？」

速水は、にっと笑う。

「ええ、知ってます。部長はまだ任命されていない。だったら俺が部長席に座っても、文句はないでしょう」

米田副婦長は驚いたような顔で速水を見た。

「速水先生ったら、一年生のくせにそこまで思い上がっているなんて信じられない。このことは佐伯教授にきっちりお伝えしなくては」

速水は顎《あご》を上げて、米田副婦長を見上げる。

「思い上がり？　とんでもない。今、病棟に残っている総合外科のスタッフは、黒崎助教授、次が世良医局長、そして一年生の俺と松本の四人。だったら俺はナンバースリー、序列としては、教授、助教授、三番目はＩＣＵ部長でしょ。だから今日なら、俺がこの席に座っていても問題はないはずです」

米田副婦長は黙り込む。そこへ花房がためらうような足取りで歩み寄ってきた。

「どうしたの、花房さん」

「三番ベッドの堀内《ほりうち》さんの点滴が詰まってしまって」

「抗癌剤のせいで、ただでさえ細い血管がさらに脆《もろ》くなってるわね」

米田副婦長は速水を見る。

「さて、速水ＩＣＵ部長、点滴を入れ直してくださいますか？」

速水は腕組みをし、椅子に沈み込む。米田副婦長と花房は、動きを止めた速水を見つめる。痺《しび》れを切らした米田副婦長が何かを言いかけたその時、速水は立ち上がる。

「堀内さんにはＩＶＨ（中心静脈栄養）を入れます」

米田副婦長は驚いたような顔で速水を見る。

「準夜勤帯でＩＶＨですって？　ＩＶＨ挿入は日勤帯、というお約束です。手薄な準夜では対応しかねます」

速水は米田副婦長をまじまじと見つめる。それから言う。

「それはＩＣＵ部長である私に対する、病棟の副婦長としての意見具申ですか？」

米田副婦長は一瞬黙り込む。それから速水を睨《にら》み返して言う。

「そう、です」

速水は傲然と顔を上げて言う。

「では改めてオーダーします。今から堀内さんにはＩＶＨを入れるので、介助してください」

米田副婦長は口を開きかけるが、再び閉ざす。ふたりの間の空間が凝固する。

「あの、私、深夜入り日勤なので、ちょっとだけ残って介助します」

重苦しい雰囲気にいたたまれなくなって、花房が口を開いた。米田副婦長は何も言わず、ふたりに背を向けてその場を立ち去った。

「あのね、堀内さん、今から胸に太い点滴を入れるね。そうすれば毎朝点滴を刺し直すこともなくなるから」

七十を超えた老婆は両手を胸の前で合わせ、速水を拝む。

「よろしくお願いします、先生」

浴衣《ゆかた》の胸元をはだけると、骨がごつごつと浮かび上がった薄い胸が露出される。イソジン消毒し、次にアルコールでイソジンを落とし、二重の消毒を終える。花房が差し出した手袋を装着、開封されたＩＶＨキットから太い注射針を取り上げ、シリンジにアタッチする。

「はい、ちくりとするよ」

別のシリンジに充たされた局所麻酔の注射をした時、患者は顔をしかめた。速水は太い針を、右鎖骨の下に沿わせるように突き刺す。逡巡《しゅんじゅん》せず、一気に針先を進める。シリンジに陰圧をかけるとすうっと赤黒い静脈血が引けた。

「はい、息を止めて」

患者は忠実に速水の指示に従う。速水はシリンジを外し、キットからしなやかなチューブを取り出し、太い針の中空を通す。絹糸で結紮し、チューブ固定。点滴につなぎガーゼを当て、全体をサージカルテープで固定する。

「はい、おしまい」

速水の処置スピードに呆然と見とれている自分に気づいて、花房ははっとする。

「あの、米田副婦長をあんなに怒らせてしまって大丈夫なんですか？」

移動式のレントゲン撮影機を運ぶ速水に、花房がまとわりつくようにして尋ねた。

「大丈夫。堀内さんの点滴が夜中に漏れる可能性は八十パーセント。その時、何回も点滴を刺し直すより、今ＩＶＨを入れた方が患者さんのためさ。だいたい堀内さんは胃癌再発でただでさえ食が細い。だからきちんと栄養を補わなければならないのに、血管が脆いから点滴もままならない。でもＩＶＨなら血管も潰《つぶ》れないし、栄養濃度の高い輸液ができる。もっと早くＩＶＨにするべきだったんだ」

「それはそうですけど」

「花房さんは今日は深夜入りでしょ。その時、ぐっすり眠る俺をわざわざ起こしたいわけ？」

花房は小さく首を横に振る。

「夜中の点滴は、看護婦が対応してます」

「でもどうにもならなかったら、俺を呼び出すんでしょ？」

花房は何も答えられない。

「ま、俺はいいけど、何度も点滴を刺し直ししたら、患者さんが眠れなくて病気の治りも悪くなる。今の堀内さんにＩＶＨは、ＩＣＵ部長として当然の判断さ」

速水は、患者ベッドサイドに簡易レントゲン撮影機を設置し、患者の身体の下にレントゲンフィルム入りの金属板を差し込む。

「ごめんね、点滴がちゃんと胸に入っているかどうかの確認の写真だからね」

手早く撮影を済ませると、速水は書きなぐったオーダーを花房に投げ渡す。

「んじゃ、あとはよろしく」

「あの、カテ先の確認は？」

「問題があったら入れ直し。その時には否《いや》が応でも戻ってくるさ」

ごろごろとレントゲンを片づけた速水は、白衣の裾をなびかせ、花房の視界から姿を消した。

05

一九九一年十月二十日　火曜日　午後八時
ライブハウス・黒い扉

満員の客席の片隅で、小堀は冴子に小声で話しかける。

「大丈夫、冴ちゃん？　ぶっつけ本番なんて」

冴子は周りの若い女性たちの熱狂ぶりを見回しながら答える。

「心配しないで。あたしたちには失うものなんてない。あるのは宝くじみたいなチャンスだけ」

「そう、そうよね。きっと大丈夫よね」

小堀の野太い声に冴子はうなずく。精一杯強がってみたものの、膝は小さく震えている。

熱狂の渦の中、冴子と小堀のふたりは置き去りだ。爆音のような演奏の中でもハリーの声はよく通る。ハリネズミのような髪型と同じように、その声は爆発し周囲の空間に撒き散らされる。

——人気があるのがよくわかる。

歌のエンド、伸ばした声の終わりがかすかにかすれた。煙草のせいだ、と冴子は思う。かつて自分も注意され、煙草を止めたことを思い出し、舞台袖の小林マネージャーに視線を投げる。

冴子を見つめていた小林はあわてて視線を逸《そ》らし、舞台に視線を投げた。そのスマートな立ち姿を見つめながら、冴子は考える。

裏切り者、とも恨んだけれど、今はもう、何の感情も湧かない。

小堀が言う。

「きっと次ね。四曲目だもの。いくらなんでも冴ちゃんのテストをラストナンバーにするなんて絶対にないわ」

拍手が収まった瞬間を捕え、ザックのソロがイントロを奏でる。会場の熱狂が再び最高潮に達する。客席の冴子は緊張する。天井を指さし、ハリーがシャウトする。

「波乗りぃ、トロピカル」

彼らをスターダムに押し上げた大ヒット曲。津波のように押し寄せる拍手が、ハリーの尖《とが》った歌声を呑み込んでいく。

——指名はなかった。

冴子は緊張を解き、舞台を見つめた。ベースのザックが、冷たい視線で見下ろしていた。

怒濤《どとう》のロックが終幕を迎え、ベースのグラディエントが会場を一気に駆け登る。メロディを歌い終えたハリーが、両拳《こぶし》で突き上げ雄叫《おたけ》びをあげる。

「センキュー」

女の子たちが立ち上がり、メンバーの名を叫ぶ。音の洪水の中、その声は投げかけた命綱。まるで、メンバーという船に届かなければ溺《おぼ》れてしまうかのようだ。

熱狂が鎮静し、ザックのベースのつま弾きが続いている。やがて、ザックがマイクを取る。

「今夜はこれでおしまい」

えー、という失望の声。ザックは続ける。

「と思ったけど、今日はスペシャルゲストの飛び入り。冴子ちゃん」

ザックの声に導かれ、客席にスポットライトが直撃する。光の輪の中に、みすぼらしい冴子の姿が浮かび上がる。冴子の身体が硬直する。ザックは短いメロディを奏でながら、続ける。

「同じ事務所の新人なんで、よかったら一曲聴いて。タイトルは『ラプソディ』だっけ？」

冴子は客席から舞台に上がりながら、驚きの表情を懸命に隠す。

――どうしてあたしの曲を知ってるの？

観客の視線が突き刺さる。視線が冴子に問いかける。どうしてあんたが舞台に立つの。客席からの登場に、成り上がりのシンデレラに対する嫉妬《しっと》が渦巻く。

冴子はその悪意に、歌への自信というはかない鎧《よろい》を身にまとって対峙《たいじ》する。的外れなスポットライトが冴子の膝が抜けたジーンズを直撃した。

その瞬間、思い出した。さっき、自分がメロディをひとふし口ずさんだことを。

――まさかあれだけでアレンジするつもり？

ザックのベースがメロディラインを奏で始める。間違いない。サビの主旋律だけであとはあてずっぽう、それに合わせて歌わせるつもりなんだ。

冴子がザックを見ると、ザックは唇を歪めるようにして冷たい笑顔を浮かべた。冴子の身体がかっと熱くなる。

——売られた喧嘩《けんか》なら買ってやる。

冴子は目を閉じ、胸に手を当てる。メロディの切っ先にふわりと、高く澄んだ声を載せる。

ざわついていた会場は、一瞬静まり返る。

静寂の中、冴子は歌う。時々見知らぬ音域に足を踏み入れ、冴子の歌声に戸惑いが混じり込む。やがてひとり、ふたりと観客が立ち上がり、出口へ向かう。その様子を見ながら、冴子は歌い続ける。メロディ・ラインが自分の歌から次第に離れていく。当然だ。メンバーのリーダー、ザックは曲のサビしか知らないのだから。

途方に暮れ、冴子はザックを見た。冴子を見返すその目は冷たい。

観客は次々に立ち上がる。冴子が舞台から行き先を追うと、いつの間にか出口には客の行列ができていた。冴子の胸がどす黒く塗り潰される。

——やっぱり、あたしの歌じゃダメなの?

深い海の底に沈みきった自分の姿が、立ち去る客の背中に二重写しに映り込む。

絶望に肩を落とした冴子に挑み掛かるように、突然ザックのベースが吠えた。不協和音が波紋のように発散していく。夾雑音《きょうざつ》に、澄んだファルセットは打ち砕かれる。

冴子は本能的に声の質を変えた。メロディを忘れ、不協和音の飛び石を伝い、旋律を維持する。音も声も、そして冴子のメロディもぐずぐずに崩れ落ちていく。泥沼の中、冴子は歌い続ける。そこに残されているのは、もはや冴子の意志だけだ。

――これはあたしの歌よ。滅茶苦茶にしないで。

ザックのベースと冴子の歌の乖離《かいり》は頂点に達した。冴子は自分の願いをその歌声に載せて歌い続ける。もう観客の背中は目には入らなかった。冴子はメロディの輪郭を追い続け、自分の歌を砕こうとする悪意に牙《きば》を剝く。その牙をザックの喉笛に突き立てると、赤い血が噴き出したような幻視が訪れた。

その時だった。出口に向かっていた少女が、黒い背中を白い顔に入れ替えるようにして振り向いた。彼女が座席に戻ってきたのがきっかけだった。出口に並んでいた客が次々に席に戻ってきた。やがて、ボギーのドラムの鼓動に合わせて拍手が始まった。その律動の中、冴子の歌はザックが突きつける不協和音をうち砕き、組み従えていく。

客席とバックの音楽を従えて、冴子は疾走し続ける。どれほど時が経ったのだろう。長い長い旅路の果て、メンバーはついに歌の終着駅にたどりつく。

アンコールの拍手の中、ジーンズ姿のヒロインは堂々とステージ上に君臨していた。


ライブがはねた後のガランとした店内で、冴子とメンバーは杯を傾けていた。

「約束だから、明日は共演を引き受ける」

ザックが言う。小林マネージャーは何も言わない。ボーカルのハリネズミ、ハリーが言う。

「俺はヤだぜ。せっかくの完全オフだからな」

ザックはハリーを見て、答える。

「強制はしない。俺が決めたことだから最悪、俺ひとりで演るさ。冴ちゃん、それでいいよな」

水割りを両手で持った冴子は小さくうなずく。冴子はまだ興奮の坩堝《るつぼ》の中にいた。自分の歌声が呼び起こした熱狂が信じられない。これまでの自分が築き上げてきた小さな世界ががらがらと音を立てて崩れ落ちてしまったようだ。

何が違うんだろう。あたしはこれからどうすればいいんだろう。

水割りのコップの冷ややかな感触を確かめながら、冴子は自問自答を繰り返す。そしてザックの横顔を盗み見た。

——あたしにはもう、何が何だかわからなくなっちゃった。


結局、ベースのザックとキーボードのキーボーが冴子のバックを務めることになった。不愉快そうにハリーは、ドラムのボギーを従え早々に店を後にした。キーボーと冴子のマネージャー、オカマのコボちゃんは意気投合し、明日の打ち合わせと称していつの間にか姿を消した。店には冴子とザック、そしてかつてのマネージャー、小林が残った。

ライブで疲れたのか、ザックは腕組みをして目を閉じ、何も言わなくなった。耳を澄ますと、すうすうと寝息が聞こえる。

冴子は小林とふたりきりになった。かつて胸をときめかせた男。だが、今は何の感情もない。

冴子はふたりきりの沈黙に、息苦しくなって立ち上がる。

「化粧を直してきます」

自分の後ろ姿を見つめる小林の強い視線を感じながら、冴子は化粧室に向かう。

場末のライブハウスの薄暗い化粧室の鏡の前で、冴子はルージュを引き直す。明日のライブがどうなるか、見当もつかない。ただ、自分は可能性を手にしたのだ、ということだけは理解できた。ひょっとしたら沈みゆく運命が変わるかも。そう思うと思わず頬が上気する。

物音に振り返ると、開け放した扉の前で、小林が冴子を見つめていた。酔眼がどんより濁る。

「ここは……」

言いかけた冴子に歩み寄り、小林は強く抱き締め唇を奪う。冴子は身体を反らし小林を避けた。小林は耳元でささやきかける。

「綺麗になったな、冴子。歌もすごくよくなった。もう一度、やり直そう。あとは俺に任せろ。小堀じゃダメだ。素晴らしい宝石だって腐っちまう」

冴子は小林の腕の中でもがく。かつて憧れた男の腕の中、冴子は寒々と冷えていく。

——あたしの歌を見捨てたくせに。

小林が去った時、冴子は声を立てずに泣いた。長い間、小林に捨てられた悲しみだと思っていた。だが今、抱き締められてはっきりわかった。あの時冴子の胸を引き裂いたのは色恋の恨みではなかった。小林が冴子の歌を捨てたという事実だったのだ。

冴子は酒臭い抱擁をふりほどこうとするが、小林は壁に冴子を押しつけ、唇を寄せてくる。男の力にはかなわない。冴子は諦《あきら》めて全身の力を抜いた。

その時、小林の圧力がふいに軽くなり、冴子の視野が明るくなった。どす黒く酔った小林の顔と入れ替わり、スポットライトを浴びた端正な顔が冴子の視野に現れる。

「悪い酒だね、コバちゃん」

ザックは片手で小林を引き剝がし、後方に投げ捨てる。小林は何事か怒鳴り散らしながら、姿を消した。冴子は目の前いっぱいに広がったザックの顔を見つめた。

その背には、化粧室の天井が白々と光っている。


ザックと冴子は、カウンターで並んで水割りを飲んでいる。小林は姿を消していた。

グラスの氷をからんと鳴らし、ザックが言う。

「冴ちゃん、あんた、売れないぜ」

冴子はザックの横顔を見つめ、かすれ声で尋ねる。

「どうして?」

「声が綺麗すぎて、悪意が表に出なさすぎる。本当は、冴ちゃんの心の奥には薄汚い悪意も渦巻いているのに、歌声がかけ離れてしまっているんだ。だからふつうのヤツらはピンとこない」

そんなこと、言われたことはなかった。ボイス・トレーナーも、アレンジャーもみな冴子の高く澄んだ声を褒めた。お世辞もあっただろうが、自分の声はそれだけの素材だという自負はある。冴子は正直にザックに尋ねる。

「あたし、もうどうしたらいいのか、わかりません」

ザックは再び、からん、とグラスの中の氷を鳴らす。そして微笑する。

「こうなったのも何かの縁だ。明日のステージでは俺がとっておきの悪意をブレンドしてやる。ささやかな隠し味ってヤツさ」

「そんなこと、できるんですか？」

ザックは冴子を見ないで答える。

「さっきはすごかっただろ。あんな拍手喝采《かっさい》、これまで受けたこと、あったか？」

冴子は黙る。ザックの言ったとおりだ。さっきは生まれてはじめて、拍手の洪水は海鳴りのようだと感じた。冴子にとって拍手とは、あばらやの屋根を打つ通り雨だった。ザックは言う。

「あの喝采こそ俺のアレンジの力だ。ささやかな悪意をアクセントに突っ込んだ。人ってヤツはろくでなしさ。みんな悪意っていう、腐った果実が大好きなんだよ」

眠り込んだザックの横顔を忌々《いまいま》しげに見つめた小林が、吐き捨てた言葉を思い出す。

――バタフライ・シャドウが売れ出したのはザックがアレンジを手がけるようになってからだ。アレンジャーのザックの才能は超一流だ。

評点が辛《から》い小林に手放しで絶賛させる才能。だが、目の前の男はその上を行っていた。自分の才能の容量をあっさり口にする。才能よりもひとまわり大きな何かを認知している証《あかし》だ。

天才だ、と冴子は信じた。

暗い桜宮の街並みの果てに、白い巨塔がそびえ立っている。その頂点で夜風に吹かれながら、速水は夜空を見上げている。

東城大学医学部新病院屋上の白い貯水タンク。そのてっぺんは桜宮でもっとも星に近い場所だ。

丸みを帯びている長楕円《だえん》のタンクの頂上に一カ所ある窪みに身体を横たえると、両袖ソファに沈み込むように速水の長身がすっぽりと収まる。うつらうつらしている彼の足元には、漆黒の闇《やみ》がぽっかり口を開けている。タンクの縁でぶらぶら足を揺らし、速水は王座に横たわる将軍のように、眼下の桜宮市街の灯りと、星空のまたたきをぼんやりと眺めながら、ひとときのまどろみにその身を委《ゆだ》ねている。

夜の闇に、風が轟々《ごうごう》と鳴る。高い空では星が凍えている。

白衣のポケットの中、ポケベルが震える。速水は薄目を開け、夜空を見る。

「心配ない。そのバッキングは一時的、すぐに収まる」

語尾が闇の中に溶けていく。速水はすうすうと寝息を立て始める。やがて闇の中、ポケベルの振動音が消える。

星空の光が祝福するように煌々《こうこう》と、速水の身体に降り注いでいる。

遠い海暗の水平線のたもとで、忘れ貝がちかりと光った。

06

一九九一年十月二十一日　水曜日　午前八時
東城大学医学部付属病院

生あくびを嚙み殺し、朝のＩＣＵ巡回をしている速水の付き添いは、深夜勤の花房だ。銀色のトレーを捧《ささ》げ持ち、色つきシリンジを大小取りそろえ、患者のベッドサイドに立つとひとつひとつ速水に手渡す。速水は退屈そうに、シリンジの中身を三方活栓から患者の体内に注入する。返す刀で空のガラス管に患者の血液を充たしていく。

ひととおりの薬剤注入と採血を同時に終えると、花房が速水に尋ねる。

「ゆうべはどちらにいらしたんですか。入院患者さんの件でポケベルを鳴らしたのに。当直室にもお電話しましたが、いらっしゃらなくて。当直の時に連絡がつかないと困ります」

速水は振り返り、無愛想に言い返す。

「でもバッキングはすぐ収まったんだろ？」

花房は困ったようにうなずいた。

「確かにそうですけど……あの、速水先生、どうして私が渡辺《わたなべ》さんのバッキングの件で連絡しようとしたことをご存じなんですか？」

問いには答えず、速水は言う。

「ゆうべは臨時ＩＶＨの介助をしてくれたり、バッキングを処理してくれたり、助かったよ。夜勤明けでしょ？　朝飯おごろうか？　もっとも病院食堂だけど」

花房は首を振る。そんなところでふたりで朝食を一緒に食べたりしたら、どんなウワサになることか。そんなこと、全然考えないのかしら、と花房は思った。

速水は花房に尋ねる。

「振られちゃったか。じゃあ花房さんは深夜明けに何するつもり？　デート？」

花房は顔を真っ赤にしてうつむき、小声で答える。

「デートの相手なんて、いません」

「ゆうべ、世良先生と今夜の待ち合わせ場所がどうとか言ってたっけ」

花房はいっそう顔を赤らめて身を縮める。そして小声で答える。

「あれは夕方から市民会館に講演会のお手伝いに行くので、打ち合わせをしていただけです」

速水は小さく「ふうん」と言うと、窓の外を見る。

「そっか。世良先生も仕事か。俺は今夜もまた留守番当直さ」

「そうね。跳ね返りのナマイキ坊やは宴会には連れていってもらえないのよ」

背後の声に振り返る。速水は小さく舌打ちをする。

「誤解しないでほしいなあ、猫田さん。俺はあんな宴会に出たいなんて思ってないんだ。それなら当直してる方がマシさ」

猫田は眠そうな表情で、速水に言う。

「病院長の主力部隊は東京に詰めて国際学会の準備と本番。でも中身は製薬会社からの協賛金集め。病院に残った反佐伯一派は、院長の留守中に公開市民講座を企画し決起集会にしようと目論んでいる。どっちもどっち。あんまり上品な企画じゃないわ」

「その、どっちもどっちのどっちからも声も掛けてもらえない留守番役の俺って、東城大からの期待度はゼロなんだろうなあ」

猫田はうっすら笑って言う。

「くだらないことに神経磨《す》り減らすくらいなら、医者の腕を磨いてた方がいいわよ」

「でもこんな退屈な病棟じゃあ、磨けば光る腕だって腐ってしまう」

猫田は目を細める。

「速水先生はまだ本当の修羅場をご存じないんですから、大口叩くのもほどほどにね」

速水は鼻先で笑い、刀を振り下ろす動作をしながら言い放った。

「どんな修羅場だって、俺は絶対びびりませんよ」

「わかるわ。周りが見えない坊やには、怖いものなんてないものね」

すかさず応酬した猫田は、傍《かたわ》らの温度板を眺める。その呟きが朝の光に溶けていく。

「それにしても今夜の東城大学付属病院は手薄ねえ……」

速水は手渡された温度板にオーダーを書き込みながら言う。

「先輩の先生たちは、車で三十分の市民会館にいるから大丈夫ですよ。いざとなったらポケベルを鳴らせばいいんだし」

「そうだといいんだけど……」

不穏な匂いが混じり込む猫田の言葉を振り払い、速水は猫田と花房に告げる。

「早朝回診終了。朝飯を食ってきます」

出し忘れのオーダーについて呼び止めようとした花房が顔を上げると、もう速水の姿はそこにはなかった。閉まった扉の向こうの速水の残像を、花房は見つめた。


午後開催される公開市民講座の影響のせいか、朝の食堂は活気がなかった。速水は朝定食Aを選び支払いを済ますと、食堂を見回す。席は半分くらい埋まっている。その中に見知った顔を見つけ、歩み寄る。

「よ、ゆうべはまた泊まりか、行灯《あんどん》？」

背後から声を掛けられ、男が振り返る。

「ああ。ウチは総合外科と違って人手が足りなくてね」

速水は隣に座り、大盛りライスに生タマゴをぶっかけて胃に流し込む。その隣で、行灯と呼ばれた速水の同級生、田口は黙々と食事を続けた。

「なあ、行灯《あんどん》、お前太っただろ」

速水の突然の指摘に、田口はぎょっとして顔を上げる。

「わかるか？」

「一目でね。それにしても不思議だな。お前は今、東城大学付属病院の連続当直記録を更新中なんだろ？　今日で何日目だっけ？」

「二十六日目」

「ひと月近くも家に帰っていないのかよ。きったねえヤツだな」

「毎日、病院の風呂に入ってるし、洗濯物は看護婦さんがリネン室でこっそりやってくれてるから、汚なくはないぞ」

田口が言い返すと、速水は混ぜ返す。

「そんなに激務なのにどうして太るんだ？」

至極もっともな質問に田口は答える。

「病棟に行くと、入院中のジイちゃんやバアちゃんがおやつをくれるんだ」

「何だそりゃ？」

「大方、お供えのつもりなんだろう」

田口の答えに、速水は苦笑する。「さすが天窓のお地蔵さまだな」

田口は速水と同級生で、神経内科の一年生。血が苦手で手術室からもっとも縁遠い神経内科を選択した変わり者。神経内科の病棟は十二階で、別名極楽病棟と呼ばれる。マイペースの田口はそこでは『天窓のお地蔵さま』と呼ばれている。ちなみに学生時代にはいつもぼんやりしているので悪友たちからは〝昼行灯〟をもじって〝行灯〟と呼ばれていた。

田口は白衣のポケットを探り始める。そして何かを差し出した。速水が受け取ったそれは白い大福だった。田口がぼそぼそと言う。

「ひとつやる。こんな貢ぎ物が一日二回から三回ある。次に顔を合わせるとおいしかったですか、と聞かれるから食べておかないとな。これなら太って当然だろ」

速水はタマゴかけご飯を喉元にかっこみ、咀嚼《そしゃく》もそこそこにもごもご言う。

「ところで、今夜はここでディナーでもご一緒にいかがかな」

速水の提案に田口はうなずく。そして尋ねる。

「だけどお前、今日は手術日だろ？」

「手術日は昨日だから今日はヒマだ。その上、教室は東京で国際学会をしてる。だから病棟には黒ナマズと世良さん、俺と松本の一年生ふたり。俺も今夜は連泊だから、下っ端一年坊同士、地下食堂で愚痴《ぐち》り合おうぜ」

言いたいことを言うと、田口の返事を待たずに立ち上がり、片手を挙げ大股で食堂を出ていく。春菊の煮付けを口に運びながら、田口は速水の颯爽とした後ろ姿をぼんやりと見送った。


「というわけで、今日のオフは中止、次の街に向かう移動日となる」

朝のミーティング。バタフライ・シャドウのメンバーは、小林のスケジュール変更発表に一斉にブーイングをした。

「約束違うじゃん。次のライブは三日後だろ。どうしてスケジュール変えんだよ」

メンバーの気持ちを代弁したハリーの言葉。不満を言うメンバーの中で、ザックだけ黙って小林を見つめていた。その視線に気づかないふりをして、小林は続ける。

「電車は午後四時半、桜宮発だ。四時に桜宮駅に集合する」

ザックがぽつりと言う。

「四時に約束がある。終わったら追いかけて合流するよ」

小林はザックの目を見ずに答える。

「団体行動を乱すな。勝手は許さない」

小林の言葉に、ザックの目が蒼《あお》く光った。

07

一九九一年十月二十一日　水曜日　午後三時
城東デパート屋上特設ステージ

午後三時。城東デパート屋上の特設ステージ裏の控え室では、バタフライ・シャドウのメンバー、キーボーの言葉に、小堀マネージャーは途方にくれていた。

「ごめんね、コボちゃん。約束したけど、急なスケジュール変更で、今日は完全オフじゃなくなっちゃってさ。出発しなきゃなんないんだ」

キーボーは両手を合わせて頭を下げた。

「急に言われても、困るわ。主催者にもバタフライ・シャドウが飛び入り出演するっていうチラシも配ってる。お客さんもその気で、こんな早い時間からあんなに集まってるのに」

舞台袖の控え室から客席をのぞく。開始一時間前なのに客席は八割方埋まっていた。若い女性が多い。バタフライ・シャドウ目当ては一目瞭然《りょうぜん》だ。

「本当にごめん。でも、もう行かなくちゃ」

キーボーはもう一度頭を下げると、引き留める間もなく、姿を消した。

小堀はため息をつく。

「いったい、どうしちゃったのかしら」

真っ赤なフリルのミニスカートを穿いた冴子が、諦めたような笑顔になる。

「何かあったのよ。小林さんの気分を損なうような何か、がね」

事情を知っている冴子は、事実を伝えず黙っていた。冴子は言う。

「ものは考えよう。バタフライ・シャドウが名前を貸してくれたと思えばいいのよ」

「でもそれって詐欺じゃない。そうとわかったらお客に絞め殺されるわ」

「絞め殺される前に、あたしの歌でノックアウトするわ」

小堀マネージャーはため息をついて弱々しく笑う。

「そうね。そうかも。もうそれしか手はないわね」

ノックの音。ドア越しに司会が開始五分前だと告げる。冴子は目を閉じる。扉の向こうから、観客の無秩序なざわめきが聞こえてくる。心臓が高鳴る。昨晩のステージで冴子の歌に背を向けて出口に急いだ大勢の観客の背中が脳裏に浮かぶ。

とっておきの悪意をブレンドしてやる、と言ったザックの強気の笑顔にすがりつく。

扉越しに、司会者の陽気な声が響き始める。冴子は立ち上がる。

——逃げ出すわけにはいかない。だってあたしには歌しかないんだもの。

今日の目玉は何と、バタフライ・シャドウの飛び入り共演です、という切れ切れの司会者の声を、悲鳴に似た歓声がかき消した。冴子は控え室の扉の前で耳を塞ぐ。

——でも、できるならここから逃げ出してしまいたい。

その時、扉が開いた。冴子の瞳に映ったのは細身の男、黒い革ジャン姿のザックだった。

「悪い、冴ちゃん、ちょっと遅れた。少々立て込んでたもんでね」

冴子は、驚いたように目を見開いて、息を切らしているザックを見つめた。


その五分前、城東デパートの三階踊り場で、ザックとハリーが言い争っていた。

「みんな、駅で待ってる。四時半の電車だから、もう行かないと間に合わないぜ」

「悪いな、先行ってくれ。俺には約束がある」

「何だよそれ。そんなにあの娘がいいのかよ。それじゃ俺っちは何なんだっつうの」

ザックは駄々っ子のようなハリーを見つめて、呆れ顔になる。ハリーは続ける。

「昨夜のセッション、ありゃ何だよ。俺たちは結成して三年だけど、あんなこと、俺には一度も仕掛けてこなかったじゃんか」

「当たり前だろ、お前は俺たちバタフライ・シャドウのリードボーカルなんだから。ガキみたいに拗《す》ねるな」

「でもよ、俺たちはしゃいで遊んでいたのに、ああいうことは一度もやったことがないだろうが。ひょっとしてザックは俺っちを見くびっているだろ」

ハリーは煙草を取り出し火をつける。黙り込んだザックを見つめて、ハリーは深く吸い込んだ紫煙をゆっくり吐き出す。

「思ったとおりか。ザックが俺っちをナメてるのはうすうす感じてたぜ。でもどんな凄い才能があっても、メンバーのボーカルは俺っち。あの娘は代わりにはなんねえよ」

「当たり前だ。俺は約束を守りたいだけだ」

「どうしても行くんだな。勝手にしろ。コバちゃん怒ってたぜ。結構本気っぽかったぜ、あれは。ベースは他にもいるぞって怒鳴り散らしてたもんな」

ザックは目を細めて笑う。

「構わないさ。俺を外したいなら好きにしな」

「何だよそれ。ザックってそんな冷たいヤツだったのかよ」

「知るか。約束を破ったのは、そっちだ」

階段を駆け上るザックの後ろ姿を見送り、ハリーは忌々しげに煙草を投げ捨てる。

「ち、勝手なヤツ」

ハリーはポケットに手を入れ、肩をそびやかす。それからちらりと窓の外を見て、鼻歌混じりで階段を駆け下りていった。

人影が消えた踊り場に、傾いた夕陽が長い影を落とす。やがて、ハリーが投げ捨てた煙草の落下点、段ボール箱の陰から白い煙が立ち上り始めた。


ザックの話を聞き、小堀マネージャーは立ち上がる。

「冴ちゃん、とりあえず歌ってて。あたし、小林マネージャーに謝ってくる。彼のご機嫌を損ねたらザックの立場が悪くなっちゃう」

小堀は、桜宮駅にいる小林に謝罪と感謝を伝えに、控え室を飛び出した。

冴子とザックは顔を見合わせた。そして声をあげて笑った。

「いいマネージャーだな」

冴子はうなずく。ザックは続けた。

「それじゃあ冴ちゃん、ステージへ殴り込みに行こうか」

もう一度、今度は深々と、冴子はうなずいた。


冴子がステージに立つと、熱狂的な歓声が湧き上がる。間違いなくバタフライ・シャドウに対する期待の歓声だ。冴子が客席を見回すと、客席に座りきれない立ち見の観客まであふれていた。外壁の金網によじ登っている連中もいた。昨日の殺風景な屋上と同じ場所とは思えない。

冴子はゆっくりと歌い始める。曲は『ラプソディ』。

客席が静まり返る。高く澄んだ声が、無風の屋上から天へまっすぐ昇っていく。冴子は、青空にぽつんと漂う赤いアドバルーンを見上げた。

無風の中、バルーンは直立不動で天に突き刺さる。それははかない人類が併せ持つ、飽くなき天への憧憬《しょうけい》と、地上に縛り付けられる焦燥にも似ていた。

淡々と歌い続ける冴子に、観客席からブーイングが上がり始める。

「ハリーはどこ？」「ザック」「あんたの歌なんか、いらないわよ」

冴子は懸命に歌い続ける。罵声《ばせい》はいよいよひどくなっていく。そして罵声が頂点に達し、怒声に変わったその瞬間。

舞台袖の扉が開き、ザックが派手な音《サウンド》を抱いて乱入してきた。観客席のボルテージが一気に上がる。金切り声のような歓声が舞台を包む。ザックはベースをかき鳴らし、冴子のメロディラインを破壊すべく過激な演奏を始めた。

歓声とザックの演奏が、積乱雲のようにわき上がる。無風の屋上で赤いバルーンが揺れた。

だがその熱狂は、ほんのわずかな時間しか続かなかった。

冴子が歌い始めたとたん、悲鳴のような歓声は収束していった。やがて場が静まり返った。

ザックの伴奏は不協和音の分散展開だが、セッションを経験した冴子の脳裏には、未来のメロディが浮かぶ。高く澄んだ声が低く太くなり、風にひらりと舞う木の葉のようなウィスパーは、大地にどっしり根を下ろした大樹の賛歌に変質していく。

悪意のミキシング。冴子の澄んだ声に深く沈められた悪意が、濁りや割り切れなさとして冴子の中で蘇生する。澄んだ声が覆い隠した生の感情が心の襞《ひだ》にからみつき、沁み込んでいく。いつしか観客はバタフライ・シャドウの名を叫ばなくなっていた。

朗々と歌いあげた冴子の最後の声が、伸びやかに空に吸い込まれていった。一瞬の沈黙が広がる。次の瞬間、拍手の海鳴りが老舗デパートの屋上に押し寄せた。

冴子は赤いバルーンを見上げた。風がないのにかすかに揺れている。冴子の歌声が地上から解き放たれ、天へと昇っていこうとするのを言祝《ことほ》ぐかのように。

冴子は胸に手を当て、頭を下げる。拍手は一段と大きくなる。その時、幸福の絶頂だった冴子に、真の悪意が忍び寄ってきた。足元に視線を落とした冴子にまとわりついているのは、階段扉から染み出した黒煙だった。

——何、これ。どうしたの?

「火事だ」

特設会場に響いた声にそのかされ、後ろの観客が階段への扉を開く。冴子からマイクを奪ったザックが叫ぶ。

「よせ」

その瞬間、バックドラフトが会場をひと舐《な》めした。さっきと違う悲鳴が一斉にあがった。

08

一九九一年十月二十一日　水曜日　午後四時
東城大学医学部付属病院

午後四時。速水晃一は病院屋上の貯水タンクの上から桜宮市街を見下ろしていた。ここ数日、てっぺんにいることが多い速水だが、いつもここでサボっているわけではない。医局員が学外行事に駆り出された余波で、院内手術も組まれず総合外科は開店休業だ。研修医の雑用も少ない上に速水の仕事処理は早い。病棟の留守番はひとりだが、仕事量がふだんの五分の一なので、仕事が終わる時間も早かった。

昨日とはうって変わり、屋上は無風だった。速水は遠く、山すその市民会館を眺めた。今頃、東城大のスタッフの大半は熱心に、あるいは熱心なフリをしながら退屈な講演を聞いているに違いない。三時から五時にかけての特別講演は、次期学長の座をめぐり佐伯病院長と暗闘を続ける第二内科の江尻《えじり》教授の特別講演だから、今頃、市民会館の医師含有率はとてつもなく高いはずだ。ここに来る前、他の病棟を見て回ったが、どこも一年生ばかり少数残っていた。肺外科と脳外科に四年目の先輩がいた程度で、講師クラスのベテランは病院にひとりも残っていない。

——それにしても今夜の東城大学付属病院は手薄ねえ……。

速水は、朝の光の中に溶けていった猫田の言葉を思い出す。

突然、速水は上半身を起こす。

空が赤い。夕焼けかと思い両目をこすって見直すと、ふだんの青空に戻っていた。

「何なんだ、いったい」

起こした上半身の視野の中、黒煙が立ち上るのが見えた。目を凝らすと、城東デパートの屋上から真っ赤なアドバルーンがまっすぐ天に上がっていた。青空のテーブルクロスの上に置き忘れられたリンゴ。そこに悪意のように黒煙がまとわりつく。

次の瞬間、小さな赤い炎があがった。炎は一瞬屋上を舐め、バルーンと屋上の接続を切断した。赤いバルーンが意志をもっているかのように、天に向かってゆっくりと上昇を始めた。

「火事だ」

速水が呟く。脳裏に大勢のけが人がＩＣＵに殺到するビジョンがラッシュフィルムのように浮かぶ。視界が再び深紅に染まっていく。そのビジョンの中、何もできずに放心している自分の姿が見えた。

速水が立ち上がった瞬間、突風が吹き抜けた。ふらつく足元を覗きこむと、マッチ箱のように小さな車、その周りにうごめくゴマ粒のような人影がくっきり見えた。速水は自分の足元に、真っ暗な深淵が口を開いているのに気付き、呆然とする。

足が震えだす。速水はタンクの上でバランスを崩し、しゃがみこむ。眩暈《めまい》を感じながら、タンクに張り付いたダクトをたどり、そろそろと降り立っていく。

十二階神経内科病棟、別名極楽病棟では、田口がナースステーション隣の特別室で、老婆の愚痴を聞かされている真っ最中だった。そこへ駆け込んできた速水が田口に告げた。

「緊急事態発生。城東デパートが火事だ」

田口はぼんやりと窓の外を見た。

「あ、ほんとだ」

窓から煙を確認した田口は、速水に尋ねた。

「で、何をそんなにあわててるんだ?」

速水が答える。

「杞憂《きゆう》だと思うが、万一の時のため、ＩＣＵは特別体制を取っておこうと思うんだ」

「そういうのは病院長とか教授の役割だろう」

速水はうなずく。

「実は今、院内には上の先生がほとんどいないんだ。佐伯病院長と高階先生は東京で国際学会だし、世良先生と黒崎助教授は市民会館の特別講演に出席だ。実は病棟でひとりきりの留守番だった俺が事実上のトップだったりして」

にやりと笑う速水に田口は言う。

「冗談はやめろ」

「まあジョークはともかく、準備しておいてもバチは当たらないだろ。そうすれば俺たち一年生の株も少しは上がるぜ。何かあったらポケベルで先輩たちを呼べばいいだけだ」

「それなら好きにすればいいだろ」

田口にはまだ事態がぴんと来ていないようだ。速水は続ける。

「お前には病棟全体の医師の分布状況を把握しておいてもらいたいんだ」

「え？　何で俺が？」

途方に暮れた表情で、田口は速水を見つめた。速水はしゃあしゃあと答えた。

「非常事態だから」

「でも、救急車のサイレンも聞こえないぞ」

「これからわんさか押し寄せてくる。俺の予感は当たるぜ」

田口はいたずらっ子のような表情で言った。

「でも、ラス牌の中にはぶちあたったたっけな」

「行灯《あんどん》、てめえ、たった一度俺に一撃を食らわせたからっていい気になるなよ。トータルの戦績はどうなってると思ってるんだ」

速水にドスを利かされた田口は、ため息をつく。

「わかったわかった。学生時代とちっとも変わらないね、お前」

「当たり前だろ、卒業してまだ半年だ」

速水は廊下に出、部屋を見回して言う。

「極楽病棟は余裕だね。六人部屋に患者ひとりなんて、外科じゃあ考えられないぜ」

「病棟もいろいろあるんだよ。いつも外科が正しい、というわけじゃないからな」

田口の反論を聞き流し、速水は片手を挙げて言う。

「ま、ひとつ頼むわ」

速水は白衣の裾を翻し、大股で部屋を出て行った。田口は老婆からもらったみかんをポケットに入れ、立ち上がる。


ＩＣＵに顔を出した速水に、看護婦たちの抗議が一斉に襲いかかる。

「ポケベル鳴らしたんですよ」「二番ベッドの田中《たなか》さんが吐き気です」「明日のオペ予定表提出をと、松井婦長から電話がありました」「退院予定の金森《かなもり》さんの処方箋をと病棟から伝言です」

スターを囲むグルーピーみたいに看護婦が速水にまとわりつく。猫田が遠目にその様子をながめる。速水の視線が、部屋を出て行こうとした花房の後ろ姿をとらえた。

「花房さん、ちょっと待った。どこ行くの？」

看護婦のかたまりを飛び越え呼び止められた花房は、戸惑いながら振り向いた。

「あの、夕方から市民会館で講演会が開かれるので、そのお手伝いに」

「それ、中止してここに残って。ひとりでも多くの人手がいるから」

病棟の端っこでうつらうつらしていた猫田主任がうす目を開ける。

「どうしたの、速水先生」

「緊急事態です。今から軽症患者さんを上の病棟にあげて、ＩＣＵベッドをできるだけ空にしてください。それから手のあいている人員を至急集めてください」

速水の周囲で口ぐちに言い立てていた看護婦が、顔を見合わせて黙り込む。ナースステーションの奥で事務仕事をしていた米田副婦長が駆け寄ってきた。

「勝手なことはやめてください。だいたい、なぜそんなことをする必要があるんですか」

融通の利かなさでは天下一の米田副婦長の顔を見つめ、速水は言う。

「城東デパートで火災が発生したんです」

場が静まり返った。気を取り直した米田副婦長が言う。

「その火事と、うちの病棟のベッド移動と何の関係があるんですか」

速水は呆れ顔で言う。

「わかりませんか。大惨事になればＩＣＵは戦場になるでしょ。だからできるだけ事前準備をしておきたいんです」

「火事だからってけが人が発生するかわからないし、けが人が出ても、ウチにくるかどうか。なのにベッドだけ移動させておくなんて、むちゃくちゃすぎます。それに一年生の先生にはベッドコントロールの決定権なんてありませんから」

米田副婦長は最後の言葉に一段と力を込めた。速水はその言葉にからりと笑う。

「緊急事態に一年生も何もない。医者は医者、患者を助けるためにベストを尽くさなければならないだけです」

強引な屁《へ》理屈。ふだんなら議論すること自体ありえない。速水の暴走を止めるのは上司の先輩医師の役割だ。だが、その先輩医師たちは今この場にいない。

米田副婦長は猫田主任をちらりと見る。猫田主任は、大きく伸びをして立ち上がる。

「速水先生、先生が指示を出すのは越権です。もしも先生のおっしゃることが本当に必要なら、まず佐伯教授御留守中の最高責任者、黒崎助教授の許可を得てください」

「それじゃあ遅い。今すぐ動かないと間に合わないんだ」

速水は歯ぎしりをする。その様子を見つめていた猫田主任は言い放つ。

「だったら、とっとと連絡を取ればいいでしょ。あたしたちは先生の指示に従わないとは言っていないわ。手順に従いベストを尽くしてください、とお願いしているだけなんです」

速水に病棟の黒電話を指し示す。

「ポケベルを、鳴らしなさい」

それから立ちすくんでいる花房を見て、言う。

「美和ちゃん、悪いけど宴会のお手伝いは中止。様子がわかるまで病棟待機ね」

猫田の言葉に一瞬ためらいの表情を浮かべた花房だったが、仕方なさそうに小さくうなずく。

速水はダイヤルを回し始める。世良助手は速水の指導医《オーベン》だが、ポケベルを鳴らしたのは初めてだ。黒電話の前で息を詰める。返事がない。続いて黒崎助教授の番号を回し、メッセージをセレクト。『至急連絡されたし』

一分経過。やはり応答なし。速水は留守番医師のポケベルを片っ端から回し始める。

「ちくしょう、どうしたんだ。誰も出ないぞ」

速水の傍《そば》で様子を見ていた花房がおそるおそる言う。

「あの、みなさん、ポケベルを切っていらっしゃるんじゃないでしょうか」

速水が花房に尋ねる。「どうして？」

「今の時間、市民会館では江尻教授の講演の真っ最中です。先生たちは全員、講演を聞いているはずです。会場ではポケベルは切るよう、指示されているのでは？」

「それじゃあ、市民ホールに電話だ」

場に居合わせた看護婦が番号を調べ、電話をかける。受話器に耳を傾けていた看護婦が速水に報告する。

「受け付け業務時間終了の留守電になっています」

速水は呆然とした。それじゃあ援軍はこないというのか。

速水は病棟を見回す。見慣れた風景が違った風貌を露わにする。周囲の医療機器さえ、牙を剝いて襲いかかってくるアンドロイドに見えた。膝が震えた。

援軍がこないとわかったとたん、自分ひとりの肩に全世界の圧力がかかったような気持ちになる。遠くサイレンが鳴り始めた。看護婦たちは一心に彼を見つめていた。速水は立ちすくむ。


炎が爆《は》ぜる音を聞きながら、ザックと冴子は控え室の隅で身を寄せ合っていた。

ライブの最中、屋上でバックドラフトの炎が上がった。冷静になれ、とマイクで叫んだが手遅れだった。パニックに陥った観客は、客席後方から上がった炎に追い立てられ、一斉に舞台下の入口に殺到した。扉を開けたとたんそこからも炎が噴き出し、ステージと客席を分離した。

冴子とザックは控え室へ後退する。炎の向こう側で悲鳴があがり、どん、という鈍い音がいくつも響いた。

屋上から飛び降りた観客が地面に激突した音。冴子は両耳を塞《ふさ》ぎ目をつむる。ザックは冴子を胸の中に包み込む。

控え室の空気はかすかに煙たく感じる程度だが、窓の外には黒煙がもうもうと立ちこめている。ガラス窓一枚隔て、かろうじて清浄な空気が残されていた。ザックは机上に置き忘れられたコップの水をハンカチにしみこませ、冴子の口に当てる。

「これじゃあ、禁煙しても何の意味もなかったな」

ザックが呟く。非常事態なのに、と冴子は可笑《おか》しくなる。

「やっと笑ったね。じゃあ一緒に、忌まわしい現世の真っ直中に舞い戻ろうか」

笑顔のザックに、冴子は不思議そうな顔で尋ねる。

「一緒に極楽へ行こう、って言われるかと思ったのに」

「バカ言うな。こんなことでくたばるザック様じゃない。それは冴ちゃんも同じだ。これからあんたの歌で世の中を埋め尽くしてやるんだろ」

冴子は笑顔を崩して、激しく咳きこんだ。

「そうね、そうかも。でもやっぱりもうダメみたい。喉は痛いし、息が苦しいの」

冴子の声がかすれている。

「前みたいな声は出せなくなっちゃうなら死んだ方がまし。好きだった煙草もやめたのに」

ザックは冴子を抱きしめる。

「諦めるな。死ぬ時は天が決める。どんなに苦しくてもみじめでも生にしがみつく、俺たちはそうやって生きていくんだ。自分で死を選ぶなんて傲慢だ」

炎の轟音が、ふたりの身近に迫ってきていた。

「冴ちゃん？」

ザックの問いかけに、冴子の返事はなかった。ザックは吐き捨てる。「ちくしょう」

冴子の身体を抱き上げ、立ち上がる。控え室の窓が赤々と光る。ザックは煙の中、悠然と出口に向かう。扉を一撃で蹴破ると、扉の外に炎が舞い上がった。

倒れた扉に誘導されて、目の前の炎がふたつに分かれ、ふたりの道をまっすぐ指し示す。ビクトリー・ロードの果てに、銀色の服を着た異星人の姿が見えた。

手を広げた消防士がふたりを招く。ザックは一瞬の炎の間隙《かんげき》を衝《つ》き、歌姫を抱き上げた騎士《ナイト》となり、消防士の背後に掛けられた銀の梯子《はしご》へ走り抜けた。


複数のサイレンの音が聞こえてきた。ポケベルの返事はない。米田副婦長は、総婦長に相談すると言い残し、部署を離れた。後には、猫田主任をトップとする看護婦の若手が残された。看護婦たちは研修医・速水と猫田主任を交互に見つめ、鳴らない電話を横目で見て息を詰める。

猫田が呟いた。

「タイムリミット。しょうがないわね。ベストは尽くしたわ」

猫田主任は背筋を伸ばす。

「じゃあみんな、今からは速水先生がボス。指示に従いましょう」

速水は胸を張る。しかし唇は真っ青で膝は震えていた。猫田主任が速水に尋ねる。

「さっきＩＣＵのベッドをできるだけ開けろと指示されましたが、どちらに誰を移送すればいいですか？　病棟もベッドの空きはないと思いますが」

猫田の冷静な声に我に返った速水が、一瞬ためらった後で言う。

「人工呼吸器を装着している渡辺さん以外は全員、極楽病棟へ上げてください。あそこにはまだ、ベッドのゆとりがたっぷりある」

猫田主任が振り返る。

「聞いたわね？　加藤《かとう》と佐野《さの》は極楽病棟に患者搬送。すぐに取りかかって」

指名されたふたりは顔を見合わせる。猫田主任が言い放つ。

「何をぐずぐずしてるの。さっさと動きなさい」

言葉に弾かれ、ふたりはベッドに向かう。電話のベルが鳴った。震える手で速水は受話器を取り上げる。救急隊員の切羽詰まった声が病棟に響いた。

五分後。遺体が運び込まれた。ひと目で、手の施しようがないことがわかる。炎に追われ屋上から飛び降りたという。死亡診断書を手早く記載しようとするが、手が震えて思うように書けない。猫田主任が小声で言う。

「そんなのは後でいいのよ」

ペンを胸ポケットに戻した速水の足元は、スポンジの床のようにふわふわしておぼつかない。大学病院では救急患者を受けることは少ない。地域医療の慣例だ。結果、速水は半年間、癌患者のなだらかな死以外見たことがなかった。今、速水は初めてむき出しの死と直面したのだ。

鳴り止まぬ電話のベルにせき立てられるようにして、速水は心中ひそかに救急外来に臨時ＩＣＵ設置を決めた。その瞬間、また電話のベルが鳴る。速水は受話器を取り上げる。

「なんだよ、この患者」

いきなり、聞き慣れた声が耳に飛びこんできた。極楽病棟の留守番役、田口だった。ＩＣＵから大挙して上げられた患者群に戸惑っているようだ。まあ、至極当然の反応だろう。速水は少しほっとして怒鳴り返す。

「言っただろ。けが人が押し寄せてくる。今、第一弾が到着して、救急外来はてんてこまいだ。ＩＣＵの軽症患者を極楽病棟に上げるから引き取ってくれ。そっちは、看護婦がケアできる患者ばかり、対応は看護婦に任せて一階救急外来にきてくれ」

受話器の向こうで田口が息を呑む。そして短く答える。「わかった。すぐ行く」

電話を切ったとたん、ベルが鳴り響く。速水が置いたばかりの受話器を取り上げる。

「はい、はい、了解しました。搬送してください」

受話器を置いたとたん、またベル。「はい、ＯＫです。運んでください」隣の電話が鳴り、花房が出る。話を聞いた花房が速水に尋ねる。

「三度熱傷、意識不明だそうです」

速水は、自分が手にした受話器の相手と花房の問いに同時に答えた。

「わかった。受ける」

それからスタッフに言い放つ。

「遺体は隣の処置室に運んでくれ」

速水は背後の灰色の壁に向かい、深々と息を吸い込んだ。

熱傷患者が運び込まれてきた。来院時心停止状態。肌は赤く焼けただれ、両手を天に突き出し、虚空に救いを求めているような姿。速水は自分の襟首が摑まれているような錯覚に囚われた。

猫田主任が速水に寄り添って、ささやく。

「しっかりしなさい、唇が真っ青よ」

速水は猫田を見つめる。猫田はうっすらと笑う。

「わかった？　これが修羅場よ」

長身の速水を見上げ、猫田が呟くように言う。速水は唇を噛み、うつむいた。

秒針が時を刻む音がＩＣＵに響きわたる。速水は唾を吞み込む。そんな速水を追い立てるかのように、複数の電話のベルが鳴り響いた。

その音に振り返る。電話のベルの向こう側から、うめき声を上げる無数の重症患者が恨めしげな表情で速水に向かって一斉に腕を伸ばしてきた。

速水は思わず後ずさる。ごくりと唾を呑む。そして看護婦たちの顔を見ずに声を張り上げた。

「ＩＣＵはもう満床だ。以後、救急隊の電話は、一切取り次ぐな」


サイレンの音が近く遠く響いている。行き場を失った救急車が右往左往している様が、速水の脳裏に浮かぶ。壁に両手をつき、足元を覗き込む。気がつくとそこは新病院の屋上のさらに上、いつも速水がごろ寝をする貯水タンクのてっぺんだ。深淵の底を覗き込むと、血まみれで地面に打ちつけられている、未来の自分が見えた。

——こんなところで、俺は何も知らずにはしゃいでいたのか。

崩れ落ちるように深々と黒い回転椅子に沈み込み、両手を組んで目をつむる。

みんな速水を遠巻きにして近づかない。電話のベルが鳴り、看護婦は〝満床です〟と断り続けている。彼らに背を向け、速水は灰色の壁に向かい合う。

猫田主任が速水の背中に歩み寄ってくる。そしてその耳元でささやく。

「誰も速水先生を責めたりしない。先生の判断は正しい。自分の限界を知り、可能な範囲で対応する。ふつうの医者はみんなそうするわ」

速水は指を組み、灰色の壁をにらみ続ける。猫田は目を閉じて、続ける。

「今、この瞬間にも、救急車は行き場を求め、車中では、助かるかもしれない命が消えかかっている。でもそれは天命ね。人の力でどうこうできるものじゃない」

速水は目を閉じて、呟く。

「わかってます」

猫田は静かに続ける。

「人はいつか必ず死ぬ。そこにはただ、遅いか、早いかの違いがあるだけ。だから医療って天に逆らう傲慢な行為なの」

壁に向かって嘆息をつく。

「そうですけど、俺は、死には負けたくない」

猫田は閉じていた目を開くと、速水を凝視する。そして小声で、だがはっきりと言い放つ。

「だったら、とっとと患者を受けなさい」

速水は猫田を見上げる。猫田の口から激しい言葉がほとばしるように溢れ出る。

「あんたは東城大のイカロスよ。天高く舞い上がり、太陽の怒りを買って地べたに叩きつけられる大バカ者。でもね、イカロスは人々の希望なの。その失墜を見て、勇気ない人間は安全地帯から指さしあざ笑う。だけど心ある人はイカロスを尊敬する。できれば自分もイカロスにならんとする。なぜだかわかる?」

速水は首を横に振る。猫田は答える。

「いつかきっと、人々の願いが積み重なり、天へと届く日がくると信じているからよ。何てバカな人間たち。そして何て愚かなイカロス」

猫田は声を張り上げる。

「何のためにあたしが、あんたが貯水タンクの上でごろ寝してるのを見逃してあげてると思っているの。あんたの居場所はあのてっぺん。だからとっととその高みから見える景色のそのまま、信じるがままに命令しなさい」

速水は呆然と猫田を見上げる。猫田は速水の肩に手を置いて、やさしくつけ加えた。

「みんな、あなたの命令を待ってるの」

椅子をきしませて振り返る。受話器を手にした看護婦たちが、速水を見つめていた。

速水は椅子に深々と沈み込んだ。短い沈黙。

やがて、看護婦たちに背を向けたままゆらりと立ち上がる。

「前言撤回。ただちに救急隊に告げろ。今から来る患者はみんな受ける」

灰色の壁に向かって叩きつけられた挑戦状のような命令を受け、看護婦たちは一斉に、張りのある声で電話に向かって速水の意志を復唱した。


「美和ちゃん、ちょっと」

猫田に呼ばれて、花房はおそるおそる救急外来の司令塔、速水と猫田に歩み寄る。

「なんでしょう、猫田主任」

猫田はうっすらと笑って言う。

「こんな時に不謹慎なんだけど、速水先生は美和ちゃんのことが大好きなんだって」

「な、何を一体……」

黒い回転椅子から転げ落ちそうになる速水。隣で花房は、思わぬ愛の告白を受けて、真っ赤になる。猫田はしゃあしゃあと続ける。

「でね、速水先生はこれから緊張しまくるから、自分を支えてくれるお守りがほしいんだって。一番効果があるのはサムシング・ラバー。愛しい人の持ち物なの」

猫田は花房に手を差し出す。

「美和ちゃん、口紅を持ってたわよね。それを速水先生にあげてくれない？　美和ちゃんの気持ちも確かめないで申し訳ないけど、患者さんのためだからお願い」

花房は真っ赤になって、ポケットからルージュを取り出し、猫田に差し出す。

「こんなものでよかったら、どうぞ」

そしてあっという間にその場から駆け去ってしまった。猫田はルージュを速水に手渡す。

「はい、お守り。これでがんばって」

「いったい何なんです。こんな時に変なでたらめを。さっぱりわけがわからない」

小声で抗議した速水に猫田は答える。

「ごめんね、あたしは口紅を持ち合わせていないもんだから」

「どういうことです？」

猫田はルージュを速水から取り上げる。蓋《ふた》を開け、改めて速水に手渡した。

「鏡を見て。唇が真っ青よ。司令官の弱気は部下に伝染《うつ》る。口紅を塗れば弱気はごまかせるわ」

速水は小声で言い返す。

「やってられるか、そんなオカマみたいなこと」

「冗談じゃないのよ。ここは戦場。ひとつ間違えば人の生死にかかわる。なによ、口紅のひとつやふたつ。それで人の命が救えるなら安いもんでしょ」

それからにっと笑ってつけ足した。

「それに花房は一途《いちず》だから、ああ言っておけばこの後、あの娘は速水先生のために死に物狂いで働くわ」

その瞬間速水は、目の前にいるこの女性には一生敵わない、と悟った。速水は言われるがまま手渡されたルージュを乱暴に塗った。

遠くから自分を見守る花房の視線がわずらわしくも、妙に眩《まぶ》しい。ルージュを引き終えた速水は、怒ったように立ち上がる。

「さあ、今からが本番だ。みんな、準備はできてるな」

真っ赤に塗られた口から発せられた怒号が、殺風景な救急外来の灰色のコンクリートの壁にぶつかって響き渡った。看護婦たちの力強いうなずきが返ってきた。

田口が極楽病棟から下りてきた時、速水は怒号を上げていた。ストレッチャーの上の患者の心肺蘇生を行ないながら、隣の患者の補液のオーダーを出し、途中参戦した若手研修医に負傷者の手当てを割り当てる。みんな速水の指示に従っている。見回すと救急外来は負傷兵でいっぱいで、うめき声があふれていた。田口の姿を見て速水は言う。

「行灯、ご苦労。お前は修羅場には向かない。待合いロビーを臨時救急室に拡張するんで、そっちの方の場を設定してくれ」

「何だそれ。何言ってるか、さっぱりわからないぞ」

速水は目の前の患者の心臓マッサージをしながら、背中の田口に答える。

「ロビーに救急患者を運び込む。事務長に協力要請し、ソファを臨時ベッドにしてくれ。俺もこの目処《めど》がついたらすぐ行くから」

速水が心臓マッサージをしている患者が突然吐血し、速水の白衣に一条の返り血が走る。田口は真っ青な顔になりながら、うなずく。

「わかった。やってみる」

速水は立ち上がると言い放つ。「この患者はダメだ。次」

「ＩＣＵベッド、満床です」

遠く救急車のサイレンが鳴り響く。看護婦の報告に立ちすくむ。速水はスタッフに言い放つ。

「ＩＣＵはこれ以後は後方ベッドとして機能させる。現状維持に努め、前線は病院玄関ホールに移動する。三名、俺に同行しろ」

白衣のナースが三名、すっと立ち上がる。花房もいる。猫田は腕組みをして小さくうなずく。

「バックヤードは、任せて」

速水は惨状を網膜に焼きつけるようにしてその目に納めると、大股で臨時ＩＣＵ救急外来を後にした。


速水がロビーに着くと、案の定、田口と副事務長の言い争いの真っ最中だった。夕方のロビーには外来患者はほとんどいない。老人がひとり、テレビを眺めているだけだった。

「そんなこと病院長の許可がなくては、できることではない」

「だから繰り返し説明してるんです。城東デパート火災で、今から患者が運び込まれて来るんで、ここを使わせてください。救急外来とＩＣＵはすでにパンク寸前です」

「それは、研修医の先生が判断することじゃない」

副事務長を、速水が背中越しにどやしつける。

「上の先生たちとは連絡が取れない。ポケベルにも応答なし。みんな市民公開講座に行ってるんだ。だから残された医師を代表し、今から俺が指揮を執る」

振り向いた副事務長の言葉が発せられる前に、速水は事務室に足を踏み入れる。全館放送用のマイクのスイッチを入れた。速水は息を深く吸い込んだ。

膝の震えが止まる。

速水の朗々とした声が、夕暮れの東城大学医学部新館に響き渡る。

「城東デパートで発生した火災により多数の負傷者が当院に搬送されています。救急ＩＣＵだけでは処置しきれません。全館の医師の協力を要請します。玄関ロビーに集合してください」

副事務長が放送のスイッチを切ろうとする。

「そんなこと、独断で決められては困ります。責任は誰が取るんですか？」

速水は副事務長を放送マイクから引き剝がし、田口に放り投げる。

「そいつを押さえておけ」

田口に命じてから、速水は再びスイッチを入れる。

「緊急事態、火災により、負傷者が多数当院に搬送中。院内の医師は直ちに一階ロビーに集合せよ。非常事態を宣言する。今から全病棟スタッフは総合外科の速水の指揮下に入る」

マイクスイッチを切り、速水は呆然としている副事務長に言う。

「責任の所在はこれで明らかでしょ。わかったら、田口の指示に従ってロビーに臨時ベッドを作る手伝いをしてください」

反論の前に救急車のサイレンが高々と鳴り響き、玄関前に停車した。ふたりの患者が運び込まれてきた。平穏だった夕方のロビーは一気に修羅場に変わった。


「このように、私たち東城大学医学部付属病院のメンバーは一丸となって、地域医療に対する貢献を続けてきたわけです。しかし現在、この土台を崩しかねない状況が出現しています。医療費亡国論に端を発した、医療費削減政策です。増大する医療費を削減するという国家の方針に対応すべく、われわれ医師も政策に合った業務遂行形態を取り……」

第二内科、江尻教授は、ざわめく客席の気配に朗読を止めた。舞台袖から医局長で雑用係の木《き》下《した》が何やらゼスチャーをしている。江尻教授は客席にひとこと、言う。

「少々お待ちください」

舞台袖に引っ込む。江尻教授は小声で木下を叱責する。「何だ、講演の最中に」

「大変です、城東デパートが大火災を起こし、現在多数のけが人が病院に搬送されているとのことです。たった今病棟から連絡があり、至急会場の医師に、病院に戻っていただきたい、とのことでした」

江尻教授は、天を見上げて考え込む。

「参ったな。私の講演はあと二十分はかかる。これからが一番言いたいところなんだが……」

江尻教授は舞台袖から、ざわめき始めた客席を見ながら、木下医局長に言う。

「そうだ、総合外科の連中も来てたな。彼らに一足先に戻ってもらおう」

江尻教授は冷たい笑顔になる。

「何しろ連中は佐伯病院長に反旗を翻すと言いながら、実際には何一つ動いていない。佐伯倒幕運動のスパイの可能性もある。これから話す内容は、新しい病院経営ビジョンを含んだ画期的なもの、現病院長にパクられたらたまらない」

「なるほど、それは一石二鳥、見事な御差配です」

おもねるように木下が言うと、満足げに笑顔を浮かべた江尻教授は、再び光が降り注ぐステージへと向かった。

臨時救急センターと化した病院一階ロビーには、負傷者が多数転がっていた。その振り分けと的確な人員配置で、いつしかロビーには、乱雑だが速水を頂点とした秩序が出来上がっていた。出窓に近い場所では、整形外科に対応できる人材が集まり、外傷ユニットとして機能していた。熱傷は洗面所前で、看護婦が濡れタオルを次々に供給する。事務室奥では、田口の周りに不安に満ちた軽傷者が集まり、口々に何事か訴えていた。田口は丁寧に答え、時に励ました。死体は手早くロビーから撤去され、中庭に安置された。

　救急車が次々に供給する新患を、速水は手早く分類し、専門領域に振り分けていく。


「ちくしょう、もっと飛ばせ。救急車のスピードはこんなもんじゃないはずだ」

　ザックは呼吸停止した冴子の身体を抱き締め、懸命に心肺蘇生を行ないながら吠える。前胸部に圧を掛けて心臓マッサージを五回、それから二度マウス・トゥ・マウスで酸素を吹き込む。隣で救急隊員が感心して尋ねる。

「人工呼吸の講習、受けたことあるんですか？」

　ザックは答える。

「昔、医学部だった。落ちこぼれて辞めたけど」

　救急隊員はそれを聞き、点滴を持ち出してきた。

「それなら、これもお願いできますか」

ザックはリンゲルの針先を受け取るとあっさり静脈を探り当てラインを取った。

「まだ着かないのか。これじゃあ間に合わない」

ザックの祈りが天に通じたか、救急車は急停車すると、後ろのハッチが開く。乗り込んできたのは、血染めの白衣をなびかせた天翔《か》けるイカロス、救命救急の臨時責任者、研修医・速水晃一だった。速水は一目冴子を見て、首筋に手を当てて言った。

「この人は俺が診る。正面ソファを開けろ」

その正面ソファまでに、溢れていた人が一斉に道を空け、速水はストレッチャーごとホール中央の特別診療室へと駆け戻る。

心臓マッサージを続けながら、速水は懸命に冴子に語りかける。

「戻ってこい。そこからなら、戻ってこられるはずだ」

崩れ落ちそうになりながら、ザックは隣に佇んでいる。


冴子は花の香りにつつまれていた。冴子の歌声がどこまでも伸びやかに波紋のように広がっていく。

——気持ちいい。こんなところ、初めて。

冴子は幸せな気持ちになる。やっとあたしの歌が還る場所にたどりついたのかな。

うっとりと目をつむる冴子に、ノイズが響く。

「……こい…………ってこい」

うっすらと冴子は目を開く。いきなり、膨大な痛覚刺激が自分を襲う。

何、これ。どうしたの、あたし。

「戻ってくるんだ。そっちに行くのはまだ早い」

はっきりした輪郭の言葉が、意識を引きずり戻す。

――何言ってるの、この人。あんな素敵な世界から、どうしてあたしを……。

冴子は痛覚の海でもがきながら、憎むべき相手をしっかり見据えようとして目を開く。目の前に、真っ赤なルージュを引いた唇が見えた。

――男の人なのに、ルージュなんか引いてる。変なの。

冴子は男が自分に覆い被《かぶ》さり、自分の唇を塞ぎ、息を吹き込んでいるのを感じる。それから突然、男の姿全体が見えてきた。まるで空から見下ろしているかのように。

冴子の意識がふうっと遠のく。うつらうつらと笑う。変な人。でも、何て綺麗な……。

次の瞬間、冴子の全身を更に激しい衝撃が襲い、冴子は一気に覚醒した。

くっきりとした輪郭を持った長身の男性が見下ろしている。目があった次の瞬間、男はひとこと言い放つ。

「よし、戻った。次」

男は冴子に背を向けて、視界から消えた。薄れていく冴子の意識の中、血まみれの白衣がZ旗《ゼットき》のようにはためいていた。

黒塗りのハイヤーが玄関に滑り込む。黒崎助教授と世良助手、そして一年生研修医の松本の背広姿の三人が足を一歩踏み入れ、惨状に呆然と佇んだ。

黒崎助教授が声を張り上げて言う。

「何だこれは、誰か現状を報告しろ」

その背後から救急隊が搬入したストレッチャーがなだれこむ。

「どいたどいた」

救急隊の言葉によろけた黒崎助教授の傍らを一陣の赤い風が吹き抜けた。

血染めの白衣を身に纏《まと》った速水だった。速水はストレッチャー上の患者を手早く診察すると、隣の黒崎助教授の姿に気がついた。

ちらりと黒崎助教授を見て、言う。

「大腿《だいたい》骨折です。黒崎助教授、整復をお願いします」

それが自分に対するオーダーだということに、黒崎はすぐには気づかなかった。やがて速水の言葉の意図を理解した黒崎は、顔を真っ赤にして怒鳴り声を上げた。

「研修医風情が指示するな。まず、状況報告だ」

血染めの将軍、速水は即座に言い返す。

「患者は屋上から飛び降りて大腿骨折。ただちに整復を要する。補液など、周囲処置を含め、整復後、整形外科病棟に上げる必要あり。確認は後日」

「指示を訊いているんじゃない。状況を報告しろ、と言っているんだ」

速水は腕組みをし、傲然と言い放った。

「見りゃわかるだろ。火事の修羅場でひっちゃかめっちゃかだ。グズグズ言わずにとっとと自分の仕事にかかれ」

搬入された次のストレッチャーに駆け寄った速水は手早く見て取る。

「あんた、歩けるだろ。奥のぼさっとしたヤツのところで話を聞いてもらえ」

言い残した速水は、風のように別のユニットへ向かった。

黒崎は呆然と速水の後ろ姿を見送った。世良が黒崎の背中に手を当てて押す。

「叱るのはあとでもできます。今はヤツの指示に従いましょう。ほら、あそこが私たちが貢献できる場所のようです」

世良助手が指さした場所では整形外科の数人が骨折の処置を行なっていた。

黒崎助教授は何かを言いかけた。だが結局黙り込み、世良に従った。

速水は戦場を視察する将軍のように、ゆっくりとホールを歩き回る。ホールの片隅の机を積み上げた一画にたどりつくと、その上に上り仁王立ちになる。肩から掛けた血染めの白衣が、風もないのにふわりと揺れた。

速水の横顔を、夕陽が赤々と照らしている。

市民会館に併設された豪奢《ごうしゃ》なホテル『ブロッサム』の大広間では華やかなシャンデリアの光の下、三度目になる乾杯が行なわれていた。サンザシ薬品常務の挨拶《あいさつ》だ。

「おかげさまで手前どもも三十周年を迎えました。これもひとえに東城大学医学部のみなさまのおかげでございます。特にサンザシンに対する日頃からの手篤《てあつ》い対応には、感謝しております。残念ながら近年、薬剤耐性菌の出現により、サンザシンも適用を見直されることになりましたが、東城大の諸先生方におかれましては多大なるご支持をちょうだいし、まことにありがたく存じます。感謝の意を込め、江尻教授の教室のご繁栄も祈念し、ちょうど東京・帝華ホテルで行なわれている佐伯病院長主催の国際消化器学会に負けぬようなおもてなしをと考えまして、帝華ホテルのシェフにお願いし、まったく同じ御料理を現地から直送させていただきました。是非、国際学会と同じグレードのスペシャル・バンケットをお楽しみください。ではみなさま、三度目の乾杯のご唱和を。その後は待ちに待った無礼講です」

背広姿の医師たちが掲げたシャンパン・グラスに、シャンデリアの光が映り込んだ。一斉にざわめきが起こり、寿司のテーブルに飢えた研修医たちが殺到した。

黒崎助教授は、助教授室から東京のホテルに滞在している佐伯教授にホットラインをかけた。夕方の越権行為について切々と説明し、ひとこと、加えた。

「このような越権を研修医に許すという事態を看過すれば、我が総合外科学教室、ひいては東城大の秩序が崩壊します。お戻りになられましたら断固たる処分を。速水研修医の譴責《けんせき》を……」

沈黙が流れた。耳を澄ます。受話器の奥で風が鳴っている。

やがて佐伯教授の低い声が聞こえてきた。

「部屋の窓から見る東京タワーは見事だぞ、黒崎。まるで天下を取ったみたいな気持ちになる」

「はあ」

「それにしてもご苦労だった。私の留守中の大問題を、残留した責任者として、よく捌《さば》ききってくれたものだ」

「え？　いや、あの、佐伯教授、私が申し上げたいのは、そのようなことでは……」

佐伯教授は、静かな声で言った。

「回線の調子が悪くてよく聞こえないんだ。いずれにしても、病院長である私の留守を託した江尻クンと黒崎、ふたりのおかげで事なきを得た。東京でも、東城大学の声価を高めたと評判で、私も鼻が高い」

唐突に通話が切れた。黒崎助教授は呆然と受話器を握りしめていた。

速水は、東城大学医学部付属病院の屋上に佇んでいた。手すりにもたれ、桜宮市街の夜景を見つめる。宝石を撒き散らしたように、色とりどりの光が溢れている。

速水は、屋上の貯水タンク、さらにはるか彼方の星空を見上げた。そして思う。

——もうあのてっぺんでは、二度とはしゃげないだろう。

さっき、貯水タンクに登るため梯子《はしご》に足を掛けようとしたが、足が震えた。そのまま足の下を見て、今度は心が凍りつく。

——俺の翼は叩き折られてしまった、のか。

空気が揺れた。振り返ると、腕組みをし、カーディガンを肩から掛けた猫田主任が歩み寄ってきた。

「一年生のお坊ちゃんにしては、まあまあだったわ」

速水は肩をすくめる。そして小声で答える。

「俺は本当の修羅場を知らない、ただのボンボンでした」

「その通りよ。でも、自分を知るということはいちばん大切なこと」

うっすらと笑う。

「もう立てないでしょ、あのてっぺんには」

速水は猫田主任を見つめて小声で言う。

「怖い、です」

猫田は小さくうなずいた。

「これでやっと、速水先生は医師のスタートラインについたのよ。自分の命を失う怖さを知らなければ、人の命なんて扱えないわ」

速水はうなずく。

「一から出直します。俺はこの空を翔べると思ってイキがっていた。でも俺に翼なんかなかった。ただの思い上がりだった」

速水は拳を手すりに叩き込む。猫田は静かに言う。

「そうね、あんたは翔べないイカロス。だけど人間なんてみんなそう」

そう言ってから、猫田は呟くように言った。

「でもね、そんな人間でも、諦めなければいつかは神になれる瞬間が訪れるものよ」

速水は猫田に尋ねる。

「俺でも神になれますか？」

猫田は速水を見つめた。その目がゆっくり閉じられていく。やがて天から降ってくるように、静かな声が響き渡った。

「長い年月の果て、あなたはきっと、誰よりも神の座の近くまで昇り詰めるわ」

速水は微笑した。それから思い出したように貯水タンクのてっぺんを指さして言う。

「本当は猫田さんも、あそこでサボったこと、あるでしょ」

猫田は肩をすくめて答えない。速水は続けて尋ねる。

「どうして根城にしなかったんですか、あそこ」

猫田はうっすら笑う。

「あそこはあたし向きじゃないの。だってとっても寒いんだもの」

速水は声をあげて笑う。それからふたりは肩を並べ、夜景を眺めた。

暗い海岸線では、螺鈿《らでん》の忘れ貝が一瞬、七色の光芒《こうぼう》を放った。

09

一九九一年十月二十二日　木曜日　午前十時
東城大学医学部付属病院

病棟を回診していた速水が、喉に包帯を巻いた若い女性の枕元で病状を説明している。

「煙を吸ったせいで声帯がやられてしまったようです。声が元に戻るかどうかは保証できませんが、命に別状はありませんのでご心配なく。明日には退院できます」

枕元を立ち去ろうとした速水の背中に、女性のしわがれた声が響いた。

「あたしの声、返して」

速水は立ち止まり、振り返る。女性はまっすぐに速水を見つめていた。

「命に別状がない、ですって？　冗談じゃないわ。あたしは歌が大好き。なのにこんな声にして。全部あんたのせい。あたしの澄んだ声を返して」

ベッドに付き添う、黒い革ジャンの長身男性が女性に話しかける。

「冴ちゃん、無茶言うなよ」

その言葉を制し、速水は冴子に歩み寄る。そして耳元でささやきかける。

「君、売れない歌手なんだって？」

冴子は目を見開いた。速水は続けた。

「綺麗な声でも売れなかったんだから諦めな。歌手として君はとっくに死んでる」

速水の残酷な言葉に、冴子は息を呑む。長い沈黙。やがて呟いた。

「だったら、殺して」

速水の視線は微動だにしない。冴子に答える。

「俺は医者だ。そんなことはできない」

「あんたは昨日、けが人を大勢診てたから、あたしのことなんて覚えてないんだろうけど、あたしはあんたのことをよく覚えてる。あたしをこの世界に無理矢理引き戻した張本人。男のクセに口紅を塗った変態野郎。何で引き戻したの。あのまま逝《い》かせてくれればよかったのに」

速水は答える。

「運が悪かった。今度は俺がいない場所で死ぬんだね。俺の目の前で死ぬなよ。そしたら俺は必ず君を救ってしまうからね」

「大きなお世話よ」

立ち去ろうとした速水は、思い出したように言った。

「昔の綺麗な声は知らないけど、君の今の声は魅力的だよ。ハスキーで迫力あるし。その声で、世に対する恨みつらみを歌いなよ。そんな歌を必要とするヤツはこの世に必ずいる。少なくとも俺は、君が歌う恨み節なら必ず買うね」

冴子は上半身を起こし、速水を睨みつけながら言う。

「今の言葉、忘れないで。あたしはこれからあんたのために歌う。あんたを歌声で締め殺してやるから」

振り返った速水はからりと笑った。

「楽しみにしてるよ」

エピローグ

二日後。入院患者があらかた退院し、平穏に戻った東城大学医学部付属病院に、国際学会を成功させた佐伯総合外科の面々が凱旋《がいせん》した。医局の面々はテレビ報道や新聞で城東デパート火災を知り、各々が持つ病院との情報ネットを駆使し、未曾有《みぞう》の大惨事に対応したのが医局の暴れ馬、速水であることを知った。

医局員は、速水がこれまで以上に増長すると予想し、叱責できないであろう自分の姿を思い浮かべ、げんなりした。だがいざ医局に戻ってみると、意外にも速水は以前よりおとなしく、上司の命令にも無闇に刃向かわず、他の一年生と同じように、淡々と日常業務に励んでいた。あまりの変貌《へんぼう》ぶりに怪訝《けげん》に思ったオーベンたちは、速水が今回の件で重大なミスでも犯《おか》したのではないか、などと邪推した。だがどこをどう調べても、そのような事実は見つからなかった。

やがて城東デパート火災事件もいつしか日常業務の中に埋もれ、風化していった。事件後も相変わらず速水の姿は付属病院新棟の屋上で時々見かけた。屋上の速水は手すりにしがみつき、遠く水平線を見つめていた。

そんな速水をいつしか、上司連中は煙たがる気持ちから、そして速水より下の人間は畏敬《いけい》の念を込め『ジェネラル・ルージュ』と呼ぶようになった。

東城大学医学部に語り継がれる『ジェネラル・ルージュ』の伝説は、こうして今日の桜宮の医療へと連綿と続いていく。それから十数年後、速水は東城大に創設された救命救急センター、通称オレンジ新棟の輝ける星として、桜宮の医療に君臨することになるのだった。

History

海堂尊以前／以後

1961−2009

海堂尊はどのようにして出来上がったのか？
幼少期から学生時代、医師としての毎日、そして作家活動。
自身が初めて振り返る、海堂尊の歴史。

幼年時代

海堂尊以前

1961◆千葉に生まれる。長男。幼児の頃は無口で、三歳までひとことも口をきかなかったものだから知的障害かと思われていた。実はお釈迦《しやか》様のように、この世について沈思黙考していたのだが、そのことは誰も知らない。

最初の記憶は、県営住宅の窓際で金魚の水槽を眺めているというもの。次に、砂利道に空いた大きな穴に蹴躓《けつまず》いて転んで大泣きをしている記憶。ただしこれは、スナップ写真の光景を見て、逆に記憶にすりこんだ可能性がある。

両親が共稼ぎだったので、赤の他人の家に預けられる。『チロリン村とくるみの木』なる人形劇がお気に入りで、母親が迎えに来ても頑としてテレビの前を離れなかった、と今になってなじられるのだが、これってどんなものだろう。

義務教育時代

1967◆小学校入学。妹と四人家族、県営住宅最上階の四階に居住。

1969◆三年の時、友人宅で『ファーブル昆虫記』と出会い昆虫好きになり、虫博士と呼ばれる。上級生が校庭で見つけた虫の名前を聞きに来て、即答したことでその地位を不動のものとした。当時、山と溪谷社の『日本の蝶』『続・日本の蝶』という本に載っている日本の蝶二四六種の名前を全部暗記していた。将来は昆虫博士になるつもりだった。

しばらくして、学校図書室でシャーロック・ホームズと出会う。友人を勝手にワトソン君と呼んで、将来私立探偵になろうと変心する。

近所の二葉書店に入り浸る。数時間立ち読みしていると、おばちゃんがお菓子とお茶を出してくれた。さらに読みふけっていると父親がやってきておばちゃんに謝りながら、私を拳骨で殴って自宅へ連れ戻した。そんな時は、古本屋さんの親父になろうと思った。

地区水泳大会で五〇M自由型金メダル。市の大会新記録だった。大会直前に記録を伸ばし、友人の名前でエントリー、社会的には私の記録とは認知されていない。人生最初の金メダルは代役だった。翌年、記録はあっさり塗り替えられた。

1970◆大阪万博があり、死ぬほど行きたかったが家庭の経済的事情で連れていってもらえず、代わりに新聞記事を切り抜いて大阪万博ガイドブックを自作し繰り返し読んだ。気がつくと、実際に見に行った級友より万博に通暁していて、万博博士と呼ばれる。この頃、鍵っ子になり、自由を謳歌しはじめる。

1973◆六年生の時吉川英治《よしかわえいじ》の『三国志』を読みふける。感動してすぐさまパクり、クラスメートを主人公に『四国志』を執筆、大学ノート三冊の作品はクラス内大ベストセラーになる。その後この作品は散逸。散逸したから言うのではないが、処女作でありながら世紀の大傑作だった。

地域のスポーツ大会に出まくり、サッカー、水泳、陸上と運動ばかりやっていた。生徒会長に立候補（させられ）、見事当選。後期に惰性で再び立候補したら、いいかげんさがバレて見事落選。人心掌握と、選挙の難しさを思い知る。

1974◆中学入学。夏の間しか稼働しない水泳部に入部。あとの季節はぼんやり過ごす。『刑事コロンボ』にハマる。ノベライズを全巻読破。連動して、エラリー・クイーンなどの海外ミステリーにハマる。あと、筒井康隆《つついやすたか》にハマる。

中学校の生徒会役員に立候補（させられ）、当選するが、最も性格に合わない、几帳面さが要求される「会計」となる。生徒総会で、会計報告の数字が合わないことを指摘され、「計算機が間違っていました」という答弁で乗り切る。だって本当なんだもの。当時のカシオ計算機は四〇くらいの項目の足し算をすると、毎回数字が違っていた。これはいいわけでなく、事実である。

高校・予備校時代

1976◆高校進学。県内トップ(当時)の進学校の最初の授業で、いきなり「ウチは四年制高校だから」と言われる。四年目は東京の受験専門学校へ行け、ということらしい。それを真に受け、高校三年間は剣道一筋。実力はなく、高校三年のインターハイ予選で選手に選ばれ損ねた。おまけにチームは一回戦負け。このダブルの屈辱が、後に大学での剣道一筋生活へと結びつく。そしていつの日にか、剣道部のバイブル雑誌「剣道日本」のグラビアを飾ってやると決意。この願いは後に形を変えて叶う。

1980◆現役大学受験は玉砕。教師の指導通り、四年制高校四年目に東京S予備校へ。落ちた理由は数学が苦手だったから。予備校では数学と理科だけ授業を受け、他の教科はサボった。成績はよく、前期後期とも成績優秀者として表彰され、賞金代わりに授業料返還を頂戴した。その金は両親にはなぜか返却されず、御茶ノ水をうろついていたら、うたかたのように消滅した。その時「今度は自由な身でこの街をゆっくりぶらつきたい」と願った。

すぐにその願いは叶うことになる。

医学生時代

1981◆千葉大学医学部入学。全学体育会系剣道部に入部。教養の授業は徹底的にサボり、麻雀にハマる。昼頃起床、夕方から道場へ稽古、夜中まで雀荘に入り浸り。両親と顔を合わせる機会が減少し、家庭内家出とか家庭内隠遁《いんとん》と自称していた。剣道三段を取得。医学部剣道部とふたつの合宿と試合に出ていたため、稽古量は他の部員の一・五倍あった。

1983◆当然の報いで、教養から医学部に上がるバリアで留年した。落としたのは人類学という半期の授業ひとつで、剣道部（麻雀同好会？）の悪友たちに「お前の今年の授業料は道場使用料だ」と言われて憤慨しつつも納得した。よく考えるとひどい仕打ちだと思い、非常勤講師に抗議しに東大に出向いたところ「悪い悪い。なら五点プラスするよ」と言われ脱力する。そんなことをされたら、この年は講義がひとつもなくなってしまうので遠慮申し上げた。当時より東大との相性は悪かったわけだ。あまりにヒマなので、母親のへそくりをちょうだいし、御茶ノ水のアテネ・フランセにフランス語を学びにいく。かくして浪人時代の願いは叶った。

留年したおかげで、秋の医師薬獣大会団体新人戦（二年生までが出場資格）に大将として三回目の出場をし、見事優勝する。周囲からズルだという声が出なかったのは、剣道一筋にかけた当時の私の人徳ゆえだろう。だが帰りの電車で、同級生に預けた金メダルをなくされ、天網恢々疎《てんもうかいかいそ》にして漏らさずということか、と酔っぱらった頭で納得し諦めた。それにしても、金メダルはよく手にするが、まっとうな金メダルが手元に残ったためしがない。

１９８７◆医学部剣道部の主将になる。部員は五〇人弱、後に第三期黄金期と称される。とにかく部員が大勢わらわらいた。自分が主将の時には東医体ベスト8。次の主将が優秀で、準優勝のメンバーに入れてもらえた。だから剣道生活は有終の美だったと思う。

自動車免許を取得。父親に中古の軽自動車を買ってもらう。スバル・レックスで、よく走ったが、きつい坂で黒煙を吐くことと、一〇〇キロを超えると冷房が併用できなくなるのが玉に瑕《きず》だった。この頃から医師国家試験の勉強会が始まる。属した勉強会は留年生プラス変わり者現役生という吹き溜まりグループだった。その頃「留年生の医師国家試験不合格率は現役生の一〇倍」なる統計データが発表され、悲壮感が漂う。我々の勉強会からは確率的に少なくともひとり、多ければふたり落第するはずだった。みんなひそかに、それはおそらく自分以外の誰かだと思っていたようだ。実に楽天的なメンバーだった。

勉強会が始まった頃から、本を読まなくなり、以降外科医だった九四年くらいまでを「読書生活暗黒の一〇年」（本当は八年だが、語呂がいいし面倒くさいのでそう呼ぶ）と後に命名した。

外科医時代

１９８８◆医師国家試験合格。勉強会メンバーは全員合格だった。奇蹟。合格発表は一三日の金曜日。正式に医師になっての初仕事は死亡診断書記載だった。すでに第一外科で研修を始めていたのでほっとした。大学病院の研修はキツく、二度と大学病院には行くものかと決意した。仕事のキツさもさることながら、一人前に扱われないことへの苛立《いらだ》ちが強かった。振り返るともっともな扱いだったのだが。

1989◆一月、昭和天皇崩御。大喪の礼を医局のテレビで見た。

医局のシステムで、二年目から地方の関連病院へ派遣される。大学病院が人材派遣することで、地方医療が回っていた。その貢献に触れず、医局の弊害ばかり言い立て医局制度を破壊した新臨床研修医制度の罪、その導入を図った関係者の社会的責任は甚大だと思う。

外部研修一年目は長野S病院。院長先生が釣った鮎をご馳走してくれたり、アットホームな雰囲気だった。若手のイケメン医師が集められた部屋で、楽しく過ごす。部屋の名にちなんで「ろくでなしの六研」と総称される。手術を山ほどし、ゴルフ、スキーにもハマる。ゴルフのベストスコア108。才能のなさに完全離脱したが、スキーは年五二回のゲレンデという記録を達成。

車を買い換える。スカイラインの新車三五〇万円を、語呂がいいというだけの理由で三三三万円まで値引く。さらに納車日が一三日の金曜日で縁起が悪いから一日早めてもらう。わがままな客だったがバブル全盛期で、こうした無茶がまかり通った。納車時、黒い排気ガスを吐きながらレッカーで引き取られていくのを見送り、涙が出そうになった。以来、自家用車は壊れるまで乗ろうと決意。ちなみにこの時のスカイラインは二〇年経った今でも実によく走ってくれる。

1990◆都立F病院。非常勤で給与は下がったが、使う機会もなく、困らなかった。仕事はキツかったが楽しかった。先輩からの申し送りで、必ず確定申告をすることというのがあった。ひと月分の給料が戻ってきた時、税金って何て横暴なんだろうと思った。当時、東京都庁が建設中だったので、都庁の窓硝子《ガラス》一枚分くらいは、私が収めた税金で賄われているはずだ。

1991◆千葉のN病院。野戦病院で、上下関係に厳しく、精神的にキツい一年だった。システムがかっちりできあがっている秩序正しい組織には、自分が向かないことを実感する。社会勉強になる、貴重な一年だった。

1992◆前半は海岸沿いの国保G病院。週一回のアルバイトは東京ディズニーランド医務室。ミッキーの風邪やシンデレラの靴ズレにのんびり対応する。

後半は国立C病院で麻酔。麻酔の難しさと面白さを教わる。簡単に言えばオーベン（指導医）がいれば、麻酔は簡単で楽しいが、オーベン無しなら、怖い、という程度の腕だ。アマチュアとしてはそこそこの麻酔医だったと思う。

大学院生時代（外科医+病理医）

1993◆千葉大学第一病理学教室に大学院生として入学。当時のM教授が開口一番「先生は外科医で、もうこんなのんびりした生活は二度とないでしょうから、研究はそこそこに、楽しんで下さい。遊んで暮らして博士号が取れなくても、先生がよければどうぞ」とおっしゃる。その言葉にいたく感動した私は、仰せの通り、四月から九月まで半年間、研究や解剖を一切せず、団体購入だと安くなるという理由で強制購入させられたパソコン、マックにハマる。この頃に徹底的にハマったブラインドタッチ・ゲームが、今日の速筆の土台になるとは、お釈迦さまでも思うまい。もっとも解剖をしなかったのはサボりでなく、当番制で当たらなかっただけだ。九月、痺《しび》れをきらしたM教授が、当時もっとも苛酷《かこく》な指導教官の下に強制的に私を配属し、桃源郷の時代は終わる。社会に本音と建前があることを認識した。

1995◆結婚をした。やがて私は論理ではどうにもならない世界があるということを思い知らされる。

　翌年、第一子が生まれる。人格として相手を認める気になる最低限の条件は、シモの世話を自分でできることだ、と心底実感する。

　この頃、瀬《せ》名《な》秀明《ひであき》さんの日本ホラー小説大賞受賞作『パラサイト・イヴ』が大ベストセラーになり、小説の舞台である分子生物学教室で研究をしていたこともあって、これなら自分にも書けると思いこんだ。すぐにプロットが浮かび書き始める。「健康な男子がある日怪我をし、入院先の病院で、真面目な看護婦が一生懸命ケアしてくれるのに、何故かどんどん病状が悪化していく」という物語で、何も考えずに書き始め、五枚で挫折。放り出した。この程度の思いつきで小説を書けると信じていた、あの頃の自分の楽天さが信じられない。だがふと、今も同じようにやっている自分に気づき愕然《がくぜん》とする。

　この時のプロットは一〇年後『螺《ら》鈿《でん》迷宮』として復活する。『螺鈿迷宮』はインタビューで構想一〇年というホラを吹いたが、あながち嘘《うそ》ではない。それにしても、どうしてある日突然書けるようになったのだろう？　謎《なぞ》だ。

1996◆研究で結果が出ず、このまま外科に戻ってバックレよう、と決意した二月、突然成果が出た。私の人生は瀬戸際でばたばたする。

　論文を仕上げるには追試も含め最低半年、長くて一年かかるので、あっさり外科に戻る選択肢を放棄した。当時は論文が目の前にちらついていたので当然だと思ったが、あれが外科領域からの完全撤退になるとは夢にも思わなかった。

病理医時代

1997◆夜討ち朝駆けで実験にあけくれる。楽しかった。英語の原著論文を一本仕上げ、無事に博士号を取得。論文は、ひとつできるとそれが雛形になっていくつかできることがある。道筋が見えたので病理学教室滞在を一年延長したいと申し出たら、現職場を紹介された。勤務しながら大学で研究してよい、という条件だったので、一も二もなく飛びついた。こうしていきなり就職が決まり、外科医から病理医へ転身した。それが現職場である。新病院完成直後の四月に赴任、初代病理医としてすっぽりはまり込んだ。

当時、病院では特殊治療を高度先進医療に申請するため、治療効果のエビデンス（証拠）を確立することが必要とされ、病理部門での確立が私に与えられたミッションだった（と勝手に自己設定した）。いきなり「放射線治療における病理学的治療効果判定の手法の確立」なる課題が降って湧いたわけだ。分子生物学とは縁もゆかりもなく、研究と臨床の乖離《かいり》だ、と実感した。

病理認定医試験受験を決意。教授から無理だとストップをかけられたが強行し、予見通り落ちた。解剖が主力業務になり、治療効果判定をきちんとしようと検討した結果、「従来の病理学的診断手法では治療効果判定はできない」などという、とんでもない結論を導き出し、呆然となる。

1998◆病理認定医試験に合格する。第二子が生まれ、妻は里帰りしていたのに、ひとりで試験勉強をしていた。今思うとなんてもったいない日々だったことか。後悔先に立たず。

1999◆治療効果判定病理学の構築が不可能だと気づいてから、惰性で従来の方法での判定をしていたが、すっかりやる気を失くしていた。そんな時、病院で亡くなった患者さんを供養する「慰霊祭」があった。小規模病院では慰霊祭は数年に一度。うちでも五年ぶりだった（なので私は初めてだった）。

供養の席で読経をうつらうつらしながら聞いていた時、ふと閃《ひらめ》いた。

「死体の画像を撮れば解決するじゃないか」

オートプシー・イメージング（Ai）を思いついた瞬間だった。

2000◆Ai実施のため、院内コンセンサスを取ることに奔走する。

三月、Aiの第一例目を施行。その後症例を重ねていく。業務も解剖が多く、多忙だった。一日三例の解剖とAiを行なった日もあった。

2002◆十二月、病理学会地方会でAiについての演題発表。反響があり、その時知り合った群馬大N教授（当時）の紹介で、翌年三月の病理学会総会で追加発言の機会をもらう。

Aiについての世界初の（当たり前だ）日本語論文がアクセプトされる。

2003◆医療系雑誌で「治療効果判定病理学」なる連載を始める。

Aiについての世界初の（当たり前だ）英語論文がアクセプトされる。

筑波メディカルセンター病院でAiと類似検査概念であるPMCT（検死CT）を実施していることを知り、責任者のS先生に会いに行く。その場でAi学会設立に同意し、Ai学会を立ち上げる。八月Ai学会創設。この時S先生が「一〇年後にAiの厚生労働省研究班でも立ち上がっているといいですね」と言ったので、私は「五年以内に立ち上がりますよ」と予言した。後に私の予言は的中する

（というか、強制的中させた？）。ただし、予言が当たったのは半分だけだったが。

2004◆第一回Ai学会開催。病理学会総会にて、Aiに関するワークショップを企画、実施。Aiに関する医学専門書を二冊刊行。一冊はS先生と共著。最初の一冊は値段を一万二〇〇〇円に設定され轟沈。ラーメン一杯五〇〇〇円の値付けをしたようなもので、さすがにこれでは売れない。二冊目は一五〇〇円という価格設定から入る。

一〇月、オーストラリアの国際病理学会で「解剖の未来」というシンポジウムでAiについて発表した。当時一面識もなかった横浜市大のN先生が、自分のオファーを回して下さったのだ。その後、私は病理学会上層部に不信感を抱くが、病理学会にも素晴らしい方々が大勢いる。学会の致命的なところは、個人の人徳と学会内の地位の高さが反比例している点だ。

某医療系雑誌に連載していた「治療効果判定病理学」の連載が終了し、満を持してAiの連載企画を提出したら、編集委員に却下された。理由は「企画者は連載を終えたばかりだから、同じ人が続けて企画をやるのはよくない」。編集委員は病理学会の重鎮の先生方で大層驚いた。企画の中身でなく、頻度で却下されたことに、アカデミズムに対する不信感が生じる。

ちょうどこの頃、厚生労働省が後押しをし、内科学会が主体になり、病理学会も協力して、「診療行為関連死に関する中立的第三者機関設置にむけてのモデル事業」が立ち上がる。Aiに関係した病理学会理事も参加していたが、Aiを導入した方がよいという私の提言を完全に黙殺した。その瞬間、モデル事業の失敗を予見した。この時点でこの国家的な企画が失敗すると予見していたのは、おそらく私だけだろう。

2005◆海堂尊・0歳　海堂尊以後

1月　二冊目の廉価版Ai専門医学書の執筆を終えた瞬間、「これでは売れない」と実感し、仕方なくこの戦略を諦めた。その時ふと、ミステリー仕掛けなら売れるかも、と以前ちらりと考えたことを思い出した。そのうちにトリックが浮かんだ。書き始めたら医学書を仕上げた余勢もあって、一気に二〇〇枚書き上げることができた。

これが『チーム・バチスタの崩壊』第一部である。途中で一度詰まったが、すぐ解決策を思いつき、三月六日『チーム・バチスタの崩壊』初稿が完成した。これを本にしてもらいたい、といろいろ調べ、『このミステリーがすごい！』大賞に応募を決めた。ゴールデンウイークから推敲に入ることにし、とりあえずプリントアウトした初稿は、ガムテープでぐるぐる巻きに封印した。そうしておかないと気が散って学会発表に集中できない、と考えたからだ。

3月　シリアで開催された国際法医シンポジウムに参加。死亡時画像に関する法医学分野の国際シンポジウムだ。当時米国のイラクへの攻撃が激しさを増し、シンポジウム告知直後、米国シリア大使館撤退のニュースが流れた。Aiの国際学会なので一発で参加を決めたが、法医学の先生たちは誰も参加しようとしない。理由を聞くと、妻に反対された、という理由が多かった。妻に言うと、「あたしも反対しなくちゃダメかしら」などとのたまうので、それ以上深く追求せず参加を決めた。一応、生命保険証書の確認はしておいた。

シリアではドイツの法医学会の面々と行動を共にした。英語は単語で通じることを実感した。シリアは報道では混乱と動揺していると聞いていたが、現地はのんびりしていて、いい国だった。そう感想を言うとドイツ法医学会副会長が後ろを指さし、「われわれにはシークレットポリスが張りついている」とおっしゃる。ちなみに真偽のほどは定かではない。

オプショナルツアーで行ったシリアの片田舎にある古城が、後の『螺鈿迷宮』での碧翠院桜宮《へきすいいんさくらのみや》病院のフォルムの原型になる。

この年の秋、ドイツで日独国際法医学会なる会が開かれ、そこのメイントピックが死体の画像診断だったので、このシンポジウムはその前哨戦だった。中東は宗教上の理由から解剖が推奨されず、Aiは期待されていた。日本のAiが先進的ですぐれていると吹聴しまくった結果、秋のシンポジウムに御招待いただくことになった。

4月　病理学会総会でAiの発表が三つ重なる。シンポジウムとワークショップ、講演の揃い踏み。Ai運動は頂点に達したものの、この先の闘いは長く困難なものになる、と予感。次のフェーズはAiの社会導入だから、学会上層部や事勿《なか》れ主義の官僚が相手になるとわかっていたからだ。

5月　連休以降、『バチスタ』の推敲に明け暮れ五月二六日脱稿した。

投稿前日にタイトルとペンネームを決めた。タイトルは暫定《ざんてい》タイトルから一歩も外に出なかった。ペンネームは二〇くらい考えたが、最後にはわけがわからなくなって、ひょいと決めた。

だから海堂尊の誕生日は二〇〇五年五月二五日、双子座のO型である。後に、主人公の田口が名前の由来を聞きまくるという技を使うものだから、取材ではよく名前の由来を尋ねられ、難儀をすることになった。

「海という字が好きで、すると下に来る字が決まる中で一番簡単な字の『堂』にした。尊はなんとなく、ぽろっと出てきた」と答えていた。実はこれもこじつけで、本当の理由は「何となくいきあたりばったり」である。

ペンネームの由来には、本人も知らない説がいくつかある。ヤマトタケルからとった「怪童タケル」という話。そんな傲慢な新人がいたらお目にかかってみたい。お、と思わされたのが、マンガ『がんばれ元気』（小山ゆう）に出てきた登場人物由来説。海道卓《かいどうすぐる》と火山尊《ひやまたける》のミックス、というものだ。実は高校時代『がんばれ元気』を愛読し、連載最終回が発売された日に、医学部合格発表を知ったというシンクロ性のある作品なので愛着もあった。ひょっとしたら無意識にそんな選択をしたのかもしれないが、正式な答えは、田口に向かってこう答えよう。「名前の由来なんて、いきあたりばったりのでっちあげだよ」

その時田口はカルテに何とメモするのだろう。

6月 病理学会に提案したAiのシンポジウム企画が却下された。「病理学会員の発表者比率が少ない」という理由。大会会長と懇意で、たぶん企画は通ると言われていたのでショックだった。同時にこれが病理学会理事会の判断だと理解した。それにしても連続連載はいかがなものかとか、学会員比率が少ない企画はダメ、とか閉鎖的すぎる。予想通りガラスの天井にぶちあたり、Ai導入運動はアカデミズムの世界ではもうダメだと見切りをつけた。それにしてもこの時の企画は法医学教授や新進気鋭の放射線科医、果てはコンピューター自動診断開発に関わる某大学の学長まで筆頭発表者として参加の内諾をいただいた豪華絢爛《けんらん》たるものだったので、病理学会理事会の見識を疑った。

だが捨てる神あれば拾う神あり。結果を聞いた群馬大病理のN教授が仲立ちしてくれ、企画は少々の手直しですっぽり放射線学会のシンポジウムとして蘇生した。Aiはもともと画像診断だからメインは放射線科医になるので、本拠地で逆転満塁ホームランを打った気分だった。

　同時期、『バチスタ』の仕上げの余勢をかい、二作目『螺鈿迷宮』を書き上げた。約ひと月で書き上げた作品の構想は『チーム・バチスタの崩壊』『碧翠院桜宮病院の崩壊』『Aiセンターの崩壊』という崩壊三部作だった。書き上げて江戸川乱歩賞応募を決めた。五月一一日に書き出し、六月一六日に本格着手、六月二八日に脱稿した。以後手直しし、八月六日一八稿で脱稿。

7月　『チーム・バチスタの崩壊』が『このミス』大賞の一次選考を突破したと電話連絡を受けた。嬉しかったが、八月末の二次選考の結果連絡は通過した人にしかいかないと聞いて不安になる。

　ネットに講評がアップされた時は、嬉しくて一日に何回も見た。他の候補作が、どれも強敵に見えた。実際、この年の最終候補作は激戦で、その後、六人中五人までが作家デビューしている。

9月　数日過ぎても二次選考通過の連絡がなかったので、落選だと思い肩を落とす。ただちに『螺鈿迷宮』を乱歩賞に応募した。それから「『このミス』仕様」の『バチスタ』を乱歩賞仕様に変更すべく推敲に取りかかる。三日で七〇〇枚を五五〇枚に削りこむ。少し寝かせてから応募しようと思っていたら、『このミス』の二次選考通過の知らせがきた。嬉しいはずなのに、三日間の努力が水泡に帰し、空しい気持ちになる。自分に文章を削る才能があることがわかっただけでもよしとしよう、と慰める。最終選考日がドイツ学会の出発前日と伝えると、電話口の女性はあたふたし「大変大変、その日は絶対日本にいてください」と言った。次の日に出発だって言っているのに、という違和感が残った。この方が後の編集Sさんである。

　最終選考日当日。選考会は五時からなので五時半まで散歩し、家に戻る。七時になっても電話がないので今度こそ落選だと思ったら、七時一〇分に電話がなり、「大賞です。おめでとうございます」と伝えられた。

「長引いたみたいですけど、激戦だったんですか？」「いえ、ぶっちぎりで即決でした」じゃあ、なんでこんなに遅いんだ、と怪訝に思った。

「すぐに手直しに入ってください。時間がないんです」という編集Sさんの指示に従い、旅行カバンに『バチスタ』最終稿をつっこみ、翌朝ハンブルクへ旅立った。一週間ドイツの学会に参加、昼は学会発表、夜は時差ボケでぎんぎんになった頭でホテルに籠もり（夜だからホテルに籠もるのは当たり前）原稿直しをした。

　日独国際法医学会でスイス・ヴァートプシーの主催者、ターリ教授と知り合い、懇親会のサーカス会場のテーブルで激しいディスカッションをした。ターリは「ヴァートプシーは法医学分野、Aiは病理学分野でいいじゃないか。棲み分けようぜ」といい、私は「ヴァートプシーはAiの下部概念なんだからこっちに従属してね」と互いに一歩も譲らず議論すること二時間。最後は、「まあ、西と東から考えを推し進め、シルクロードの真ん中で会おう」という曖昧《あいまい》な結論で手打ちになった。懇親会の間中、私たちのテーブルには社交的な先生方は誰一人寄りつかなかった。

　帰国したら、私の受賞はあまり取り上げられず、特別奨励賞を受賞した中学生、水田《みずた》さんに話題が集中していた。私としてはAiの社会導入が終わるまでは覆面作家でいこうと思っていたので、注目を浴びないことは幸いだと思っていた。

10月　宝島社で顔合わせ。『このミス』I局長と初めてお目に掛かって開口一番。

「本は売れません」

おめでとうございます、の言葉よりも先にいきなりこの言葉をいただいて、かなり面食らった。続いて「今度の作品（『容疑者Xの献身』）でおそらく『このミス』一位も直木賞も手にする大作家、あの東野圭吾《ひがしのけいご》さんですら『新作を書かないと忘れられてしまう』と年三冊以上出版されてます。あなたのような新人でさえ、書店に並べばそんな東野さんとも同等のライバル。東野さんくらい蹴散らさないと生き残っていけません。というわけで、次作をとっとと書いてくださいね」

　I局長が言いたいことを言って、暴風雨のように去った後、編集Sさんがてて、と寄ってきて「あの、とっても面白かったです。一気読みでした」と言ってくれた。それを聞いてようやくほっとし、ああ本当に受賞したんだと実感した。

　その後、宝島社の編集さんと、最終選考委員の書評家の先生三人（大森望《おおもりのぞみ》さん、香山二三郎《かやまふみろう》さん、吉野仁《よしのじん》さん）と、特別賞の水田さん親子を交えて食事会が開かれた。最終選考委員は四人だが、茶木則雄《ちゃきのりお》さんがなぜかバックレ（選考結果の講評の締め切りが間に合わなくてトンズラしたと後に聞いた）三人になった。そこで手直しのサジエスチョンをされたが、『バチスタ』は「ま、だいたいこのままでいいんじゃない」という話で、提案はほとんどなかった。大森さんが「タイトルが崩壊だとネタバレだからなあ」とおっしゃり、「内容が失墜なら、タイトルは上昇させれば？『チームバチスタの奇蹟』なんていいじゃない」と提案した。その気になった私だったが、帰り道で第一回大賞が浅倉卓弥さんのミリオンセラー『四日間の奇蹟』だとはたと気づき、ダメじゃん、と頭を抱えた。すぐに「栄光」という単語が浮かび、これでいいやとことなきを得た。

　宴席でAiがミステリーのトリックとしていかに斬新かと力説したが、どうも反応が鈍い。ようやく編集Sさんから質問があり、謎が氷解した。

「あの、死体の画像診断って、実際は行なわれてないんですか？」

みんな、Aiは当然行なわれているんだろうと考えたわけだ。ミステリーとしての一般評価は下がるなと感じがっかりすると同時に大いなる希望を持った。つまりAiは一般市民が導入当然と考える大切な検査だ、ということだ。

立ち直りが早いのも、私の美点である。


11月 ゲラを直す。わからないことだらけで、常識外れのことをして顰蹙《ひんしゅく》を買ったが、編集Sさんは一生懸命対応してくれた。それでも語句統一をころころ変えるのにはキレかかったようだ（という気配を感じたが、本当はどうだったかはわからない）。Sさんに「どんな表紙がいいですか？」とメールで尋ねられたので、ようやく使えるようになったPHSのメールで長々とイメージを伝えるため、一時間以上かかりメールを打った。編集Sさんは、「わっかりました」というあっかるい返事を打ってきた。

その頃『ナイチンゲール』のプロットを思いつき、書き始める。書き始めは一一月一五日。一〇〇〇枚を超える意欲作になりそうだ、とお伝えしたら、編集Sさんからダメ出しがでる。

「下巻を売る自信がおありですか。天下の直木賞作家の先生たちの作品ですら、下巻が売れません。海堂さんて、何冊出版されてましたっけ？もし、そんなに書くことがおありでしたら、物語をふたつに分けたらどうでしょう」

駆け出し新人作家に選択肢はない。言われるがままに、『ナイチンゲール』から『ジェネラル』を分離する作業に取りかかった。

さすがにごりごり言い過ぎたと思ったのか、編集Sさんが突然、「サインの練習をしておいたらいかがでしょうか」と提案してきた。「きっとたくさんサインなさることになるでしょうし」と言われ、そんなバカな、と切り返しながらもまんざらでもない気分で、サインの形作りに一週間ほど勤《いそ》しんだ。コンセプトは楽に書ける一筆書き。その時は文字をデフォルメしながら、売れるかどうかわからないのにバカなヤツだ、と自分を笑っていたが、三年経って振り返ると、これまで生涯で書いた本名の回数を、海堂尊のサインが超えている。編集Sさんの先見の明には本当に頭が下がる。まあ、たまたまなんだろうけど。

12月　初めての取材。なぜか「北海道新聞」と「公募ガイド」。それと「ミステリチャンネル」から取材があった。三つともがちがちに緊張した。途中から何を言っているのか、自分でもわけがわからなくなった。

『バチスタ』が校了し、手を離れた。同時に編集Sさんが、出来上がった表紙を見せてくれた。バチスタ・イエローとして、世を席巻するあの表紙だ。だがそれは、私が一時間かけてメールを打ったイメージと一致する点はひとつもなかった。

「あの、これって、私のメールと全然違うのでは」「表紙は編集の専権事項なんで、著者の意見は参考程度です」「でもそれなら希望を聞かなくても」「まあ、意見を伺ったのはサービスです。でも海堂さんのご意見は反映されてます」

　私はしみじみと表紙の見本を見たが、はっきり言ってどこにもかけらもない。おそるおそる尋ねると編集Sさんはあっさり言う。「最後に『カッコいい表紙にして下さい』ってあったじゃないですか。これってカッコいいでしょう?」

　そう言われて、「いいえ」と答えられる新人作家なんていない。私は小さくうなずく。でも次の瞬間『なかなかいいじゃないか、この表紙』と思えた。これは本音の真実である。そう、適応力が高いのも私の美点なのであった。

　一二月一五日『ナイチンゲールの沈黙』第一部初稿、二〇日第二部初稿が終了し一年を終えた。

2006◆海堂尊・1歳

1月　一月一四日。『ジェネラル』の原型が、一部分を残して概ね完成。

『バチスタ』出版。宝島社も力を入れてくださって医学書と比べると途方もない部数だった。発売早々、上々の売れ行きだということで、すぐ重版が決まった。

受賞パーティの日が発売日だが、発表日の前日の夕方に書店に並ぶところもあると初めて知った。発売日の翌日に宝島社の編集Sさんから興奮した電話があった。「講談社さんからオファーがありました」

執筆依頼が編集部経由で行なわれるのが新人賞の通例らしい。講談社の編集Tさんは、業界屈指の読書家で有名な方だという。

授賞式は東京では珍しく大雪が降った。帝国ホテルの上層階の窓から雪が降りつのるのを見ながら、少人数の祝宴で挨拶をした。I局長が、講談社のTさんからオファーがあったと挨拶をし、嬉しそうだった。

その後、いろいろ御挨拶をいただいたが、緊張していてよく覚えていない。

週明け、新潮社の編集Gさんから連絡があった。Gさんは一番乗りだと思っていたので、Tさんが最初だと知って悔しがっていた。

ひと月の間に、文藝春秋、東京創元社、理論社、角川書店からオファーがあった。が、初期の依頼に対応することで手一杯になるとは夢にも思わなかった。その後三ヶ月に、光文社、双葉社、PHP研究所、朝日新聞社、NHK出版、幻冬舎、集英社、中央公論新社からオファーがあった。そんなに書けるはずもないのだが、声を掛けていただけるのはありがたいと思った。

2月　ＴＢＳ「王様のブランチ」の取材。私はデビューした頃、覆面でいこうと思っていた。Aiの社会導入が途上で、アカデミズムの世界はこうした文筆関係者を嫌う傾向があることを見聞きしていたからだ。写真はいいが、ラジオやテレビはＮＧ、と取材に条件をつけていた。毎年出版される『このミステリーがすごい！　２００７年度版』では顔写真付きインタビューを受けたが、周囲で気づいた人はいなかった。

テレビ取材は拒否しようと思っていた。四月に放射線学会でAiのシンポジウムが開かれ、私は企画者だったから、それまでは目立ちたくなかった。だが美人広報Sさんの必殺「一生のお願い」攻撃にあい、私はあえなく陥落した。

美人に弱いのは男の常だが、聞くところによると広報Sさんの「一生のお願い」攻撃が失敗したら次は編集局長、果ては営業局長まで動員をかけるつもりでいたとのことで、最初に男の本能に従って、本当によかったと思う。さらによく聞くと、広報Sさんはこの「一生のお願い」攻撃をすでに何度も使っているらしいこともわかった。佳人薄命とは死語なのだと実感した。しかたなく以来、心中ひそかに「ゾンビのSさん」と呼ぶことで憂さを晴らした。

テレビ出演を承諾したのは放映日が二月二五日だったせいもあった。それなら学会は四月初旬のプログラム変更はできないだろう、と計算したからだ。

撮影は宝島社で行なわれたが、レポーターの金《かね》田美香《だみか》さんが綺麗でびっくりし、かちかちに上がり、右手と右足を一緒に出して歩く羽目になった。取材中、編集S・広報Sさん（通称ダブルS）の小姑視線に過剰反応し、自然に振る舞おうとして、かえって緊張してしまった。取材が終わり、金田さんと握手しそびれたことに気づいた。そう言うとダブルSさんは嬉しそうに笑った。

「あら、残念。また『ブランチ』に出られるように頑張りましょうね」

何だか本来の主旨とずれている気がする。

テレビ出演で、職場から学会関係者から一気にバレた。テレビの影響力のすさまじさを実感した。結果的にこのカミングアウトは、いろいろな問題を瞬時に解決してくれた。私の執筆活動は職場で黙認されることになった。

3月 宝島社の営業さんと、書店挨拶に回らせていただく。東京二日、大阪二日、間を置いて東京二日、という感じだった。書店は小さい頃から大好きだったので、訪問は楽しかった。サインをさせてもらえる店もあれば、挨拶だけで終わった店もあった。営業さんは世間の厳しさを教えるためにそうした訪問を組んでくれたと思うが、それは杞憂だ。何しろ私が作家デビューして最初に聞かされた言葉は「本は売れません」なのだから。

書店は営業Sさん（またSだ）と編集Sさんのトリオで回ることが多かった。その後、宝島社で出版されるたび、書店訪問の際このトリオは目前で本が売れる慶事を目撃することになる。この時はリブロ池袋本店さんだった。ちなみにこのジンクスは宝島第四作『イノセント・ゲリラの祝祭』まで更新中である。文庫は三作（六冊？　笑）出版されているが、そのすべて通りかかった書店で売れた現場を見ている。思えば幸せな作家だ。

目の前で自分の本が売れるのを目撃するというのは感動的で、どのくらい感動的かといえば、世界中にひれ伏し感謝したくなるくらいだ。

4月 放射線学会でAiのシンポジウムが成立した。反響もあり、シンポジウムとして成功だったが、終わったとたんダウンした。アカデミズム領域で、目処《めど》がついたのは喜ばしかった。病理学会理事が追加発言する予定だったが、発表直前まで

「Aiは大学病院では実施困難」という主旨の発言をしようとしていた。ところが千葉大でAiが実施され、追加発言をお願いしたところ、病理学会理事の発言は変更された。Ai進展のターニングポイントで、この時Aiの放射線科のツートップ、千葉大のY先生と筑波メディカルのS先生に、これから先、アカデミズム界ではじかれる可能性が高いので後はよろしく、と頼んだ。

5月 『螺鈿迷宮』が江戸川乱歩賞を一次落ちした。受賞できる自信はなかったが、一次落ちするほどひどい作品ではないという自信もあったので、選考過程に疑問を持った。何しろ一次通過作品は一〇〇作近くあるのだから。その後、この作品は角川書店から出版され、累計一一万部を超えた。二〇〇八年一一月には文庫化もされ、三ヶ月で現在七〇万部を超えた。受賞は無理でも一次落ちは不当評価だと今でも確信している。

厚労省からAiの勉強会を行ないたい、という依頼を受けたが、スケジュール調整にかこつけてドタキャンされる。この時より、厚労省の不透明な姿勢に不信感を抱くようになった。

6月 『ナイチンゲールの沈黙』の仕上げにかかる。『ジェネラル』が先の方がいいのではという意見もあり悩んだが、『バチスタ』の評判がいいので、『ナイチンゲール』を先にする。『ナイチンゲール』は変化球で、一作目と同じ読後感を期待する読者から反発されるだろうと予想された。それでも『ナイチンゲール』を先にしたのは、どうせ何を出しても『バチスタ』の次は袋叩きにされるだろうと予想していたからだ。『ナイチンゲール』は、まったく新しいタイプの物語である。そういえば、とある関係者が、時代を経て残るのは、ひょっとしたら『ナイチンゲール』かも知れませんん、と言っていた。

一〇月に出せそうですと言ったら、I局長が「そんな早くに出すんですか？　もう少し『バチスタ』をひっぱりましょうよ」とおっしゃったのにはびっくりした。

「でも、年三冊出すには二作目が一〇月では遅すぎるのでは？」

「いえ、あれは別にウチで年三冊という意味ではなくて」

「最初の三冊は宝島社さんから、でしたよね。他から出してもいいんですか？」

「あ、いえ、それも困るんですけど」

どう考えても、論理破綻している。

その後、翌年の受賞者との顔合わせの時には、I局長の「年三冊書きなさい」という叱咤《しった》激励はなくなったというウワサを聞いた。

8月　乱歩賞落選作品『螺鈿迷宮』を角川書店で出版することが決まった。そのゲラ直しで果てていた。だが、編集Aさんの方がもっと果てていたに違いないのに、いつもにこやかにゲラを受け取る精神力には密かに感服していた。

私の唯一の著作『バチスタ』は、書店から愛されていて、ずっと平積み状態が続いていたが、このあたりで少しずつ棚さしに変わった。年三作刊行はオンステージに居続けるための必須条件なのか、とI局長の言葉をしみじみと納得した。

10月　『ナイチンゲールの沈黙』出版。『バチスタ』以上の初速で売れ、発売前重版という未曾有《みぞう》の経験をした。といっても、まだ二作目だから未曾有もないものだが。と同時に、アマゾンの書評を始めとして、ネット書評で悪評が噴出した。みんな判で押したように「前作と比べると」「『バチスタ』を読んだあとでは」と書いているのには途方に暮れた。違う作品だから、読後感は違って当たり前だ、という当たり前のコトに言及してくれる人は少なかった。もっとも少数ながらそういう読者はいたし、『ナイチンゲール』の方が『バチスタ』よりも好き、と言ってくれる人も少なくない。サイン会で「一番好きな作品は?」と尋ねると、小声で『ナイチンゲール』と答えてくれる人も多い。

悪口は愛情の裏返しだと思い、ネット書評には全部に目を通した。読者は一方的に私が書いたことを読まされるのだから、反論に対し目を通すのが礼儀だろう。それにしても、『ナイチンゲール』に対する「前作と比較して」の枕詞攻撃はすさまじく、この現象を「チーム・バチスタの呪縛」と名付けた。他の新人作家ではここまで呪縛力の強いデビュー作は見かけないので、それはまあそれでよしとするか、と前向きに考えた。

『螺鈿迷宮』が上がり、『ジェネラル』も仕上げに入ったので、ちょっと待っててね、という気持ちだった。やはり『ナイチンゲール』が先でよかったと思った。

初めてサイン会を開催してもらった。東京・八重洲ブックセンター。学生時代は専門書を買いに出かけた、聖地のひとつである。数日前に店の前を通りかかったら、入口の丸い柱にでかでかとサイン会の告知広告が巻き付けられているのが目に入り、写メールしたあと、びびって逃げ帰った。

サイン会当日は、書店のみなさんや宝島社の方々の支援もあり、大勢の方がお見えになった。私は緊張し、ひたすら黙々とサインを書いては、時々握手してください、と言われて動揺した。

私は初めて経験する時はあがりまくるが、すぐ慣れて二回目から平然とできる体質らしい。だが初めての時のことを思い出すと穴に入りたくなる。

11月 『螺鈿迷宮』刊行。すぐ重版がかかった。いろいろ経緯があった作品だったのでほっとした。『ナイチンゲールの沈黙』の後のせいか、評判はよかった。

『ナイチンゲール』が刊行され、『ジェネラル』の初校も終わり、宝島社での三作縛りに目処がついたので、初期にオファーをいただいた他社さんとお目に掛かり、今後の執筆について相談した。その結果、〇七年は連載にトライと位置づけ、「小説現代」四月、「小説新潮」六月、「オール讀物」八月からの連載を決めた。

そこへ別系列でお目に掛かった「日経メディカル」さんから連載の申し出があった。順番からすると五年先になりかねなかったが、理論社さんの書き下ろしジュブナイルミステリーのオファーがあったことを思い出し、両社に振ったところ、快く承諾されたので、「日経メディカル」誌で連載、理論社のミステリーYA!で刊行、という形態が成立した。

連載四本は無茶かな、と思ったが、トライすることに意義がある、と考えた。

12月 ミステリーランキングの季節。「週刊文春」のランキングで三位にしていただいた。一位は宮《みや》部《べ》みゆきさん『名もなき毒』、二位は大沢在昌《おおさわありまさ》さん『狼花 新宿鮫Ⅸ』、そして四位は東野圭吾さん『赤い指』と連なり、えらいところに来てしまった、と思った。宝島社の『このミステリーがすごい！』ではランクインできなかった。これは自社本を除外するというへんてこな規定があったからだ。おかげで、海堂はミステリー作家じゃない、という評価が固定してしまったようだ。ズルをしないなら、自社本を入れたっていいじゃないか、と思うのは私だけ？ 他のランキングはズルをしてるって考えるのも私だけ？（笑）
文壇と学会って、きっと同じ構図なんだろうな、と思った年の瀬だった。

2007◆海堂尊・2歳

1月　『このミステリーがすごい！』大賞授賞式に参加して、三次会で茶木さんと大森さん、ハセベバクシンオーさんと十数年ぶりの麻雀を打つ。ツキが溜まってますから止めた方がよろしいのでは、という私の忠告を無視して強行したせいで、はじめチョンボをしたけれど、ツキ始めたらもう阿佐田哲也《あさだてつや》だって止められない。気がつくと夜明けに一人勝ちしていた。それ以降、大森さんの私に対する評論が冷たくなった（ような気がする）。茶木さんにも大勝ちしたわけだが、こちらの方は特に社会的影響はなかった（ような気がする）。もう麻雀は卒業しよう、とつくづく思った。この時ハセベさんは「借りね、借り」と言っていたが一年後の授賞式の席で、「一年前の借りを返します」と言われて、本当に仰天した。正直、まったく忘れていた。本物のバクチ打ちだと思った。そしてハセベさんの「今年は負けませんよ」というきな臭い言葉を聞いて、当然のごとくすたこら逃げ出した。ハナがいいのが私の美点、「玄人の本気をマジで受ける手はねえぜ」です。

2月　世の中を見回し、かねてから考えていたAiの一般向け書籍を秋に刊行しなくてはならぬ、という天の声を聞く。そして講談社ブルーバックスの編集ＴＫさんと打ち合わせ、半信半疑の編集ＴＫさんを説得し、むりやり一〇月刊行を決める。

3月　この頃、厚労省の担当官からご機嫌伺いのメールがくる。物語で言えば氷姫にあたる人だ。いつでもAiの御説明に伺いますよ、と答えたらお茶を濁された。だがこの時点で、私の医学書二冊は読んでいる、とのことだった。これを機に、宝島社ＨＰでブログを始めさせてもらうことにした。初回のタイトルは「氷姫からメールが来た」(笑)。

4月『ジェネラル・ルージュの凱旋』刊行。またしても発売前重版、さらに発売後もすぐ重版がかかった。いつものように書店訪問をさせていただいたが、行く先々で、本屋大賞のポップが立っているのに閉口した。「本屋さんが一番売りたい本」というコピーって、何だか優等生をひいきしている教師みたいだ、と思った。以後あちこちで「本屋大賞の主旨はいいけど、あのコピーは変えて欲しいなあ」と書店員さんにぼそりと言っては反感を買っている。海堂尊も本屋さんには貢献しているつもりだが、こんなことを公然と口にしていては本屋大賞への道のりは遠い。それでもあえてこうして言うのは、あのコピーは、作家の心情に対する配慮を著しく欠いていると思うからだ。「本屋さんが一番売りたい本」という看板を立てるならいっそ、その時期だけ本屋大賞の本だけ残し他を全部返品すればいいじゃないか、と思ったりもする。書店は言葉を商う仕事だから、少し神経を使ってほしいと思う。

誤解がないように繰り返すが、私は書店は大好きだし、本屋大賞の主旨も面白いと思っている。たとえば紀伊國屋書店が企画する「キノベス」とか面白いと思う。自分の本が選ばれなくても「ち、紀伊國屋の書店員は見る目がないぜ」とうそぶけるからだ。ちなみにこれまた誤解なきように言えば、「キノベス」では『バチスタ』を一七位に選んでいただいている。だからこれは譬《たと》えなのである。あたふた。

ところが「本屋さんが一番売りたい本」となると、選ばれなかった作家には逃げ場がない。選ばれた一〇冊だけ売りたいのかよ、と勝手にすれば、と拗《す》ねたくもなる。だからコピーは絶対に変えてほしい。正確には「本が売れない時代に売れる仕掛けを作りたくて、一部の書店員投票で販促本を選び、「本の雑誌」や「ダ・ヴィンチ」や「王様のブランチ」でメディアミックス的に仕掛けて売り上げを伸ばし、従来の権威・直木賞に匹敵する賞を作ろう」というコンセプトの運動だから、途中をはしょりまくったコピーは不正確すぎる。

『ジェネラル』ではサイン会を二回もやっていただいた。丸善日本橋店さんのこけら落とし、それからブックストア談浜松町店さんだ。丸善さんの時はまだ二回目ということで緊張していたが、談さんではだいぶ周囲が見えるようになっていた。この頃、サイン会に来て下さった方と目を見て会話をする、という新たな技を習得した。

5月　「ミスコン8」というミステリーファンの集いにお呼ばれする。この頃、「海堂作品はミステリーか?」という疑問が噴出していたので、なぜに私?　という気がしないでもなかった。一緒に呼ばれたゲストは桜庭一樹《さくらばかずき》さんと三津田信三《みつだしんぞう》さん。おふたかたともその後大出世し、その年の『このミス』で桜庭さんの『赤朽葉家の伝説』二位、三津田さん『首無の如き祟るもの』は五位、さらに桜庭さんは直木賞を取り、三津田さんは本格ミステリーベストテンの上位も席巻した。結果的に私だけ蚊帳《かや》の外だった。ぐすん。

ただ、この集いは楽しかったので参加してよかった。言いたいことを言ったら結構受けた。会場から京極夏彦《きょうごくなつひこ》さんと作風が似ているという指摘を受けたが、京極作品で既読は『どすこい（仮）』だけで、あれは装丁にやられてしまってと言ったら、すごく受けた。本人としてはウケを狙った回答ではなく、事実を言っただけだったので少々戸惑った。

『ジェネラル』の話ではウケを狙い「事件は会議室で起きている」と言ったら、きちんとウケてほっとした。この会の影響は大きかったようで、一年半後『イノセント・ゲリラの祝祭』のサイン会の時、「ミスコン8」で話を聞いてからずっと読んでました、という方が三人もお見えになってびっくりした。

6月　この月、「小説現代」、「小説新潮」、「オール讀物」、「日経メディカル」四誌同時掲載を達成。月刊誌四誌連載という無茶な計画を、意外にこなせることに気をよくして調子に乗っていたが、思わぬ落とし穴が待っていた。

ブルーバックス『死因不明社会』の執筆にかかったが、これが難物だった。小説はすいすい筆が進むが、これで筆がぱたりと止まる。あまりの難渋さに見切りをつけ、一〇月刊行を一一月に延ばしてもらった。それで気が楽になったせいか、急に物語の構造を思いつき、書き始めてしまう。

それが『夢見る黄金地球儀』である。テスト週間になぜか読書をしたくなるようなもので、実際、高校三年の前期テストの時にドストエフスキー『罪と罰』を一日一章一〇〇ページ、一週間で七章七〇〇ページきっちり読破し、その後の成績表でばっちり罪と罰を受けたという経験を持つ。まさか、こんな時に逃避グセが出るとは……。だが思いついたストーリーは、その時に書かないと腐ってしまう。そこで東京創元社の担当Fさんに連絡し、ひょっとしたら秋にいけるかも、と知らせた。実は本作は二月に三枚ほど冒頭だけ書きかけていた。で、六月二二日、初稿を書き上げてしまった。いかに『死因不明社会』から逃避したがっていたか、よくわかって切ない。「書きたいもの」を書くのは得意だが「書かなければならないもの」を書くのは苦手だ、と認識した。

7月　朝日新聞社の編集Yさんから突然、「週刊朝日」で連載をしませんか、と申し出を受けた。祖父母が長年愛読し、子どもの頃から読んでいた雑誌に掲載してもらえるなんて、と後先考えず受けた。その時、地域医療崩壊について書こうと思ったが、それ以上の構想はまったくなかった。

この頃、日本医師会のI理事からお手紙を頂戴し、お目に掛かった。当初は、私の著作に興味を持ったのがきっかけだったが、話しているうちにAiの必要性を痛感され、医師会でAi導入の検討会を作ってくれるという話になった。行政を始め大組織になればなるほど、こういう話が中途で立ち消えになっていくことをいやになるほど見ていたので、この時も「できたらいいですね」という程度で、少しだけの期待をもってお別れした。


8月 『死因不明社会』執筆で忙殺される。他の連載群を前倒しして処理しておいて本当によかった。『ブラックペアン1988』連載終了。穴を開けずに終えられ、ほっとする。すぐ単行本化され、担当Tさんから「赤字を入れすぎです。こんなに意味のない赤字を入れる作家は渡辺（淳一）さん以来、新人では初めて見ました」という光栄なお小言をちょうだいする。

この月、千葉大で世界初のAiセンターが創設された。画期的な出来事なのに千葉大上層部があまり歓迎していない気配を感じ、不思議に思った。

この頃、勤務先の病院で兼業は速やかに名乗り出なさい、というお達しがあった。すわ、私に対する風当たりかと思ったが、実は研修先の診療バイトに対する通告だった。ちょうどいい機会だったので、正式に兼業届を出し、受理された。

リニューアル予定の『このミステリーがすごい！　2008年度版』への短編依頼がくる。皮肉を込めて「ランクインしていないのにいいんですか」と尋ねたら、編集Sさんが「いいんです」と即答、気合い負けして依頼を受けてしまう。

9月 『ブラックペアン1988』刊行。すぐ重版がかかった。ご褒美かどうか、編集Tさんが乱歩賞授賞式に招待してくれた。『このミス』大賞と同じ帝国ホテルのパーティだが、規模が違った。煌《きら》びやかなシャンデリアの間で、人がたくさん溢れていた。そんな中、担当Tさんがいろいろな方に紹介してくれた。誰も相手をしてくれなくなった瞬間に、ひとりでパーティ食事をした。私はバブル時代の医者なので、この手のパーティには耐性があるのだった。コツはまず、とりあえず寿司に並ぶ。あとは場をみて臨機応変だ。

その後、何人かの作家の方を紹介してもらったり、いろいろな版元の編集さんが寄ってきたりで退屈しなかった。担当Tさんの差配で、なぜか受賞者や選考委員が出席する二次会にも潜入したが、場違いな気がして早々に退散した。体育会系の新歓コンパを思い出したが同時に、乱歩賞畏《おそ》るるに足らず、という感想も持った。そういうことを考えてしまうからナマイキだと思われるのだなあ、と酔った頭で考えた。

『ブラックペアン』では、サイン会を二回やっていただいた。紀伊國屋新宿本店さん、そしてジュンク堂大阪本店さんだ。大阪では人数が三〇人ほどと少なく、急遽《きゅうきょ》五分ほどのスピーチを行なった。人数が少ないサイン会は、並んで下さった方とゆっくり話ができて楽しいが、書店さんに申し訳ないかな、とも思う。

『ブラックペアン』あたりから、書評に取り上げられる回数が減った。私は東野圭吾さんの『たぶん最後の御挨拶』を参考文献として熟読していたから、おそらくそういう時代に入ったのだと思った。東野さんは書評家の方たちは中堅作家を取り上げないと嘆かれていたが、私はもっとシビアに考えていて、書評に取り上げられるのはずばり『権威・新人・好きな人』(Ⓒ海堂尊)と思っていた。実際、私の作品を取り上げてくださる書評家の人たちもいるのでありがたいと思うが、問題は

『権威・新人・好きな人』は、安全地帯の言説だということだ。たまにはひりつくような書評を読んでみたい。「週刊現代」で匿名による「ナナ氏の書評」なるコーナーもあるが、あれを読んでいると情けなくなる。まず匿名でしか本音が言えない点。そして匿名なのに大して過激でない点。編集部の企画倒れだろう。

映画化が決まり『チーム・バチスタの栄光』の文庫化が前倒し、目が回る忙しさになった。

10月『チーム・バチスタの栄光』がクランクインした。尊敬していた須磨久善《すまひさよし》先生ともお目に掛かり、映画出演も果たす。綺羅《きら》星の如き美男美女の集団の中、平常心でいる自分を見て、我ながら進化したものだとしみじみと感動する。あれだけ美男美女だらけだと、かえってすごさがわからなくなってしまうものかもしれない。記者会見の席で「次作にも出演されますか」という質問があり、「オファーがあれば」と答えたが、その後の作品でオファーはなかった。仕方がない。俳優としての資質に対する評価は低いようで、敬愛する筒井康隆先生への道のりは遠い。

巷《ちまた》では、大相撲時津風部屋のリンチ死事件が話題になり、週刊誌にAiがあれば問題も解決に向かうという主旨の記事を寄せた。週刊誌の流儀が文芸とまったく違うことに驚き、刺激優先のあまり、著者の言説まで平気で変形させる日本のジャーナリズムの実相を目の当たりにして危惧を抱いた。別の週刊誌にも記事をねじこもうとしたが、現場の論理で外された。どの世界にもしがらみはある。だがそういう馴れ合いこそ市場からそっぽを向かれ、売り上げ低下、廃刊という昨今の雑誌の潮流の源流になっているという、当たり前の事実が、出版現場では見えないのだな、と感じた。

日本医師会でAi検討会が立ち上がることが確実になった。そのスピードに驚き、同時に日本も捨てたもんじゃないと思った。
成田市立図書館からの依頼で、初めて講演会を行なう。緊張しまくり、初めは何をしゃべっているんだか、わけがわからない状態を経験した。
「週刊朝日」連載に先立ち、朝日新聞社にお願いし財政破綻した都市、夕張の取材をさせていただく。現地の空気は意外に明るく、見ると聞くとでは大違いだと実感した。夕張市民病院の村上医師にお目に掛かり、医師としての姿勢に感銘を受けるが、いつか行政に梯子を外されてしまうのではないか、と心配もした。

11月　『死因不明社会』（ブルーバックス）と『夢見る黄金地球儀』（ミステリ・フロンティア）を刊行。『死因不明社会』は直後に重版したが、『夢見る黄金地球儀』は残念ながらまだ重版していない。一番気楽で楽しい作品だと思っているが、世の中なかなかうまくいかないものだ。『夢見る黄金地球儀』では、三省堂神保町本店さんでサイン会をやっていただいた。サイン会慣れし、落ち着いてできるようになった。花マル。
『チーム・バチスタの栄光』文庫化。アマゾン第一位、二位独占を目撃。

12月　丸善丸の内本店の特別講演室で、『死因不明社会』刊行記念講演会を行なう。映画についてとAiについて半々で喋るつもりが、気がつくと一時間のうち、五五分がAiで終わってしまった。でもAiの必要性はじゅうぶん伝わったと思われたのでよしとするが、観客のみなさんはいかがだっただろう。
『このミステリーがすごい！　２００８年度版』では『ブラックペアン１９８８』が二三位と、鼻の差でランクインを逃した。なのに初短編が載り、表紙にでかでかと海堂尊の名前が載り、戸惑った。さらに書影が「王様のブランチ」で放映された時は思わず笑ってしまった。

「千葉学ブックレット」という企画でAi本が作れるというので、Y先生に協力し寄稿する。多忙期だったが締め切りを厳守した。ところが千葉日報と千葉大の共同企画ブックレットは出版まで一年かかった。大学は、資本主義経済の中で生き残るにはトロすぎる。また、医学系の教授の中には締め切りを守らない人が多く、他人に迷惑をかけていることに気がつかない。ひと月の遅れなど可愛い方、半年や一年単位で締め切りを守らない大御所をしばしば見る。彼らはアカデミズムの害虫だ。ちなみにブックレット出版が遅れたのは原稿の集まり方に問題はなく、その後の進行がめちゃくちゃトロかっただけだったのだが。

「週刊朝日」に「極北クレイマー」連載開始。週刊誌連載は初めてで戸惑う。

2008◆海堂尊・3歳

1月　新春早々、紀伊國屋ホールで講演会。来場者は五〇人くらいだろうか。まあ、惨敗の部類だろう。でも話を聞いていただけることは大変ありがたい、と実感する。

理論社・ミステリーYA!『医学のたまご』刊行。すぐに重版がかかった。イラストレーターのヨシタケシンスケさんはかつて、医学書を執筆した際、私が直接指名してお願いした方だったが、今回は私の指名ではなく編集Mさんの判断だった。やはり相通ずるものがあるのだろうと思った。

理論社さんは三回サイン会を開いてくださった。三省堂有楽町店さん、リブロ池袋本店さん、そして平安堂長野店さんである。このあたりから怒濤の映画取材ラッシュが襲ってきて、記憶があやふやになっている。

一月末、映画『チーム・バチスタの栄光』の完成披露試写会が開催された。当日ホテルに缶詰になって八件の取材を受けた。映画は別世界だと実感した。

『バチスタ』の完成披露試写日と合わせるように、時津風部屋事件で親方が逮捕された。いつ逮捕してもおかしくないのに、この日を狙い澄ましたかのような逮捕だった。案の定、以前のように、Aiを入口にして法医学教室の充実、という世論誘導をしようとするメディアの動きが見えたが、前回と同じにはならなかった。

それは『死因不明社会』が出版され、時津風部屋事件は「司法解剖制度の問題」でなく、上流の「検視体制の問題」であることが認識され、問題解決には「司法解剖制度を充実」させても意味がないことをメディアが理解したからだろう。

二〇〇七年秋に『死因不明社会』を出版しなくてはならない、という天の声を聞いた理由だな、と逆算的に理解した。

2月 映画公開。公開初日は雪。雪は私にとって吉兆である。当日の舞台挨拶など、初体験だらけだったが、今回はあまり緊張しなかった。映画は、多くの方の努力で素晴らしい作品になった。ナマの外科手術そのものの雰囲気がスクリーンで上映されたのは、おそらく初めてだろう。他の医療ドラマは劇的すぎるあまり、外科手術の恐ろしさを秘めた単調さが失われる。こうしたことが可能になったのも、医療監修の須磨先生をはじめとする多くの医療従事者並びに映画スタッフのご尽力の賜物《たまもの》だ。私が戯れに書いた作品が多くの人の手によって映画化やドラマ化されることは、感動的だなあ、としみじみと考えた。

映画公開に伴い、メディア取材も押し寄せてきた。印象的だったのは関西系テレビ局「ミヤネ屋」「ちちんぷいぷい」「ビーバップ！ ハイヒール」など多数の番組が出演依頼してきたのに、首都圏のテレビ局からのオファーが皆無だった点だ。首都圏の人間は情報統制にあっているのではないかと感じた瞬間だった。役所に盾突いたせいかな、などとぼんやり考えた。

映画は観客動員一〇〇万人を超えた。ちなみに『バチスタ』の映像化権は著者には入らない。よく映画化されて億万長者になったのでは、と誤解されるのでここに書いておこう。

また天の声がして『イノセント・ゲリラの祝祭』を秋に刊行しなければならない、といわれて、ちょっとだけ取りかかる。

3月　新潮社『ジーン・ワルツ』刊行。すぐ重版がかかった。

『ジーン・ワルツ』では、まだ結審していなかった福島県大野病院産婦人科医逮捕事件について言及した。それを読んだ産婦人科学会大会会長から、学会場用にコメントを色紙に書いて欲しいと依頼を受けた。現場の産婦人科医へのエール、というありがたい使命をいただき、小説を書いていてよかった、と感じた。

世の中の流れがAiに傾いたのを見て、厚労省がAiに関する科学研究費をつけたが、放射線科医でなく、専門外でしかもAi研究実績ゼロの病理医を主任研究官にするというわけのわからない差配をした。これに対しブログで指摘したら、後に裁判沙汰になった。

『ジーン・ワルツ』で「王様のブランチ」の取材を受けた。前回、握手をしそびれた金田さんと握手ができ、とりあえず願いがひとつ叶った。

4月　バイエル・シェリングという製薬会社から、四月の放射線学会で特別講演を依頼され、軽い気持ちで受けたが、放射線学会の理事クラスの教授を招待する講演会と知る。席上Aiについて一時間吠えまくったら、その後、放射線学会関連の方から講演会の依頼を頂戴することになった。

厚労省の科学研究班では、私のブログの影響から、班員の入れ替えが急遽行なわれると同時に、ブログに対する抗議文が送付された。

NHK「おはよう日本」で、Aiの番組を作ってくれた。影響が大きかった。

「世界一受けたい授業」という番組に出演させていただいたが、台本がきっちり作られているパターンは初めてで、例によって見事にあがる。台本をなぞるのは苦手のようだ。

映画に関わる多忙さの反動で体調を崩す。四月のテレビ番組「たかじんのそこまで言って委員会」では思うように声が出ず、言いたいことの半分も言えず悔しい思いをした。身体にはがたが来ていたが、流れは待ってくれない。

5月 山本周五郎賞にノミネートされる。書きたいことを書きたいように書いている人間には、賞は無縁だと思っていたので大層驚く。結果は下馬評通り、伊坂幸太郎《いさかこうたろう》さんの『ゴールデンスランバー』と今野敏《こんのびん》さんの『果断 隠蔽捜査2』の二作が同時受賞。初めての待ち会を行なった。結婚式の披露宴みたいで、何となく居心地が悪い。これは集まってくださった編集の方のせいではない。

五月の連休で『イノセント・ゲリラの祝祭』の第一部を五日に書き上げ、二三日に第二部を書き上げる。いつものペースだが、この作品はここから地獄を見る。

「読売新聞」の「医療ルネッサンス」でAiの特集が組まれた。

『死因不明社会』で第三回科学ジャーナリスト賞をいただいた。言いたいことを言う人間は賞なんて無縁だと思っていたので、驚いた。

「夏の病理学校」なる病理学会関連の講演に呼ばれたが、病理学会総会の終了直後にドタキャンを喰らう。主催者は自分のミスだと平謝りしたがそんなことはないはずだ、とわかっていたので責める気持ちはなかった。案の定、後にこのドタキャンが病理学会の偉い人の指示だったことを、別の先生から仄聞《そくぶん》する。それにしても、「会の主旨が『がんと幹細胞』がキーワードなのでキャンセルさせて下さい」と平身低頭で謝罪しながら、差し替えた特別講演が厚労省保険局の「平成二〇年度診療報酬の改定」だったのには爆笑した。これと時期を一にして、医療安全評価機構から依頼されていた講演も会場の都合とかでドタキャンされる。

講演依頼のドタキャンを喰らったのは厚労省関連がふたつ、病理学会関連がひとつの計三つだ。以来、そのふたつの組織は信用できなくなった。基本的に、正式な依頼を平気でドタキャンする組織は、公益性が低いとみなしてよいと思う。

こうした裏で、厚労省の担当官と病理学会理事長、某理事の三名が日本医師会のAi検討会に参加を申し入れた後、私との同席を断るという理由で参加要請を撤回したことを知る。日本医師会が毅然としてくれたので助かったが、これは学会上層部によるパワハラだと思う。海堂との同席を断ると学会幹部が表明すれば、ふつう海堂を外し病理学会の理事を入れるだろう。つまり海堂を外そうとして、厚労省並びに病理学会連合軍は日本医師会に工作したのではないか。そう考えないと、海堂との同席を断るという理由の説明がつかない。

彼らがそこまでAiを毛嫌いする理由は費用捻出をしたくないからだ。これまで医療の土台を支えてきた病理解剖に一銭も費用拠出せずに済ませてきたので、今後もその方針は堅持したい。そのため、Aiを、「解剖の補助検査」にすれば解剖に費用が出ないので、補助検査であるAiにも費用を出さずに済む、というロジックだ。私は当初からその問題を指摘しているから、厚労省関連の会議ではシカトされ続けている。アカデミズムの中心は根腐れしているし、官僚組織はその学会を支持することで不作為のまま物事を済ませようとしている、とわかってがっかりした。

6月　「朝日新聞」で、Aiの特集が組まれた。これと同期して、群馬大で国内二カ所目となるAiセンターが成立した。

「小説新潮」七月号で、医療小説特集を組んでくれた。一月頃、原稿依頼をしてきた各版元に同時にお願いしてみたことで、特集が組まれたのは「小説新潮」だけだった。この企画は「小説新潮」六〇年の歴史で初めてで大変苦労されたそうだが、売れ行きもかなりよかったと聞いて嬉しかった。その後、医療小説特集の企画は反響も大きく、日販の小冊子「新刊展望」や「週刊朝日」新年特大号でも医療小説特集が組まれた。「小説新潮」の医療小説特集は一一月に「日経新聞」の書評欄でも取り上げられ、異例の注目を浴びた。

医療小説のパイは実は大きい。しかし警察小説やミステリー小説特集企画は多くの小説雑誌でよくダブるが、医療小説特集企画はなかなか実現しない。医療について語れる評論家が少ないからだ。この現状は文壇の医療に対する無関心を露呈しているし、無関心から医療崩壊の第一歩は始まる。医療問題はひとごとでないはずだし、文壇が医療小説を適切に評価する方向に舵を切れば、医療崩壊に歯止めをかける一助になるだろう。幸い、『このミス』関係の書評家の方々はこうした風潮の一歩先を行っている方が多く、私の作品の書評でも、医療の現状について言及されることが多い。文壇における医療復活の萌芽として歓迎したいと思う。

群馬県立図書館で講演依頼を受け、物語部分の講演で九〇分のうち八〇分を使ってしまい、スライドも見せられず、Aiについてほとんど喋れなかった。失敗したなと思っていたら、「上毛新聞」

が講演を記事にしてくれ、ちらりと話した群馬大のAiセンターの話も記事にしてくれた。

7月『チーム・バチスタの栄光』の文庫が二〇〇八年上半期オリコン文庫部門で一位を取ったと教えられる。感無量である。

映画で医療監修をしてくださった須磨先生の評伝を書きたいと御本人にお願いし、即答でOKをいただく。

在宅医療学会の講演に呼ばれ、Aiを制度に組込まない在宅医療はおまじない医療だと吠えたら、あとで呼んでくれた先生にやんわりたしなめられた。

某医療系出版社と宝島社に掲載したブログ差し止めの仮処分請求が、東大F教授から出される。緊急性があるので至急対応を要請されたが、裁判所はのんびりしていて、九月になっても結果が出なかった。緊急性を否定されたわけだから、訴え自体は不戦勝みたいなものだ。

8月『ひかりの剣』、刊行。重版はかかっていない。医療物以外は難しいのか。ちなみに本作は自作の中では一番好きな作品である。どうやら私の趣味は一般の人とは少し違うらしい。

サイン会を二カ所、やっていただく。有隣堂アトレ恵比寿店さんと三省堂大宮店さん。どちらのサイン会にも、遠路九州やら四国やらからわざわざお見えになって下さった方がいて驚く。

9月　講演会が重なる。同時に医大系の学園祭にもお呼ばれする。だんだん話し慣れしてくる。群馬大学Aiセンター設立記念会にお呼ばれし、講演。多数のメディアが慶事を報道した。日本矯正歯科学会で講演。矯正歯科とAiは関係あるが、特にAiの進展に関しては無関係なので、珍しく和やかに終了。

『バチスタ』のテレビドラマ化が決定したが、直前の取材で「犯人が変わる」と聞かされ驚く。プロデューサーは仲介者に了解を取ったというし、もともと面白ければ何でもいいというスタンスなのでゴネるつもりはなかった。そんな中、昨年同様、年末『このミス』に短編をと依頼を受け、「青空迷宮」を書き上げる。生まれて初めて本格ミステリーを書いた気分になった。八割の力で枠を意識しながら書けばいいのか、と妙に納得する。

10月 放射線科の勉強会「つきじ放射線研究会」でAiがメインテーマになり、演者のひとりとして招かれる。当時の放射線科医の認識として、Ai導入は「降りかかる火の粉」だとの発言に、「ウワサの火の元です」と言ったらウケた。講演が終わる頃には私の危機感を放射線科医に認識してもらえ嬉しかった。要は、放射線科医がぐずぐずしていると、Ai費用は解剖関連教室に奪われた挙句、下働きだけ押しつけられますよ、という危惧だ。そうなると、Aiを、画像診断の素人が差配することになり、診断の質は間違いなく劣化する。これは社会にとっても不幸だ。

東大の駒場でゼミの講義を頼まれる。東大の仕事はぬるいし、学生は全力を出しきっていないと吠えたが反発はなかった。従順すぎる優秀な人間の集まりも困ったものだ。続いて東京女子医大、滋賀医大、兵庫県放射線技師会六〇周年記念式典で講演三連打を行なう。

『ひかりの剣』の取材で、何と剣道部のバイブル雑誌「剣道日本」のグラビアを飾った。剣士としてではないのが残念だが、さすがにそれは無茶というものだろう。とにかく昔の願いがまたひとつ叶った。

『ジェネラル・ルージュの凱旋』映画化が正式決定する。一一月末撮影開始、年内クランクアップという強行軍。何でそんなにあわてるのか、理解できないまま了承。スクリーンに映るのは二時間分だから、撮影は一ヶ月あればじゅうぶんなんだな、と考え直す。

角川「野性時代」が海堂尊特集を組んでくれるというので、短編執筆を頼まれる。死ぬかと思ったが「モルフェウスの領域」を一日で書き上げ、一週間で推敲する。

11月『イノセント・ゲリラの祝祭』刊行。発売一週間で重版もした。サイン会は三カ所。三省堂神保町本店さん、大阪紀伊國屋梅田本店さん、そして八文字書店名取店さんの開店記念サイン会である。書店訪問も何カ所かさせていただいた。おかげで売り上げも伸びた。東京駅構内の某書店で「イノセント・ゲリラの祝祭・品切れです」というポップを見て驚く。駅構内の書店は狭いので点数が少なく、たいていは品切れだ。品切れがわざわざ書かれていたのは、多くの人が尋ねてくれたことの裏返しだろう。ありがたいことだ。

二〇〇八年秋は東野圭吾さん一色だった。五冠達成の『容疑者Xの献身』映画化と文庫化、併せて続編『聖女の救済』『ガリレオの苦悩』二冊同時刊行、それに『流星の絆』テレビドラマ化と、メディアミックス戦略の頂点を極めていた。その本は全部黒い表紙で、暗黒街のボスが本屋を占拠したかのような印象があった。

だがこちらも『チーム・バチスタの栄光』がテレビドラマ化『ナイチンゲールの沈黙』『螺鈿迷宮』文庫化、『イノセント・ゲリラの祝祭』刊行。ひとまわり小粒だが、張り合える素材は揃っている。そこへシリーズで映画化が決まった『ジェネラル』が並ぶとクリスマスカラーの赤と緑、我ながら能天気だなと思った(でも街の光景としてはこっちの方が断然分があると思う)。強大な相手が目の前に立ちふさがったので心配していたが、発売後、一瞬だが脅威の東野さんを売り上げでぶち抜いた。わーい。

そんな中、適切かつ苛烈な編集Sさんの申し出で、「ジェネラル・ルージュの伝説」執筆に取りかかる。

そうこうしているうちに、内閣府に呼ばれて講演することになった。「死因究明制度に関する検討会」は内閣府、法務省、警察庁、厚生労働省、文部科学省、海上保安庁の省庁横断の異例の検討会である。ここで海堂が言いたい放題するような事態が起こるなどと、誰が想像しただろう。

母校千葉大、横浜市大、早稲田大で立て続けに講演を行なう。この他、福井県放射線技師会、広島県医師会での講演も行なう。

この一連の講演会で、アンケートを取ってもらった。質問項目は三つ。①Aiという言葉を知っているか。②Aiを導入した方がいいか。③海堂尊の作品を読んだことがあるか。面白いものでどの講演会でも回答比率はほぼ一定し、①と③はだいたい二割くらい。海堂尊講演会なのに、海堂既読率二割とはなんたることと憤慨し、同時にまだ売れる可能性があるなと思った。「大ファンで全作品読んでます」とコメントをくれたのに、平然と①「Aiという言葉を知っていますか」という質問にノー、と答えてくる人が少なからずいたのには途方に暮れた。どう考えればいいのだろう。

だがそんなことは枝葉で、一番すごかったのは②「Aiを導入した方がいいか」に対する反応だ。賛同率九七パーセント。海堂作品を読んでいようがなかろうが、Aiという言葉を知らなかろうが、Aiを社会導入すべしと考える人がほぼ一〇〇パーセント近いという反応を知り、Ai制度を普遍的に導入することは行政の当然の責務と考えた。

この他にも反応があった。東京弁護士会の勉強会ではAiに賛同した弁護士会の先生が、Ai導入を

希望する意見書を関係団体に送付してくださると
いう口約束をしてくれた。実現されるかどうか、
興味深く見守っている。
広島県医師会の前夜の懇親会では、藤田雄山《ふじたゆうざん》知事とお話しする機会があり、Aiについて三分間プレゼンしたら、知事はあっと言う間に理解され、宴席の挨拶で直ちに担当局長に実施に向けて動き出すように指示を出した。そのことは翌日の講演会で発表させていただいた。地方発の死因究明制度のヒロシマモデルがAiセンターを有する千葉と一体化し、日本の社会制度のスタンダードになる日もそう遠いことではない（かもしれない）。

Ai導入は、トップが本気になれば、すんなり実現する。なぜなら多くの市民が実現を望んでいるからだ。実行しないのは勇気がないか、公共心に欠けるか、あるいはやる気がないかのいずれか、あるいはその全部だろう。

12月『このミステリーがすごい！　2009年度版』刊行。「青空迷宮」を載せてもらう。「野性時代」一月号で「海堂尊解体新書」なる特集企画と「モルフェウスの領域」を掲載してもらう。自分が作成してないから手放しで褒めるが、この特集企画の出来がよかった。編集Aさん、東《あづま》えりかさん、村上貴史《むらかみたかし》さんに感謝したい。

「ジェネラル・ルージュの伝説」を書き上げる。

その後、『バチスタ』テレビドラマにむりやり出演する。誤解なきように申し上げたいが、私は現場の見学をしたかっただけだ。でも原作者が見学するというので、かなり無理をして出番を作ってくれたらしい。申し訳なかったなあと反省しているが、ドラマ製作現場が興味深く、お願いしてよかった、と思っている。視聴率も良好だったようで初回一五％超え、最終回は一六％を突破したと聞いた。

『ジェネラル』の映画のロケ見学も抜け目なく行

ない、竹内結子《たけうちゆうこ》さんや、堺雅人《さかいまさと》さん、羽田美智子《はだみちこ》さんなどとお話しする。監督は『バチスタ』と同じ中村義洋《なかむらよしひろ》監督で、何やら秘策ありげである。映画の出来が楽しみだ。医療監修は、怒れる救命救急医、埼玉医大の堤晴彦《つつみはるひこ》先生。これ以上の適役はない、ぴったりの方である。

　ブログの件で民事裁判の被告人になった。やれやれである。同じ論争を学会でやれば有意義なのに、とアカデミズムの形骸化を嘆く。だがたとえ正論が通らない世の中でも、言い続ければいつか必ず世の中は認めてくれるはずだと信じている。私がこの件で撤退しないのは、若い研究者のためだ。こんなことがまかり通ったら、若手の学問に対する意欲が潰される。実績もない偉い人が無名の若手の業績をかっさらったに等しい行為で、これはアカデミズムの領域では決してやってはならないことだ。権威ある年寄りが若者の可能性と未来を食い潰していくのを座視しているようでは、その世界に未来はない。現代社会に蔓延する閉塞感は、おそらくこうしたところからきている。

　ブログの主旨は、税金を使った公募研究に対し、専門家でありその分野における第一人者として、研究構造に対する批判を行なったものだ。Aiは画像診断だから、主任研究官は画像診断の専門医である放射線科医に設定されるべきだ。私が批判した相手は病理学会の重鎮だから、文句があるなら学会で場を設定し、公開討論会を開催するのが当然だ。これを裁判沙汰にしたのは、学問の場における自由な議論の封殺であり、アカデミズムの自殺を意味する。学会の上層部として重大な判断ミスだろう。ブログを閉じれば問題の大半は解決するが、果たして学問世界の自由批判を司法の力を借りて封殺するなどということがまかりとおっていいものだろうか。日本の司法は、そして日本社会はそこまで幼稚ではないと信じている。

2009◆海堂尊・4歳

1月　『ジェネラル』文庫発売日は、オリコン一位発進。トーハン新年会で公称三〇〇〇人の前で御挨拶。三〇〇〇人の前に立つのは初めて。朝日新聞千葉版新年の顔で登場。両親が驚く。NHK「おはよう日本」で新年の抱負を放映。「医療再生・文芸復興」などと大ぼらを吹く。ぶおお。新年早々景気がよい。正月休みと三連休は「極北クレイマー」の手直しに明け暮れる。食事と寝る以外は時間を全部つぎ込み、七六〇枚を五九五枚に削る。映画「ジェネラル・ルージュの凱旋」完成打ち上げパーティで、竹内結子さん、阿部寛さん、堺雅人さん、羽田美智子さん、佐野史郎さん、平泉成さんらに御挨拶。テレビドラマ「チーム・バチスタの栄光」打ち上げにも顔を出すが詳しく書けないのは本書校了日が打ち上げ当日だから（笑）。そんな中、「小説新潮」で新連載「マドンナ・ヴェルデ」を開始、「小説現代」連載「外科医」執筆を終了。二月には読売新聞読書企画で世紀の天才・筒井康隆先生との対談というそら恐ろしい行事もあり、またNHK衛星放送では手塚治虫没後二〇周年企画で「ブラック・ジャック」について語る。三月に日本集中治療学会、四月には日本放射線学会での特別講演も控えている。海堂尊よ、どこへ行く（笑）。

☆

こうしてみると、私は実に多くの願い事を叶えてもらった気がする。それにしても、叶い方がいつもへんてこりんに変形して叶っていくのはなぜなんだろう。

願いごとは叶う。ただし半分だけ。（『チーム・バチスタの栄光』海堂尊より）。

でもまあ、半分叶えばよしとしようか。

Bibliography

自作解説

デビュー以降海堂尊が発表した19の物語。
作品が完成するまでのそれぞれの裏側を、
海堂尊本人が明かします。

私、海堂尊のデビューは二〇〇六年一月。三年経過した二〇〇九年一月現在までの全作品について、自作解説を行なう。私の作品群の特徴は、対になっていることである。執筆時期が重なったり、意図が重なる。ちょうど、陽電子と陰電子の生成に似ている。ペアは次の組み合わせで、リストの上が陽電子である。

『チーム・バチスタの栄光』―『螺鈿迷宮』
『ジェネラル・ルージュの凱旋』―『ナイチンゲールの沈黙』
『ひかりの剣』―『ブラックペアン1988』
『医学のたまご』―『ジーン・ワルツ』
『夢見る黄金地球儀』―『死因不明社会』
『イノセント・ゲリラの祝祭』―「極北クレイマー」
「外科医」―「未」

また、短編は長編に対する従属関係にある。

『ゲリラ』―「東京都二十三区内外殺人事件」
「未」―「二〇二三年　第二回大日本ミステリ学会特別講演録」
『たまご』『ナイチンゲール』―「モルフェウスの領域」
『未』―「青空迷宮」
『未』―「平和的祭典北京五輪」
『ジェネラル』―『ジェネラル・ルージュの伝説』

このペア群は、加算すると「質量保存の法則」が成立する。私の物語の主成分は「物語性」と「医療性」であるが、このふたつの成分の総和が一定である。また陰と陽、速さと遅さ、直線と曲線という相対する概念に関し、ふたつを合わせると一定値を取る。

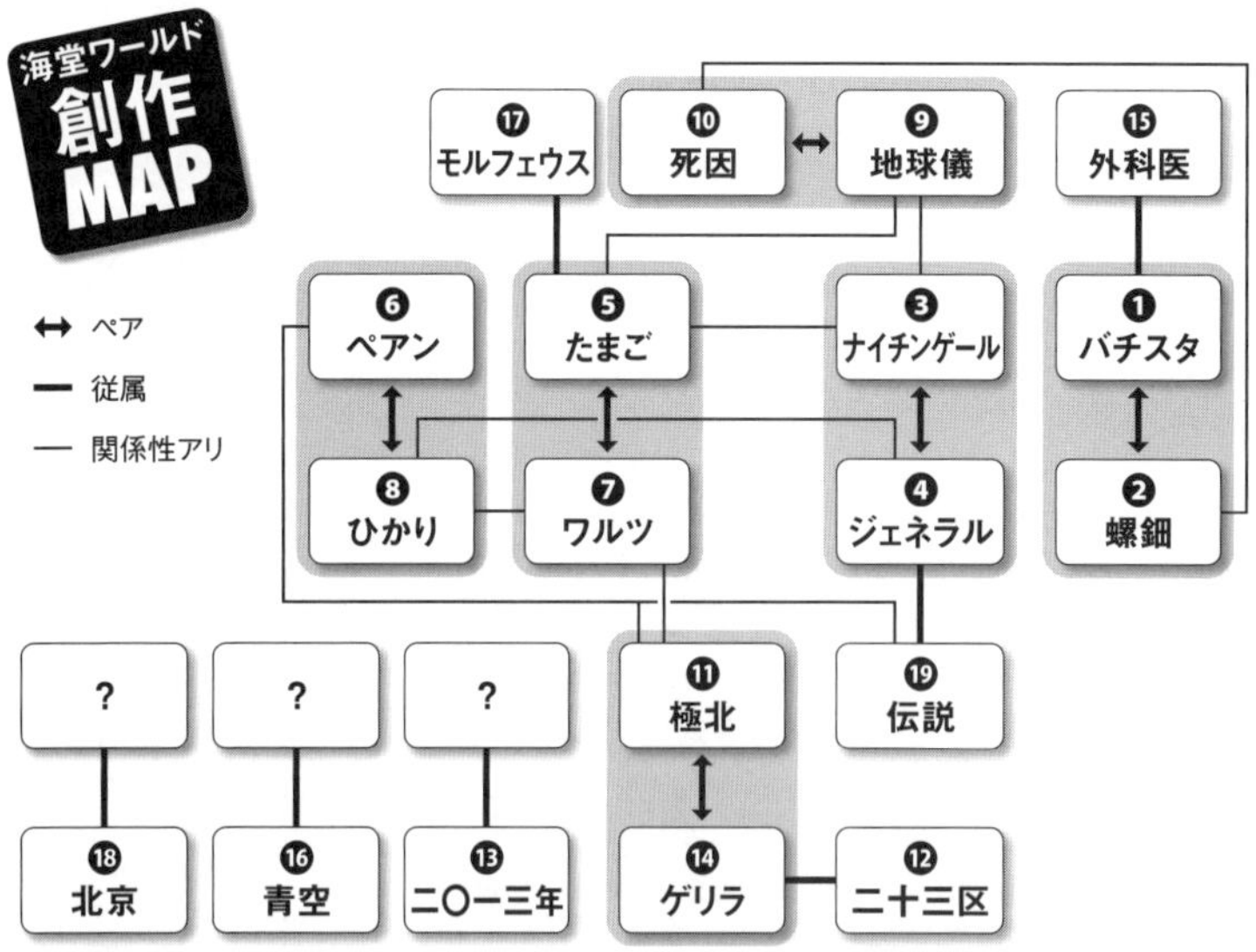

海堂尊全作品・執筆順リスト（出版日）　2006―2008

❶『チーム・バチスタの栄光』（2006・1）
❷『螺鈿迷宮』（2006・11）
❸『ナイチンゲールの沈黙』（2006・10）
❹『ジェネラル・ルージュの凱旋』（2007・4）
❺『医学のたまご』（2008・1）
❻『ブラックペアン1988』（2007・9）
❼『ジーン・ワルツ』（2008・3）
❽『ひかりの剣』（2008・8）
❾『夢見る黄金地球儀』（2007・11）
❿『死因不明社会』（2007・10）
⓫「極北クレイマー」（2008・12・連載終了）
⓬「東京都二十三区内外殺人事件」（2007・12）
⓭「二〇一三年　第二回大日本ミステリ学会特別講演録」（2008・1）
⓮『イノセント・ゲリラの祝祭』（2008・11）
⓯「外科医」（2008・12～）
⓰「青空迷宮」（2008・12）
⓱「モルフェウスの領域」（2008・11）
⓲「平和的祭典北京五輪」（2008・12）
⓳『ジェネラル・ルージュの伝説』（2009・2）

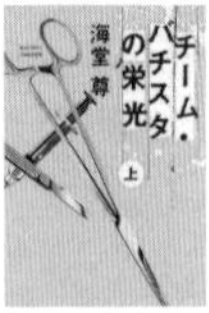

文庫（上下）

❶『チーム・バチスタの栄光』
（宝島社）

第4回『このミステリーがすごい!』
大賞受賞作

♪アンダーグラフ「ツバサ」
※執筆時に聴いていた作品のテーマ曲

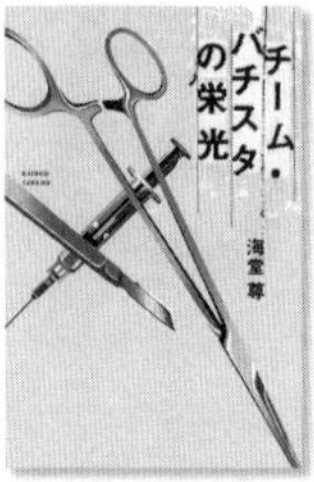

❶『チーム・バチスタの栄光』

『チーム・バチスタの栄光』の原型『チーム・バチスタの崩壊』は一月末に思いつき二月初旬に書き始め、一週間で第一部を書き上げたところで筆が止まった。調査役の主人公の田口《たぐち》センセが、捜査を投げてしまったのだ。

読み返すと、確かに田口にこれ以上捜査を任せるのは酷だとわかった。仕方がないなと、諦《あきら》めのいい私は即座に「物語はここまで」と封印した。

それでも二〇〇枚書けたのは初めてで、一週間ほどして読み返したら、急にもったいなく感じた。何とかならないかと考えたがどうにもならない。いろいろぼんやり考えていた時、突然天啓がやってきた。猛吹雪の中、ガーラ湯沢の四人乗り高速リフトに、ひとり震えて乗っていた時だった（ちなみにコースはエンターテインメント・コース）。

「そうだ、田口と正反対の性格のヤツが、外部から調査にくればいいんだ」

これが白鳥圭輔《しらとりけいすけ》誕生の瞬間である。

思いついてから、宿につくのももどかしく即座に原稿に向かった、というとカッコいいのだが、残念ながらセコい私は、まだ時間が残っている午前券を使い切ることにし、震えながらそのリフトを何往復かして、死ぬほど後悔した。

宿に戻ってからも、すぐには白鳥に取りかかれなかった。その前に、廊下トンビこと兵藤《ひょうどう》クンが、僕を書かなければ次に行けないですよ、と立ちふさがったからだ。その晩

映画
©2008　映画「チーム・バチスタの栄光」製作委員会

タイ版

韓国版

台湾版

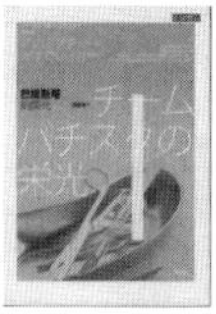

中国版

は結局兵藤クンにおつきあいで、翌日から白鳥登場の場面を一気に書き上げた。後半の初書きは三日で終わった。多くの読者が、後半に突然白鳥が登場してびっくりしたというが、当然だ。なぜなら作者自身が彼の登場にびっくらこいているわけなのだから。

　こうして二〇〇五年三月六日に『チーム・バチスタの崩壊』は完成した。

　書き上げて読み返してみて、この物語は本にしてもらいたいと思った。最初は持ち込みを考えたが、出版関係の知人に聞くと今は持ち込みはほとんど出版されず、新人賞に応募するのが王道だ、と教えられた。ネットで調べたところ、ミステリーなら江戸川乱歩賞だというので、乱歩賞にしようと思った。だが締め切りが一月末日で、一年近く塩漬けになるので即座に諦め（諦めのいいのが私の美点である）他賞を探した。そこで見つけたのが「『このミステリーがすごい！』大賞」である。ネットを見ると落選作品にも講評がついている。一次選考を通れば講評をつけてもらえるのは、素人にとって魅力だった。で、応募を決めスケジュールも決めた。三月末〜四月にかけて学会発表が目白押しだったので、ゴールデンウイークから推敲し、五月末に応募しようと決めた。そしてプリントアウトした初稿を、ガムテープでぐるぐる巻きにして封印した。

　ゴールデンウイーク以降、『バチスタ』の推敲に明け暮れる。プリントアウトしたものに徹底的に赤を入れ打ち直す。その時もう一度画面で推敲する。そしてプリントアウト。一回のプリントアウトで二回の推敲をしていた。最終稿を見ると二六稿となっているので、最低五〇回は推敲したわけだ。このあとゲラで三度、増刷時に五度、手直ししたので、総計一〇〇回は推敲しただろう。

NINTENDO DS
「チーム・バチスタの栄光
〜真実を紡ぐ4つのカルテ〜」
発売元／ハドソン

ワンダーランド
コミックス
作画／佐藤いづみ

ドラマ
関西テレビ・フジテレビ系
にて放送

『バチスタ』は五月二六日一三時半、二六稿で脱稿した。翌日、原稿を宝島社に送付した。大賞受賞後、最終選考委員との顔合わせの席で、大森望《おおもりのぞみ》さんからタイトルとペンネーム変更を提案され、ペンネームは変えなかったがタイトルを変えた。

こうして『チーム・バチスタの栄光』は世に出たのである。

❶—❷の狭間

応募を終え、ぼんやり考えていた。もし『バチスタ』が売れ、小説家になったら、そしてもし大ベストセラー作家になったらどうしよう。

受賞もしていないのに能天気なものである。

本屋をぶらつくと、それまで見えていた本屋の平台がまったく別の顔を見せていた。この中に自分の本も横一線で並ぶわけだ。『バチスタ』を書き上げた三月頭から五月まで本屋に自分の『バチスタ』が並ぶ光景を思い浮かべては、にこにこしていたが、そのうちとんでもないことに気がついた。名の売れたベストセラー作家の新作ですら、平台に一ヶ月滞在することがほとんどなかった。かつて聞いた出版関係の知り合いの言葉を思い出す。「今や単行本は雑誌と同じサイクルだから、気に入った本はすぐ買わないと、あっと言う間に姿を消してしまいますよ」

物書きとして定点観測して気づいた事実。さらに見ると、出版点数が多い大ベストセラー作家の本は一定の割合で平台を占拠していることにも気づいた。つまりある程度の母数がないと、闘いの参加資格すらもらえない世界だ、と実感した。デビュー作一作しかなければ末路は目に見えている。どうすればいいのか。答えは簡単、たくさん書けばいい。というわけでとっとと二作目に取りかかることにした。賞を取ればいろいろ露出するとわかったので、二作目を乱歩賞に応募しダブル受賞を狙ってみた。

それでも二作しか並ばないから難しい。その時目に入ったのが、シリーズ物だった。一年前の作品が最新作と並んで置かれているのを見て、これだ、と思った。シリーズにすれば新作が出るたびに過去の作品が甦る。

で、シリーズ物にしようと考えたが、私はそこでさらに一歩、考えを進めた。その回答が有理数の定義式を小説として読み解く、というものだった。

○ 虚数空間の統一

1. 物語は虚数空間で展開される。

有理数とは次のように表現される。

$$U = P + Qi$$

Iは虚数（imaginary number）で、いみじくも虚数の虚とは、想像力の imagenation と共通の語源を持つ。有理数は実数部分Pと虚数部分Qの数値によって一元的に決定されるということを現した式である。これを人の存在に当てはめると、人という存在Uは、実生活部分Pと想像部分Qの集合体であり、実体はどちらもひとつの数値しか取り得ない。たとえばサザンオールスターズの桑田《くわた》さんが作る曲は全部違うのに、どれも桑田さんの曲だと認識。ということは、人が抱える虚数空間はひとつしかないのでは、と仮定してみた。すると虚数空間を統一させることは容易だ。この瞬間、自分の作品はすべて同じ舞台で、共通する人物をできるだけ単一空間に統一しようと決意した。

こうした試みをしている作家はほとんどいないように思えたので（少なくとも自分が知る限りは他にいなかった）、差別化になるだろう。決めてしまえばあとは実行するだけ。というわけで、私は一作目が受賞もしていないのに、とっとと二作目を書き始めたのだった。

2．舞台設定・桜宮市

このような展開には、メリットとデメリットがある。デメリットから語ろう。ある人物が別の小説で展開すると、彼の人格統一が必要だ。それだけ足枷《あしかせ》がかかり、難易度が上がる。さらに同じ様な人物造型をすると、描き方がワンパターンになる。これまた強い拘束である。シリーズ四作目あたりで、どうして他の作家がこういう試みをやらないのかよくわかった。さらに問題は、時空の歪《ゆが》みである。特に時系列に乱れが生じやすく、脇役の年齢などに顕著に現れる（ここではあまり詳細には語らない）。時空、そして人物造型。このふたつが虚数空間を統一する際に、もっとも難点になると思われる。

ではメリットは何か。利点その一はデメリットと裏表だが、このような展開をすると、脇役に対する人物造型が深くなる。例えば『ジェネラル・ルージュの凱旋』で主役を張った速水《はやみ》が一行出てくるだけで、一般の救命救急医とまったく違う印象を読者に与える。初読の読者ならただの通りすがりの救命救急医で、ふつうの物語として読める。別の機会に『ジェネラル・ルージュ』を読めば、あの時の端役は実はこういう人だったんだ、となる。また過去の造型が現在と違えば「そこに何があったのだろう」と考える。更に、一般的な救急医を創り出せば、その対比によって新しい次元が生まれる。どっちにしても物語世界は広がる。

虚数空間統一の利点その二は、舞台設定に手が掛からない点だ。たとえば物語を病院内で展開する場合、どうしても書き込まなければならない基本情報がある。病院は何階でいつ頃建築された、などという属性である。こうした舞台設定、映画やドラマでいえばセットにあたる部分は、一度作れば、後は余り説明しないで済むし、また一度説明しておけば、他の物語でも転用でき、これまた背景の書き込みに厚みが加わる。

要するに手抜きである。だが私は小説とは人間ドラマだと思っているので、情景描写や建物の説明などはさらりと済ませたい。もちろん情景描写に心象風景を投影するという古来からの文芸手法を否定はしないが、現代社会では、その動きはもっと激しい。

桜宮という地方都市を設定したのには理論的根拠がある。それは日本社会の構造についての洞察である。日本社会は、東京―地方、の一対一対応でできている。例えば東京―千葉、東京―群馬、東京―愛媛、東京―鹿児島、といった具合だ。この関係は強固で、地域同士の連携、例えば千葉―茨城というような関連は、驚くほど低い。だから日本を描くには、地方都市ひとつと東京を描けばいいわけだ。地方都市はどこでも似ているので、普遍的に描ける。さらに物語を書き込むほどディテールが増える。書評家の吉野仁《よしのじん》さんは、『螺鈿《らでん》迷宮』の文庫版解説で、そのさまを「シムシティ」という都市建築型コンピューターゲームになぞらえたがなかなか言い得て妙である。そういえば私はかつて「シムシティ」には大学院生時代に一時期ハマったが、中規模に育つとすぐ暴動が起こって壊れてしまい、最後には投げ出してしまったっけ。

ちなみに一都市だと日本全体のクロニクルを描くには不充分なので、財政再建団体に指定される極北市を描いた。これで日本都市のひな形は網羅できただろう。ちなみに、桜宮市は、ロケーション的には熱海あたりを考えていた。なぜ熱海かというと、海が見えること、それから新幹線が通ることの二点からだ。物語内の移動には日本人なら新幹線を使いたい。さらに、そのあたりにひかり号は停まらないなどという指摘があるが、新幹線はやっぱりひかり号なんである。そして私の虚数空間では桜宮市には新幹線が停まることになっているのだ。

東城大のフォルムは母校千葉大学医学部である。それを実に都合良く自分勝手に変形させている。

❷『螺鈿迷宮』

『バチスタ』が二次落ちしたと思った時、『バチスタ』の手直しをしながら、『螺鈿迷宮』を応募した。応募作をふたつも手元に置いておくのがいやだったからだ。作品の着想は

文庫（上下）

❷『螺鈿迷宮』
（角川書店）

♪明日香「花ぬすびと」／ポルノグラフィティ「シスター」

一〇年くらい前の大ベストセラー、瀬名秀明さんの『パラサイト・イヴ』だったが五枚で挫折、放り投げた。今回はそこに『バチスタ』で触れた氷姫こと姫宮《ひめみや》を放り込んだら、物語が面白いように転がった。乱歩賞落選後、知り合いの編集者から、主人公天馬《てんま》の属性を変えた方がいいのでは、とアドバイスを受けた。それに従ったら物語の深みが増した。結果的に乱歩賞落選はプラスだった気がする。自分ではもっとも本格ミステリーと思っているが、ミステリー界から評価されなかった。だがこの作品には死のパターンをすべて封入できたと自負している。

角川書店が力を入れてくれ、装丁はきらきらしたラメになった。

文庫化にあたり大幅改稿し、分量が一五％減量した。文庫版の版組で見ると、無駄がたくさん見えたので、自分の腕がさぞ進歩したのだろうと思い、試しに旧本をぱらぱら見たら、こちらには相変わらず赤が入る余地がほとんどなかった。不思議なことだ。また、文庫化にあたりゲラを直していたら、三校の時に突然、上下巻で行きますといわれてびっくりした。文庫化を手がけてくれたYさんは私が五校をとっても平然と対応してくれた。そういえば原本の時に七校とってもAさんもえへらえへら対応していた。角川の編集は大物揃いである。装丁が明るい青に変わり、ほう、と思っていたら、書店に平積みで並ぶと、『ナイチンゲール』の色とほとんど同じだった。書店をジャックしたみたいで景気がいいな、と思った。

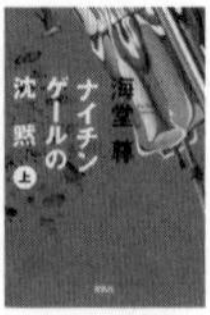

文庫（上下）

❸『ナイチンゲールの沈黙』
（宝島社）

♪中島美嘉「GLAMOROUS SKY」／
シーソー「君が見えない」／
西城秀樹「炎」

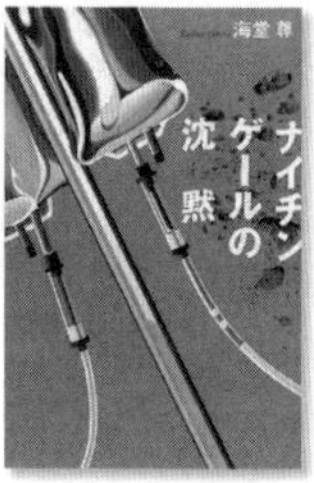

❸『ナイチンゲールの沈黙』

大賞受賞後、宝島社であと二作書かなければならないことを知り驚く。募集要項には全然書いていなかったからだ。いま思うとチャンスを下さるのはありがたい話だが、二作が遠いゴールに見え途方に暮れた。『螺鈿』を乱歩賞に応募していたので「崩壊三部作構想」は瞬時に崩壊した。ただぼんやりしていても埒《らち》は明かない。思いつきをとっとと書き始めることにした。なぜか共感覚をモチーフにした倒述式のミステリーを書こうと思った。それが『ナイチンゲールの沈黙』である。

この作品は、生まれて初めて、本になることを前提に書いた物語である。『バチスタ』がど真ん中の速球とすると、『螺鈿』は外角低めのスライダー、という印象を持っていた。だから新たに書く作品は、スローカーブにしようと思っていた。重なったモビールが輪になってひらひら揺れるイメージだ。

書き始めてみると筆が伸び、序盤の五〇枚を書いたところで、ラストシーンまでの距離が見えた。一二〇〇枚の大作という予見だ。でもって得意気に編集Sさんに伝えたら、叱られたことはヒストリーに書いた通りである。

「いいこと考えついちゃいました。ふたつに分ければいいんですよ」という編集Sさんの提案は、それができれば確かに二度おいしいが、本当にできるんだろうか。それって、上下巻とどこが違うのだろうなどと思いは千々に乱れながらもまだ一冊も本が出ていな

韓国版

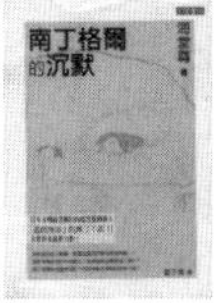

中国版

いデビュー前の新人作家なので、発言権が弱いのは仕方がない。提案に素直に従うことにした。その時、ひらめいた。――上下がだめなら、左右に分けよう。

こうして五〇枚書いた『ナイチンゲール』から『ジェネラル』を分離する手術をした。接合部分がまだ少なく分離は簡単だった。左右に分けたのに『ナイチンゲール』が二階、『ジェネラル』が一階、とオレンジ新棟の上下になってしまったが、そのことについて編集Sさんは何も言わなかった。しめしめである。

結果的に分離は大成功だった。私は宝島社の義務を一歩早くこなせたし、二冊を戦略的に出版できるという選択権も手にすることができた。

上下巻に関しては後日談がある。バチスタが文庫化される際、宝島社はなんと上下巻を提案してきた。さすがに論理的一貫性がないではないか、と編集Sさんに詰め寄ると、Sさんはあっさり答えた。「これは社の専権事項です」

なおも食い下がる私にぼそりと言う。

「文庫本のスタンダードサイズはこの厚さが一番美しいんです」

あう。世の中、なかなか私のロジックは通用しない。

『ナイチンゲールの沈黙』の仕上げは苦労した。最終的には納得して出したが、出版されたばかりの初版本を読むと、冗長で出来がよくない。絶望しながら読み進めると、出来が悪いのは第一章の最初の半分だけだった。そこで大顰蹙《ひんしゅく》を買いながらも初版に大幅に赤を入れ、第一章の前半部分を手直しさせてもらった。「初版分はどういいわけするんですか」という編集Sさんの言葉はこれから先、絶対に忘れないだろう。だが、まだ未熟な作家なんだからしかたがない、ということで許してもらった。そこまでベストは尽くしたので、本音を言えば申し訳ないという気持ちは実は少なかった。その時「エラーは気づいた時に直すのが最速で最良だ」とカオル君のパパが言ったかどうか、定かではない。

この物語で、「ハイパーマン・バッカス」なるウルトラマンのパクリ作品を登場させたところ、一部読者からはかなり好評だった。実は当初、ウルトラマン・バッカスとしていて、ゆくゆくは円谷《つぶらや》プロで映像化してもらおうという野心満々の企画だったが、「著作権上、問題となるので絶対変えなさい」とI局長に言われ、泣く泣く変えた。私は編集さんのチェックも校正さんの指摘も九割は採用し、一割は我を通す。その一割はこれまで曲げたことがないが、唯一の例外がこのウルトラマン問題だ。ああ、円谷プロで見たかった。だがこうなったら私にも意地がある。いつの日か必ず書き下ろし作品を特撮ドラマにしてもらおう、と一回り大きな野心を抱いて、挫折感に折り合いをつけた。ちなみにウルトラマン却下で、腑《ふ》抜け状態でふてくされた私にハイパーマンなるネーミングを提案してくれたのは編集Sさんである。天才美人編集者だ、とここで媚《こ》びを売っておいても損はないだろう。

韓国版

文庫（上下）

4『ジェネラル・ルージュの凱旋』
（宝島社）

♪BUMP OF CHICKEN
「カルマ」

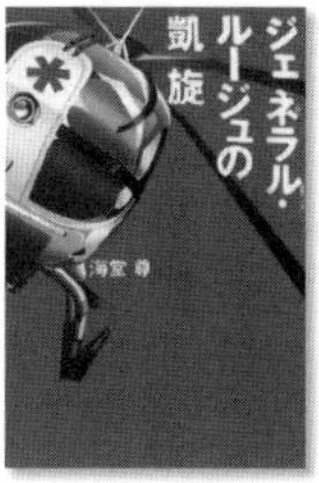

4『ジェネラル・ルージュの凱旋』

ジェネラルに関しては、執筆中も執筆後もまったく心配しなかった。ど真ん中の剛速球、あとは野となれ山となれ、で書いた。書き上げたのは『ナイチンゲール』脱稿寸前の六月。そこでいったん『ナイチンゲール』進行を止め、一気に『ジェネラル』を書いた。そうしないとふたつの物語の整合性が取れなくなってしまうと思ったからだ。案の定『ナイチンゲール』での修正点がいくつか見つかった。ふたつの作品を行き来するうち、こんがらがってわけがわからなくなったこともある。『ナイチンゲール』の出版後に、『ジェネラル』の仕上げにかかったら、あっと言う間に終わった。苦労はすべて『ナイチンゲール』が引き受けてくれた。糟糠《そうこう》の妻みたいである。どこまでも『ジェネラル』の星は強く、脱稿した瞬間、スピードはすべてを凌駕するものだ、という速水の高笑いが聞こえた気がした。つくづくムカつく御仁だ。

発売された時、ちょうど本屋大賞の発表と完全にカブったが、一瞬、本屋大賞作品を売り上げでぶち抜いた。気持ちよかった。

この作品では「飛ばないドクター・ヘリ」をモチーフにしたが、後にドクター・ヘリ導入を推進しているＮＰＯ法人・ヘムネットの國松《くにまつ》理事長ともお目に掛かりお話を伺った。その結果かどうか、五月にそれまで「吊るし」にあっていたドクター・ヘリ法案が国会を通過した。この作品が話題になったことが少しは後押しになったのではないか、と勝手に

映画
©2009　映画「ジェネラル・ルージュの凱旋」製作委員会

ワンダーランドコミックス
作画／高遠るい

思っている。

　こうして三作のデューティーを終え、喜んでいたら突然I局長が「こうなったら大沢《おおさわ》在昌《ありまさ》先生の『新宿鮫』を越えましょう」とのたまった。当時、『新宿鮫』シリーズは九冊目の『狼花』が出た直後だった。絶句する私にI局長はうなずいて「そうね、そうだわ、それがいい、そうしましょう」と歌うように言って、ひとり去っていった。

　後日、シリーズ四冊目が出た時にI局長は、「宝島社の西村京太郎《にしむらきょうたろう》先生を目指しましょう」とおっしゃった。当然、私は聞こえなかったフリをした。

❺『医学のたまご』

　理論社のMさんは、『バチスタ』が出版されて最初の一週間で依頼してきた。理論社ミステリーYA!という児童向けのミステリー叢書を立ち上げようとしていた矢先だった。子どもの頃、シャーロック・ホームズにハマったので、この申し出は喜んで受けた。Mさんは著者に会いに行く時には、その人の全作品を読んでいくそうで、「じゃあ私はラクだったでしょう」と尋ねるとにっこり笑い、「ええ、とても」と答える正直な方だった。ちなみに、シリーズの執筆予定陣に赤川次郎《あかがわじろう》先生や西村京太郎先生のお名前はない。

　半年後、開始の相談をしようと思った矢先、別件でエッセイの依頼を受けていた「日経メディカル」誌のK編集長から連載依頼を受けた。理論社の依頼を連載で回せば一石

❺『医学のたまご』
(理論社ミステリーYA!)

初出「日経メディカル」
(日経BP社)
2007年2月号～2008年1月号

♪ルルティア「ロスト バタフライ」

二鳥、と思いついた。子供向き作品などは存在せず、いい作品はおとなも子どもも楽しめる、と考えていたので、あえて変則的な企画を試みた。専門職の医療従事者が面白いと思えば、子どもだって面白いはず、と考えた。

結果的に初めての連載になり、毎月原稿を仕上げるペースを早めに摑めた。児童向けなので毎回、当時小学生だった娘に読ませ感想を聞いた。「何だかよくわかんない」という何だかよくわからない感想をもらった時が大変で、面白かったというまで直し続けた。子どもは難しいことがわからないのでなく、不明瞭なものがわからない、ということを悟る。それ以降は悩まなかった。父の作品をさしおいて、宮部《みやべ》みゆきさんの本を読みふけるという薄情な娘だがその審美眼は正しい。連載のイラストは好評で、別刷りを必ず一部せがまれた。まあ、正当な報酬だろう。

書籍化の際、横書きでいきたいといって、ほんのちょっとだけ理論社ともめた。だがすぐ納得してくれ、横書きでいこうとなった。理系の私には横書きに対するアレルギーはないし、もともと横書き連載だし、文中にメールが入るからいいんじゃないかなあ、という軽い気持ちだったので、ゲラの横書きを見てあまりの読みにくさに愕然とし、死ぬほど後悔した。だが読み始めると、不思議にも読みにくいのは最初の二頁だけだった。なぜだかは未だにわからない。

打ち上げの席で久々にかつて医学書を出版した時にイラストを描いてくれたヨシタケシンスケさんと再会できて、楽しかった。

大活字版

❻『ブラックペアン1988』
（講談社）

山本周五郎賞ノミネート
初出「小説現代」
（講談社）
2007年4月号～8月号

♪STRAIGHTENER
「SIX DAY WONDER」

❻『ブラックペアン1988』

一番にオファーをしてくれた講談社Tさんはこの業界でも一、二を争う読書家だという評判だった。私が「小説現代」で連載をしてみたいと申し出たところ、二日後に編集長と共に承諾の返事をされた。また月刊誌の担当にIさんがついた。後にプライベートエリアの逸話で業界屈指の名物編集者だということを思い知らされる。

自分の虚数空間統一を目指した私が次に行なうのは、物語世界の起点となる過去を描くことだ。現在の医療が二〇年前からどのくらい変遷したか、身体で理解していた私は、その軌跡を文章世界に残したかった。

Tさんに「短期連載で一〇〇枚を五回でどうでしょう」と言われ、何にもわからない私は即座にOKした。やってみると一〇〇枚は調子がいいと一日、ふつう二日で書き上げられたので、大丈夫だと思った。それでも第一章の後、一瞬つまった。すぐ渡海《とかい》という、高階《たかしな》のカウンターパートが登場し、物語の途絶を解消した。こういう登場の仕方は、私の物語ではよくある。それを私は、周囲をきっちり描き込むことで輪郭から生まれる人物、と呼ぶ。代表は『バチスタ』の白鳥であり、『ジーン・ワルツ』の清川《きよかわ》だ。虚の世界から生まれた人物がいると、物語の展開は滑らかになる。

連載を終えて休む間もなく単行本化のための赤を入れた。赤入れの量も回数もあまりに多く、Tさんから意味のない赤を入れてはいけないと注意された。私にとってはすべ

韓国版

❼『ジーン・ワルツ』
（新潮社）

初出「小説新潮」
（新潮社）
2007年6月号〜12月号

♪シャ乱Q「シングルベッド」／
オフコース「秋の気配」

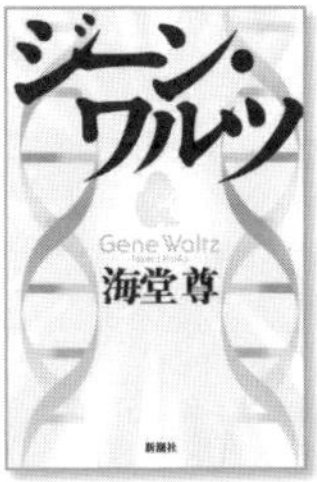

て意味のあったものなので、注意の意図が理解できなかった。あとでTさんは、海堂さんはちっとも言うことを聞いてくれない、とこぼしていたと仄聞《そくぶん》したが、そんなことはまったくない（と思う）。

❼『ジーン・ワルツ』

講談社の面々が黒服体育会軍団なのと比べ、新潮社はたおやかな女性陣だった。もっともそれは見かけだけ、中身は講談社とどっこいどっこいの肉食獣パンダ部隊であった。中でも最初の担当者のGさんは、とにかく手を変え品を変えいろいろ提案をしてくるので、話を聞いているだけで面白かった。

「小説新潮」の連載を持ちかけると、すぐ編集長と「小説新潮」担当Tさんが一席を設けてくれ、即座に連載が決まった。ちなみに雑誌担当のTさんは「小説新潮」六〇年の歴史史上初となる「医療小説特集」を後に組むことになる。

決してすけべ心があったわけではないが、女性陣に囲まれるとそういう物語（妊娠小説）になってしまうのは、何とも不思議である。実は学生時代から発生学の美しさをいつか物語にしたいと考えていた。受精卵が胎児を経て新生児として生まれるまでを文章で描きたかった。だがそれではどうにも物語が推進しない。当時Gさんは不妊で悩んでいて、「ちょうどいいのでこの小説のため、不妊治療について徹底的に取材します」。

大船に乗った気分でいたところ、連載開始の年明けに打ち合わせでいきなり、「実は妊娠しまして」とカミングアウトされた。物語の開始時に、不妊治療に関して当てにしていた資料調査員がモチベーションを失ってしまい、あたふたした。

だが実はこれは天の配剤だった。連載進行につれ、物語内の胎児も成長したが、併せてGさんのお子さんもすくすくと育っていった。だからダメだしも容赦ない。「この時期にそんな検査はしませんよ」ときっぱり断言されると、医師といえども言い返せない。まさに母は強し、である。

この作品はこれまでで、唯一気を遣った作品である。というのも、私は女性の気持ちが、どうにも理解できないからだ。しかもテーマは妊娠という繊細な問題。もちろん、現役の現在進行形の妊婦がいることは大変心強かったが、この妊婦が一般的な感覚の持ち主かどうか、断言できるだけの自信はなかった。

私は常に原稿は前渡し気味で渡しているが、この物語のクライマックス、最終回のひとつ前の回だけは締め切りぎりぎりまで引っ張った。原稿が仕上がっていなかったからではない。Gさんの出産日とほとんど一致していたからだ。しかもその回は複数のお産場面を描く回で、幸せな出産ばかりではなかった。

お産は一〇〇パーセント安全ではないし、出産が幸せな結果をもたらすという保証はない。物語の中で繰り返し語ったモチーフだが、だからこそGさんの出産がきちんと行なわれなければ原稿はボツにし、物語未完でトンズラしようと思っていた。それは論理ではなく、個人的感情だ。

結果的にそうならずGさんが幸せな出産をしたことは、幸運だったと思う。おかげで物語も世に出せた。ただ、こうした刃を秘める物語だということは、自覚している。物語自体は一度、スタート地点で失敗、白紙に戻してやり直した。それも三章で詰まったが、そこで救世主として登場したのが清川吾郎《ごろう》だった。おかげで、いろいろな物語がうまく回った。いいかげんな男とは、実に重宝な存在だ。ソウイウ人ニ私ハナリタイ。

この物語は大変な幸運に恵まれている。私は産婦人科は専門ではないので、細部に不安を抱えていたが、偶然、かつての同僚の助産師Mさんと街で再会した。これ幸いとゲラを渡し、専門領域を手直ししてもらった。いくつか参考になるアドバイスを受けた。何てご都合主義な、と思われるだろうが事実である。

また、私はファッションセンスがゼロなので、物語の服飾記述に関しては、新担当Nさんにお世話になった。ちなみに全国に展開したポップに白衣の後ろ姿で登場したのも、Nさんである。

その後、出産を終えたGさんは編集長に昇格。『ジーン・ワルツ』は不妊治療にも効くし、昇進もするという縁起のいい小説でもある。一家に一冊、是非どうぞ。

❺—❼の狭間

ふだん私は、すべての作品を連関させているが、どの作品も単独で読書可能な枠組みにしてあり、一作でも楽しめるようにしている。だがもしこの二作を続けて読むなら、是非『医学のたまご』を読んでから『ジーン・ワルツ』を読んで欲しい。『医学のたまご』と『ジーン・ワルツ』の相関性は一読すれば理解できるが、そこに物語の狭間で呈示さ

❽『ひかりの剣』
（文藝春秋）

初出「オール讀物」
（文藝春秋）
2007年8・10・12月号、
2008年2月号、4月号〜8月号

♪BOØWY「わがままジュリエット」
「CLOUDY HEART」

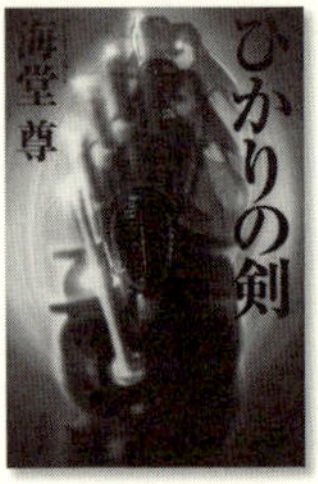

れる問題提起という新しい試みがある。たぶん他では例がない。『ジーン・ワルツ』の最終ページを読み終わった後、既読の『医学のたまご』を思い出し、読者は登場人物の心中に思いを馳せる。つまりふたつの物語では、最大級の人間ドラマが本と本の間の空間に存在しているのだ。

❽『ひかりの剣』

書いていて、楽しかった作品。昔の記憶だけで書き上げ取材ゼロ。要は過去にそれくらい剣道に打ち込んだということだ。そういう持ちネタには、他に麻雀と将棋がある。それらはいずれどこかで書くだろう。

文藝春秋のTさんとSさんがペアで依頼に来て半年、年末のミステリー・ランキングに『バチスタ』が選ばれたタイミングで声を掛けられた。折しも講談社、新潮社、「日経メディカル」と立て続けに連載を決めてハイになっていたので、「オール讀物」に異動したてのTさんが「よろしければ連載でも」と社交辞令的に言ってくれた瞬間を捉え、「いいっすよ」と答えたものだから、Tさん、Sさんはびっくりし黙り込んだ。連載日程を計算し、単行本の出版時期が重なりそうなのを理解し、すぐ「できれば隔月で」とお願いした。「オール讀物」は基本的に読み切り作品が主体で、連載は短編連作が基本と言われ、了解した。始めてみたら単なる普通の連載になってしまった。今さらTさんもダメと言えず、いつの間にか連載になった。だまし討ちみたいだが、作家はもともと詐欺師なんだから、そんなヤツらの話を真に受ける方が悪いのだ。

当初から、ジェネラル・速水の学生時代の剣道生活を書くつもりだったが速水ひとりでは物語が展開しない。ヤツは真面目すぎるのだ。一回四〇枚くらい、と伝えていたが、二〇枚にしかならない。途方に暮れた時『ジーン・ワルツ』で彗星のように登場した清川吾郎が乱入し、途端に物語が滑らかに動き始めた。結局、「俺」と自称する速水と「僕」と自分を呼ぶ清川の二人称で交互に語る形式に落ち着いた。プロットとは言えないが、各回の章タイトルを事前準備し、だいたいの展開を考えた。私の言葉を信用したTさんとSさんが逆算し二〇〇八年八月に単行本として出版する計画まで早々に立ててくれた。ところが私の常だが、途中で物語が自己増殖を始め、予定回数に収まらず、二回増えた。急遽《きゅうきょ》、隔月連載から毎月連載に切り替え、危機を乗り越えた。

単行本化にあたり、速水の章を俺という一人称から三人称に変更した。婦女子には人気者の速水だが、どうにも手のかかる御仁である。おかげでこの時、物語の中の彼の部下、佐藤ちゃんの気持ちを真に理解できた。

この作品のおかげで、学生時代にあこがれた「剣道日本」のグラビアに載せていただいたことは嬉しかった。

❾『夢見る黄金地球儀』
（東京創元社ミステリ・フロンティア）

♪サザンオールスターズ
「希望の轍」
「勝手にシンドバッド」

❾『夢見る黄金地球儀』

書き始めた頃は巷のジェネラル・フィーバーが一段落した頃で、同時に、海堂作品はミステリーじゃない、という声があちこちから聞こえ始めていた。そんなことはないと思っていたので、一度きちんとしたミステリーを書いてみたかった。どうせ書くならオファーをいただいた中で東京創元社さんだと思った。何しろオファー先は『ミステリ・フロンティア』である。これならいくら何でもミステリーと絶対認知されるだろう。我ながらなかなか負けず嫌いである。

以前からコンゲームものを書きたい気持ちはあり、そんな時一億円の地域振興費の話を偶然何かの記事で読んだ。特に土佐高知の金のマグロ像が盗まれたという話が面白かった。その時、黄金でできた地球儀のイメージがぽっかり浮かび、あっと言う間にストーリーの骨格を見渡すことができた。

編集Fさんに初稿を渡したが、そこからが大変だった。Fさんの指摘で何と、私の黄金地球儀は物理的に成立しないのだという。物語では黄金地球儀は中空構造だが、厚みが少なくとも三〇センチくらいはないと物語が成立しない。ところが実際計算するとこの程度の金では、壁厚が一ミリになる程度だという。大変だ。いろいろ考えたが、この厚さで黄金地球儀が成立すれば、物語構造が成立する。だから壁厚の黄金地球儀を成立させればいいと腹を決める。その後の悪戦苦闘ぶりは、東京創元社ＨＰ「ここだけのあ

⑩『死因不明社会』
（講談社ブルーバックス1578）
第3回科学ジャーナリスト賞受賞

とがき」に詳しく、そちらを参照されたい。よろよろとしながら書き上げた時自分はつじつま合わせの天才だと思った。でも『このミス』にはかすりもしなかった（泣）。

⑩『死因不明社会』

この項を読むと、講談社ブルーバックスの担当編集ＴＫさんが極悪非道の人物に思われるかもしれないが、決してそんなことはない、と最初に断っておく。少なくとも私を取り巻く編集者の中では一、二を争う常識人で、まっとうな人物である。どれくらいまっとうかというと、私がプライベートに海堂リスクマネジメント委員会委員長に任命するくらい、まっとうな人である。

でも言うことは的を衝いていてシビアだった。ブルーバックスだから本名でやらなければならないのでは、と伺うと、きっぱり「いえ、海堂さんの方で」と即答した。「その方が売れますから」。そりゃそうだ。

執筆はキツかった。科学系の文章を書くことはフィクション系の数倍大変だ。フィクションはつじつまが合わなくなったら、自分で新たな点を打てる。現実の科学ではできない。かつて基礎実験し、ＰＣＲという実験でそこにこの領域バンドが出れば世紀の大発見なのにと、思ったことが幾度あったか。それと比べたらフィクションのつじつま合わせなんて朝飯前だ。そんな状態に慣れた私は、ストイックに事実をつきあわせて書くことが難しい体質になっていた（要は、作家はいいかげんな詐欺師だ、ということだ）。

加えて、Aiに対する認識の違いもとまどいに拍車をかけた。編集ＴＫさんは私の文章を理解できないといって何度も突き返した。もともと廉価版のAi入門書の内容の焼き直しだ。医師対象と、一般市民対象の違い、前提知識量の違いに起因した苦肉の策で、フィクション世界の登場人物、白鳥と別宮《べっく》記者の対話を入れたらすこぶる好評だった。しめしめと思っていたところ次の瞬間、思わぬ提案をされた。

「この対話、面白いですから全部の章の前に入れましょう」

一瞬呆然としたが、持ち前の負けん気がムクムクと頭をもたげてきて、トライしてみた。フィクションは簡単だと、タカをくくったら筆が進まない。学術文章を書く脳と、物語を作る脳は別ものらしい。両方同時に働かせることは、ランニングしながらスイミングをするようなものかとわけのわからない譬《たと》えをするくらい苦しんでいた。

七月脱稿は無理と悟り、一〇月刊行予定を一一月に延期してもらった。でもって白鳥別宮対談をすべての章にぶちこんで渡したら、ワンタッチでリターンがあった。

「中身はよくなりました。でも今のままだと三五〇ページになります。売れる本にするため、二九〇ページまで削りましょう」

鬼だ、と思った。だが私もかつて、『バチスタ』を乱歩賞仕様にするため七〇〇枚を五五〇枚に、三日で減量に成功した男だ。絶対できるさ、と自分に言い聞かせてトライした。五日かかったが、二九五ページまで減量に成功した。

「これでお許し下さい」

原稿を手渡すと、ＴＫさんは目を丸くし「本当にできちゃったんだ」と呟いた。できるはずはないと踏んでいたが、ダメもとで言ってみたらしい。

これでおしまいかと思ったら、最後に「三ページ余裕ができました。何か入れたい記事がありましたらどうぞ」と言われた。茫然自失しながら、当時問題の大相撲時津風部屋事件についてのコラムを入れた。それから医師会のAi検討会を最後の最後の一ページにねじこんだ。ぜいぜい。

繰り返すが、担当TKさんは私が出会った中でも、一般常識をわきまえた編集さんだ。彼は業務に忠実なだけなのだ。そう思うことにしよう。

結果的に一ヶ月延びたことで、医師会がAi検討委員会を立ち上げたり、大相撲時津風部屋事件についての貴重な情報を入れることができた。

たぶんこれも天命なのだろう。この本はこの時期、世の中に置かれなければならない本だったのだ。

⑪「極北クレイマー」
初出　「週刊朝日」
（朝日新聞出版）
2008年1月4·11日号
〜12月26日号

♪宇多田ヒカル
「Flavor Of Life」

⑪「極北クレイマー」

二〇〇七年七月、朝日新聞社（現・朝日新聞出版）Yさんから、切羽詰まった声で連絡があった。「ぜひ、お目にかかりたい」という。時間があったので久しぶりにお目にかかる。するとYさんは開口一番、「『週刊朝日』で連載してもらえませんか、それも年末から」とおっしゃる。「週刊朝日」は祖父母の家にあり、幼年時代からの愛読書で、特に山藤章二《やまふじしょうじ》先生の「ブラック・アングル」は大好きだった。そんな由緒ある雑誌に載るということは嬉しかった。急な話なので訝しく思っていたら、藤原《ふじわら》伊《い》織《おり》さんが連載予定だったのだが、少し前にお亡くなりになったので急遽代役を探しているという。「読書生活暗黒の一〇年」明けの大学院生時代に一番感動した作品が、『テロリストのパラソル』だったので、また感激した。そんなわけで申し出を、一も二もなく受けた。その時浮かんだのが、地方の公立病院が経営危機に陥り倒産の危機に瀕しているという事実と、夕張市が財政破綻したというニュースだった。そこで、地方の公立病院が潰れる話を書こうと思った。

　朝日新聞社にお願いして、夕張取材をさせていただいた。財政破綻した夕張市の取材に行ったのは一一月、連載開始は一二月末発売の号だ。元市会議員や以前の病院長、今の病院スタッフ、「夕張タイムス」という地元紙の主幹などキーパーソンに会えた。

　夕張を取材後、あまりに夕張を意識しすぎた作品はやめようと思った。一番印象に残ったのは炭坑の街というイメージで、魅力的だったがそれを書けば夕張だけの物語になってしまう。だが夕張で起こった医療問題は実は日本中の地域で起こっている普遍的な事態なので、夕張に囚《とら》われすぎるとかえって一般性を消失してしまう、と気がついた。そのため北海道の架空都市、極北市に舞台設定し、炭坑の要素は完全に外した。公立病院が潰れるというセンセーショナルな物語にしようと考えた。ところが私の物語ではよく起こることだが、物語内で作り上げたことが直後に現実化した。千葉の銚子市立病院の閉鎖問題がクローズアップされたのだ。「極北クレイマー」連載中で、このままでは銚子市立病院事件をフィクショナライズしただけだと思われてしまうと焦ったりしたが、何しろ連載は週一回と決まっていてどうにもならない。目の前でフィクション世界が現実に追い抜かれていくのを指をくわえて見送るしか術《すべ》がなかった。

初めての週刊誌連載は楽しかった。掲載誌は、月刊誌の場合出版前に送られてくるが、週刊誌は書店販売二日後に届く。だからコンビニ店頭が先になる。深津千鶴《ふかつちづる》さんのイラストが楽しみで、駅の売店でちら見をしていた。気がつくと連載を立ち読みしてしまう。自分が書いたはずなのに……。バカである。

三六回連載予定がずるずる延び、結局五一回、丸一年の連載になった。

二〇〇九年四月刊行予定のこの本が予定通り出版されれば、銚子市立病院の事件をモチーフにして描かれた物語というレッテルを貼られるんだろうなあ、とげんなりしている。本当は違うんですけど。

「週刊朝日」担当Fさんは、私のわがままに振り回された御仁のひとりだが、記者あがりでなかなかしたたかで、『死因不明社会』の書評を掲載してくれるという甘言で誘い、思う存分、誌面上で私に対する印象を語って憂さを晴らしていた。

始末が悪いことに、その書評は他社の担当編集さんたちにバカウケしていたらしい。うーむ。

⑫『東京都二十三区内外殺人事件』

初出　『このミステリーがすごい！2008年度版』
（宝島社）

韓国版

⑫「東京都二十三区内外殺人事件」

ミステリー作家なら、宝島社が年一度刊行する『このミステリーがすごい！』のランクインは見果てぬ夢だろう。とは言うものの、私のような一般市民は実は『このミステリーがすごい！』一位は知っていても、『このミステリーがすごい！』というランキング本が実在するということは知らなかったりする。それが一般市民の現実なのだ。わはは。

それでも『バチスタ』を出版した後は、そういう文壇系やミステリー界の勉強をしたから、ランクインしたいなあと思ったりした。ところがそんなささやかな願いは、I局長のひとことでふっとぶ。「公平を期すため自社本は対象外なんですよ」「へ？」何だか、それっておかしな話だな、と思った。『このミステリーがすごい！』大賞と言いながら、『このミステリーがすごい！』の対象外だなんて。大賞は対象外、佐藤ちゃんのダジャレにもならない、などと自嘲した。ま、いっか、と思えるようになるのに、一〇日もの期日を要した。なにごとにも諦めがいいのが美点の私としては、異例の煩悶の長さである。

しかもあっけらかんと、I局長は「他社さんの作品でランクインして下さいませ」とおっしゃる。一方で宝島社刊行作品の帯に「シリーズ最高傑作」などと打つ。そしたら他社作品は最高傑作じゃないからランクインできないじゃん、などとも思ったが、気弱な私は口にも出せず、また一週間もの長きにわたり悩んだ。二〇〇六年の春から夏にかけてのことだ。

　さて、そんな煩悶を乗り越え、ランキングを無視することでようやくアタラクシアを手に入れた私に突然また心を乱す申し出をしてきたのが、私にとってのラッキーガールにして悪魔のささやきを運ぶ編集Sさんのひとことだった。

「あの、今度『このミス』をリニューアルすることになったんですけど、つきましては海堂さんに、初書き下ろし短編を書いていただけないかと」「へ？」

　自慢ではないが、『このミステリーがすごい！』大賞を取りながら、『このミス』にランクインできなかった私である（これはイヤミ）。そんな私に平然と短編を書かせるという、宝島社の無頓着で傍若無人な、もとい、大らかな編集方針が私には理解できなかった。何しろ名だたるミステリー作家や評論家の先生たちが隅から隅まで熟読すると想像される雑誌である。そこにランクインもしていない作家が史上初の短編を掲載する。どうなってしまうんだろう、と正直ビビった。

　でも、越えられない苦難は訪れない、というポリシーで世を渡ってきた私の美点が発揮され、「考えてみます」という返事をしたのであった。ミステリー短編のストックもトリックのネタもない状態で、である。われながら無謀である。

　ところが天は自ら助ける者を助く。何とこの窮状を救ったのは、当時の苦行、『死因不明社会』執筆だった。『死因不明社会』執筆から逃避できるなら何でもやる、と思った私は、たった二日で『このミステリーがすごい！』史上初短編ネタを思いついてしまった。社会制度に起因した問題を根底に据えたミステリー。これならトリックうんぬん

⑬『二〇一三年 第二回大日本ミステリ学会特別講演録』

初出「ミステリマガジン」（早川書房）2008年1月号

で袋叩きにされる危険はない。ついでに『イノセント・ゲリラの祝祭』となる作品の骨格もぼんやり見えたので、そのイントロにしようという横着かつずぼらな目論見もぶちこんだ。短編「東京都二十三区内外殺人事件」を次の長編の枕に使おう、と考えたのだ。ネタとベクトルが決まればあとはラクで、一〇月四日『死因不明社会』の編集が完全終了直後に一日で原型を書き上げ、五日深夜に二稿、六日朝に三稿とどかどか進み、あっと言う間に編集Sさんに手渡せた。

後にテレビドラマ『相棒』で、似た物語が放映され、ひょっとして原案っぽく使ってくれたかな、などと思ったりしたが真相は定かではない。

⑬「二〇一三年　第二回大日本ミステリ学会特別講演録」

二〇〇八年は短編の年、と決めたわけではないが、この作品は二〇〇七年末、短編依頼が来た中のひとつである。「二〇一三年〜」は生まれて初めてのショートショート。ネタさえ思いつけばショートショートは得意かも、と思った。だがそのネタで長編一冊も書けそうだから、短編は効率が悪い、とも思った。

書きながら、自分は学会とかの集団に馴染《なじ》まない性質なのだな、とつくづく再認識した。その意味で、ショートショートとは自分の姿を映す鏡かも、と洒落たことを言ってみたりするが、心底そう思っているわけではない。

❹『イノセント・ゲリラの祝祭』
（宝島社）
♪locofrank「Shared time」

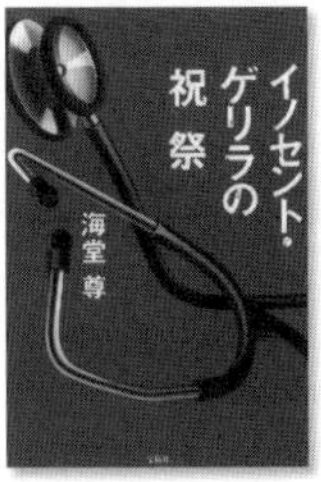

⓮『イノセント・ゲリラの祝祭』

『死因不明社会』と似た作品で、「この時期に書かなければならない小説」という天の声が聞こえた物語だ。まったく天の声に従う行為ほど難儀なことはなく、本作も実に難渋した。初稿時、われながら実に素晴らしく厚労省主催の会議を物語化できた、という自負はあったが、同時にそれがちっとも面白くなかった点が最大の問題点だった。初稿時の会議場面は、あのクソ面白くもない会議をここまでドラマチックに描き出せるのはこの私しかいない、と天に向かって吠えたくなるくらい、素晴らしい出来だった。うぬぼれではなく、厚労省の会議に幾度か同行した『死因不明社会』編集ＴＫさんが心から言ってくれたので、客観性はある。だが、絶賛にもかかわらずちっとも面白くない。考えればあたりまえで、素材の会議が死ぬほどつまらないのだから、それを活写した物語もつまらなくて当然だ。その構造に気づき途方に暮れた。だからといって会議を面白おかしく脚色すれば、リーダビリティは向上するがリアリティが消失する。その微妙なバランスをぎりぎりまで突き詰めた結果、会議場面を骨格まで削りこむことにした。それでようやく成立した物語、それが『イノセント・ゲリラの祝祭』である。たぶん日本文学史上初の、国家中枢の会議を忠実に再現した（かのように思わせることができた）小説である。

この物語では、準主役スカラムーシュ・彦根《ひこね》が、内閣府が主導する省庁横断の「死因究明に関する検討会」に召還されるという場面で終わる。実はこうした会議でもしなければ日本の死因究明制度は機能しないだろうと考えて創作したのだが、その会議が実存していることを知って驚いた。なんと相当する会議から講演依頼が来たのだ。依頼されたのは一〇月二四日。『イノセント・ゲリラ』は一一月七日発売だから、原稿は完全に著者の手を離れている時期だ。この依頼は、物語で予言したことになる。でもってこういうことは私の物語では時々起こるのだが、知らない人が読めば、「海堂は自分の体験を物語にする私小説作家だな」などとハンチクに決めつけられてしまう。うんざりである。それにしても『バチスタ』を書いた頃、私の物語は現実を一～二年先行しているという自負があったが、最近は現実が追いつき追い越せでブイブイくるので、途方に暮れている。現実の速度に創作スピードが追いつかなくなりつつある。

物語と現実未来が融合していく感覚を何度か経験した。これが物語の予見性だろう。精緻に現実を写し取ったフィクションは、時に未来を創造するものなのだ。なんちて。

彦根と私の主張が同じだから、そんな評論にますます拍車が掛かる。そんなリスキーな作品を出版してくれた宝島社さんに感謝しつつもびびっていたが、すぐ重版がかかってほっとした。

帯には「厚生労働省をブッつぶせ」なる過激な惹句が躍ったが、帯は編集Sさんの専権事項で、私の意志ではない、といういいわけをあちこちでしている。さらに間が悪いことに、直後に厚労省元技官の連続殺傷事件が起こり、とばっちりが飛び火するんじゃないかとびくびくした。結局事件はテロでなく単なる通り魔的犯行だったが、そもそも

⑮「外科医」
初出「小説現代」
（講談社）
2008年11月号〜

誤報に近い見込み報道が受容されたのは、社会の空気を反映しているからだ。市民として、その傾向には留意しなくてはならない。ああしたテロ類似の暴力行為は許すべきでない。どれほど厚労省が腐敗していたとしても、いや、腐敗していればこそなおさら、言論と論理で追いつめればいい。「厚生労働省をブッつぶせ」は、実力行使ではなく言論と事実呈示で自然に導かれるゴールだ。遵法闘争の果てに理念を実現させるべきだし、それが可能な状況にある。現実のイノセント・ゲリラにとって、ああしたテロ類似行為は迷惑千万だ。

⑮「外科医」

映画で医療監修を引き受けて下さった、バチスタ手術の権威、須磨《すま》久善《ひさよし》先生とは、映画スタジオで初めてお目に掛かった。一目見ただけで、外科医そのものだ、という印象を受けた。短い言葉で的確にものごとを描写し、本質を看破されることがすぐわかった。お話は魅力的かつ刺激的で、もう少し言葉を聞いてみたい、できればそのたたずまいを筆で残したい、と思った。

映画の御礼に一席御招待したいと申し出ると快諾され、映画で外科医役の吉川晃司《きっかわこうじ》さんや吉川さんを厳しく指導した順天堂大の菊地《きくち》慶太《けいた》先生、須磨先生のご家族とお食事をし、逆にご馳走になってしまった。その流れで、須磨先生の評伝を書かせていただけないか、と持ちかけてみた。即断即決、快諾していただき、評伝連載となった。その話は

⑯「青空迷宮」

初出『このミステリーがすごい! 2009年度版』
(宝島社)

波瀾万丈、深みもあり、同席した編集のTさんとIさんが揃って大絶賛し、数度のインタビューを元に、評伝連載している。その途中で、Tさんが「これなら誰が書いても面白い話になりますよ」とずばりと言い放ち、まったくその通りだな、とうなずかざるを得ない自分が少々情けなかった。素材がいいから楽勝だと思っていたが、実は素材がいいからこそ料理人の器が問われ、失敗したら料理人の腕が悪い、と誰もが理解してしまうから実にハイリスクな企画だったということに途中で気づいた。だが、須磨先生の話をたっぷりと伺え、しかも多くの人に伝えることができる喜びは今も変わらず感じている。

⑯「青空迷宮」

前年に引き続き『このミス』に短編を、と依頼された。一年前はパラダイムをずらすという変化球で様子を見たが、二年目は、初の本格ミステリー短編で勝負しようという無謀な賭けに出た。たぶんミステリー界からは黙殺されるのではないかと思っているが、出来がいい作品だと自負しているのでよしとする。

やっぱり『このミステリーがすごい!』大賞などという挑発的なタイトルを取ったから、潜在的な反感を抱かれているのかもしれない。

⑰「モルフェウスの領域」
初出「野性時代」
（角川書店）
2009年1月号
（特集「海堂尊解体新書」）

⑰「モルフェウスの領域」

この物語は私の虚数空間のほころびを繕うための壮大なつじつま合わせである。そもそも「野性時代」で海堂特集を組んでくれるというありがたい話が編集Aさんから出たのは、『螺鈿迷宮』文庫化と同時に、『バチスタ』のドラマが始まる時期だった。ただし美しい花には棘《とげ》がある。特集は短編書き下ろしが前提だった。例によって当てなく依頼を引き受けてから、考えた。その夏、『バチスタ』映画がDVD化され、それに合わせ、ツタヤさんで海堂作品特集の小冊子を作ってくれたが、付録に年表があった。年表を作成してくれたのは例によって宝島社の編集Sさんだが、そのSさんがある日小声で言った。

「あの、年代のつじつまがどうしても合わないところがあるんですけど」

何しろいきあたりばったりで世界拡張と時間軸設定をしてるんだから、矛盾が生じなかったこれまでが奇蹟なんだ、と言おうとして、Sさんの言う中身を聞いて真っ青になった。さすがに言い抜けが難しかった。でもってそのつじつま合わせをしようという意図が根底の作品である。

どたばたした背景にもかかわらず、もっとも静謐な作品に仕上がった。たぶん、他同様、物語はさらに広がり、他の世界と絡み合い進展していくことだろう。

⑱「平和的祭典北京五輪」

初出「オール読物」
（文藝春秋）
2009年1月号

⑱「平和的祭典北京五輪」

着想は『ひかりの剣』刊行サイン会の後の打ち上げの席での雑談である。ワンアイディアを短編に仕上げたが、オリンピックイヤーで、オリンピックの本質を風刺した思いつきを年内に載せたくてちょっと急いだ。ぎりぎりなのに掲載に対応してくれた「オール讀物」編集部に感謝している。

ワンアイディアの思いつきではあるが、内包する世界のスケールは壮大である。でもって、こういう効率のいい作品はけっこう好きである。

⑲「ジェネラル・ルージュの伝説」

『ジェネラル・ルージュの凱旋』に映画化のオファーがあるという話は二〇〇八年の春頃に聞いていた。映像化はどう転がるか読めないので、気にせずにいた。ある日、『イノセント・ゲリラ』の直しが佳境、ということはつまり生活がぼろぼろだった時突然、『ジェネラル・ルージュ』の映画上映が決まったと知らされた。日程を聞いて呆然とした。三月七日公開予定。映画化が本決まりになったのは一〇月初旬。クランクインは一一月半ばで、クランクアップが一二月下旬という、素人が聞いてもわかる超強行軍だ。東宝関係者の間では、「電車男」以来の突貫工事だと言われていた。プロデューサーの間瀬《ませ》泰宏《やすひろ》さんは「おくりびと」なる名作を完成させ数々の賞を受賞していたが、「アレには三年かけました」などとつるりと頭を撫でて、いけしゃあしゃあとおっしゃったりする。まさに映像世界は伏魔殿である。

二〇〇八年の秋の文学界は東野圭吾《ひがしのけいご》さん一色だったが、黒っぽい表紙に占拠されていた書店の店頭を見ていた編集Sさんが、ててて、とやってきて「あの、そろそろオフィシャルな海堂ワールドの年表やら人物相関図も必要では？　映画公開に併せてファンブックを作りましょう」とのたまった。自分でも自分の構築世界の端々の把握にほころびが生まれ始めていることに気づいていたので、そろそろ自分の作った世界の総括をしないと誤差がどんどん広がってしまうという危惧もあり、この企画に即座に乗った。その瞬間、満を持して編集Sさんは言った。「あの、『ジェネラル』の続編の短編で『ジェネラル・ルージュの伝説』が読みたいです。読者のみなさん、待ってますよお。映画に合わせての出版なら、伝説の中編は必須でしょう」

そんな無茶な、詐欺だと思ったが、目前で展開している東野メディアミックス攻撃に対し、一撃しか加えられなかった自分が歯がゆく、気がつくと「やってみます」と答えていた。そしてまた地獄を見ることになる。バカである。

これは『イノセント・ゲリラ』の直しの最中、降って湧いた『ジェネラル』の文庫化の直しが重なり、そこに週刊誌連載とか裁判沙汰が重なり、疲弊の極みの中での申し出だった。んなもんできるか、とケツをまくりたい気分だったがとりあえず返事を保留、『イノセント・ゲリラ』の直しに集中した。『ゲリラ』が無事刊行され、肩の荷が軽くなったある日、物語の冒頭のイメージが湧いたので、軽い気持ちでスケッチしてみた。するとするする書けていく。書けるところまで書いてしまえと思って続けたところ、休日一日で物語の半分が終わった。講演であちこち動き回る間、ホテルでパソコンを借りぽちぽち書き続け、正味三日、延べ一週間で書き上げた。おかげで今こうしてこの本が世に出て、みなさんのお手元に届いた次第である。

○ 自作解説はいいわけで終わる。

私の創作はかくのごとく「いきあたりばったりのつじつま合わせ」に終始している。そのことをご理解いただければ本稿の目的は達成される。要するに、あまり精緻な世界構築ではないのでほころびがあって当たり前だ、と考えていただきたい、といういいわけの羅列である。最終的にほころびは、作中人物の記憶違いやらいい加減さのせいにされるだろう。実際の世の中だって、過去の記憶はけっこういい加減だから、それでいいと思っている。作者は作品世界においては「神」だから、そうしたことも許されるはずだ。

私が構築している世界は、そんないいかげんな世界である。だがそんな矛盾さえ物語化して笑い飛ばせるような、気楽さにあふれている。これこそもっとも人間らしい世界だと思っている。

終わりよければすべてよし。私が好きな言葉のひとつである。

クエスチョン10●海堂さんに一問一答!

作家・海堂尊を知るための10のQ&A

Q1 作家になって生活は変わりましたか?

ぐうたらする時間が劇的に減少し、知らない人とお話をする機会が増えた。

Q2 執筆スタイルは?

ラストシーンが浮かび、それからタイトルを決める。煮詰まってきたら、二、三日年休を取り、土日をつけた四、五日ひとりで籠もり長編の半分を書き上げる。通常業務に戻り、深夜早朝にちまちま手直ししながら、また煮詰まったら、四、五日籠もり残り半分を書き上げる。また手直しをちまちま隙間時間を使って行なう。プロットは立てない。『このミス』大賞受賞の顔合わせの時、プロットって何ですかと尋ね、選考委員の先生たちに失笑された記憶がある。日本人なんだから〝あらすじ〟なら〝あらすじ〟って日本語を使えばいいのに。

Q3 早筆の秘訣は?

早いというのは相対評価だから、自分に理由がわかるはずもない。陸上のボルト選手に「あなたはなぜ速く走れるのですか?」と尋ねるようなものだ。ただ、よけいなことを切り離す能力には長けていると思う。要は集中力だと思う。

Q4 小説の登場人物にモデルはいますか?

いない。自分を投影したモデルもいない。彼らはすべて他者ということでは同一レベルにいる。虚構の人物も自分の内面では実在人物と同等の存在感を持っている。下世話な話では、モデルを実存させるとその人物に対して好き勝手して憂さをはらすから危険である。

小説の生命線は客観性にある。

Q5 執筆時のクセは？

いつでもどこでも、いつなんどきでも執筆できる。クセはないが、状況が許せばBGMに日本のポップスをエンドレスでかける。自分ではひそかにテーマソングと呼んでいる。テーマソングは一曲のこともあるし複数のこともある。

Q6 海堂作品はミステリーでないとか、小説でないという意見について

私自身の定義は広く、ミステリーは謎がある物語、小説はテキストの集合体すべてを指すので、どちらも不当な意見だと思う。ただしそれはその人たちがそう考えることを拒否するものではない。ただジャンル判定が主体になっていくと、その領域は衰退するだろう、という危惧は持っている。

Q7 文体がころころ変わると言われますが？

実は作品によって、意図して文体を変えている。デビュー当初は、最初の七作すべて文体を変え、七色の変化球作家という渾名をもらおうと目論んだ。ところが実際は誰もそう評価してくれず、文体が安定しない変な新人、という意図に反したレッテルをちょうだいしてしまった。

Q8 ミリオンセラー達成の感想を！

ぴんと来ない。本が売れるのは一冊だけ。本を手にした目の前のひとりの人が買うかどうか、が関心事で、総数に関しては人知の及ぶエリアではない。

Q9 好きな作家（作品）は？

筒井康隆先生（『俗物図鑑』）、浅田次郎先生（『プリズン・ホテル』シリーズ）。

Q10 日本の医療の未来についてどう思うか？

地力があるので、日本の医療の未来は明るい。ただし現在の医療行政が自省しなければ、医療の未来は彼らの手によって崩壊させられる。医療が崩壊したら、それは医療行政を司る官僚による人災である。

World

海堂尊ワールド

『チーム・バチスタの栄光』から始まった
海堂ワールドを徹底解剖。
全登場人物表や用語解説、年表までファン必見のデータが満載！
これを読んで海堂ワールドをマスターしよう！

一部、2008年8月に限定配布されたTSUTAYA RECORDSオリジナル
別冊『チーム・バチスタの栄光』を元に作成しました。

メインキャラクター解析

各作品の鍵を握る登場人物を徹底解説!

※登場作品は、セリフ有／○囲み、名前の記述のみ／□囲みで表記しています。

〈書名略号〉
バ…『チーム・バチスタの栄光』、ナ…『ナイチンゲールの沈黙』、
螺…『螺鈿迷宮』、凱…『ジェネラル・ルージュの凱旋』、
ブ…『ブラックペアン1988』、夢…『夢見る黄金地球儀』、
23…「東京都二十三区内外殺人事件」、医…『医学のたまご』、
極…「極北クレーマー」、ジ…『ジーン・ワルツ』、ひ…『ひかりの剣』、
イ…『イノセント・ゲリラの祝祭』、青…「青空迷宮」、
モ…「モルフェウスの領域」、伝…「ジェネラル・ルージュの伝説」

大学病院の窓際医師
田口公平 たぐちこうへい

経歴●東城大学医学部付属病院
肩書き●神経内科学教室講師→教授／不定愁訴外来主任／電子カルテ導入委員委員長／リスクマネジメント委員会委員長
登場作品●(バ)[螺](ナ)(凱)(ブ)(23)(医)(ひ)(イ)[極](伝)

学生時代の手術見学中、飛び交う血しぶきに生理的な嫌悪感を抱き、手術室からも最も縁遠い神経内科医を選択した。出世にはまったく興味がなく、日々不定愁訴外来で患者たちの愚痴を聞くことに精を出している。

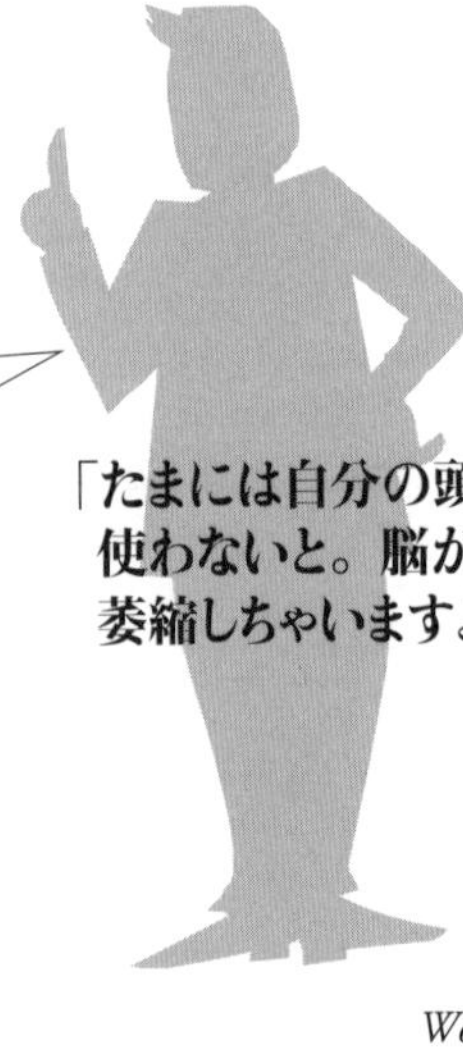
「たまには自分の頭を
使わないと。脳が
萎縮しちゃいますよ」

厚生労働省のロジカル・モンスター
白鳥圭輔 しらとりけいすけ

経歴●厚生労働省
肩書き●大臣官房秘書課付技官／医療過誤死関連中立的第三者機関設置推進準備室室長
登場作品●(バ)(螺)(ナ)(凱)(23)(イ)[極]

突然田口の前に現れた、厚生労働省の役人。彼が通った後はペンペン草も生えないという理由で「火喰い鳥」、周囲に純粋に論理対応するため「ロジカルモンスター（論理怪獣）」、などと呼ばれる。

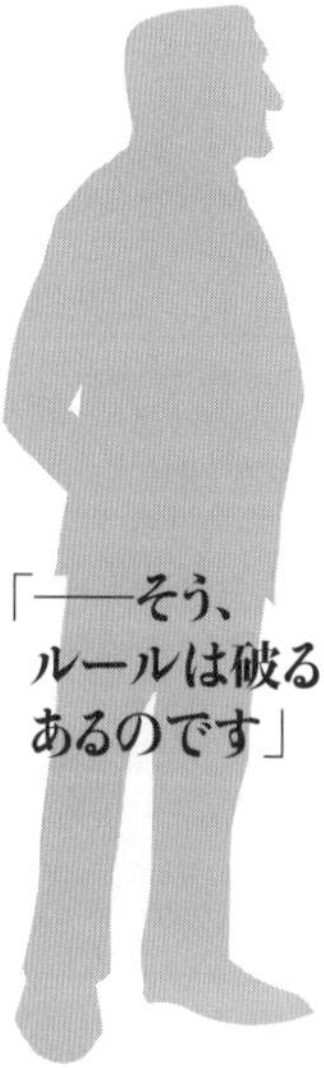

権謀術数に長けた小柄なロマンスグレー

高階権太 たかしなごんた

経歴●帝華大学医学部（内二年間マサチューセッツ大学留学）→東城大学医学部付属病院
肩書き●東城大学総合外科学教室講師→病院長→学長
登場作品●(バ)(螺)(ナ)(凱)(ブ)(23)(医)(ひ)(イ)[伝]

伝説の国手、佐伯清剛の後を引き継ぎ病院長に就任。田口の卒業試験で温情をかけた経緯があり、無理難題を田口に押し付けるタヌキ親父。

「――そう、
ルールは破るために
あるのです」

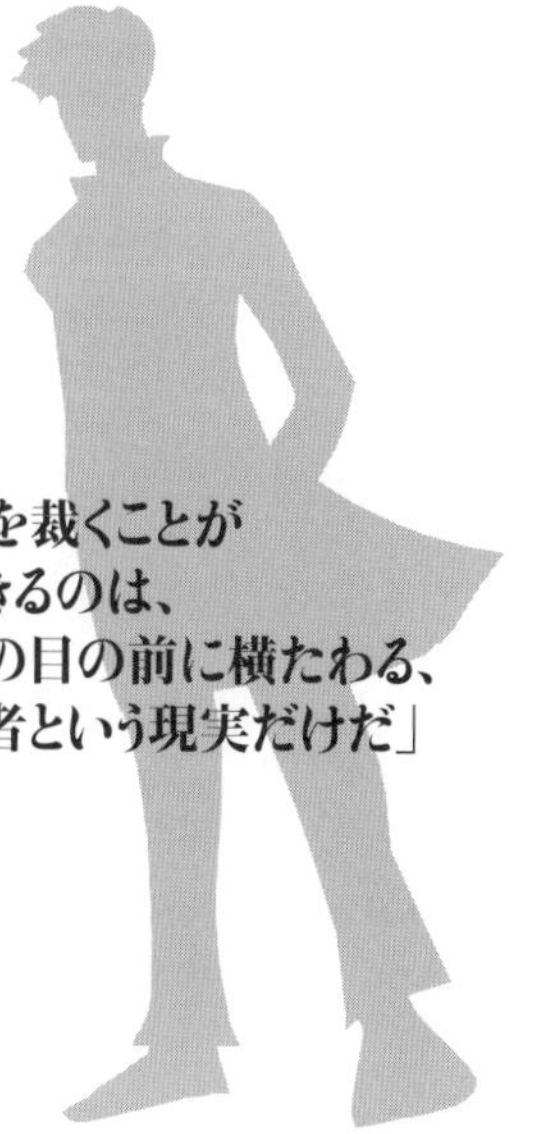

若くして玉座についた孤高の将軍

速水晃一 はやみこういち

経歴●東城大学医学部付属病院
肩書き●ICU病棟部長
登場作品●(ナ)(凱)(ブ)(ひ)[イ](伝)

オレンジ新棟設立と同時に、救命救急センター部長に着任。「血まみれ将軍（ジェネラル・ルージュ）」と呼ばれる。ドクター・ヘリの導入が悲願。好物はチュッパチャプス。

「俺を裁くことが
できるのは、
俺の目の前に横たわる、
患者という現実だけだ」

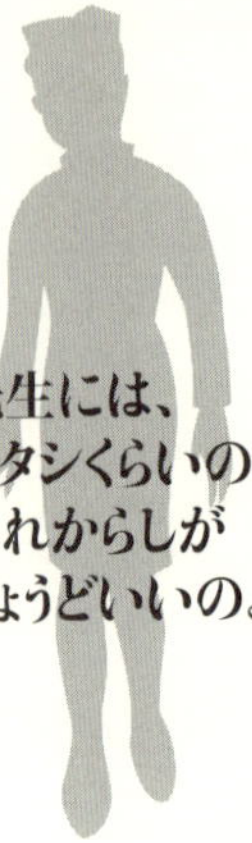
「先生には、
アタシくらいの
すれからしが
ちょうどいいのよ」

病院の生き字引

藤原真琴 ふじわらまこと

経歴●東城大学医学部付属病院
肩書き●総合外科学教室看護婦長→不定愁訴外来専任看護師
登場作品●(バ)(ナ)(螺)(凱)(ブ)(イ)(伝)

定年退職予定だったところを、不定愁訴外来設立に伴い再任用制度が適用され専任看護師となる。各科を渡り歩いた歴戦の元看護師長。看護師たちからの信頼は絶大。

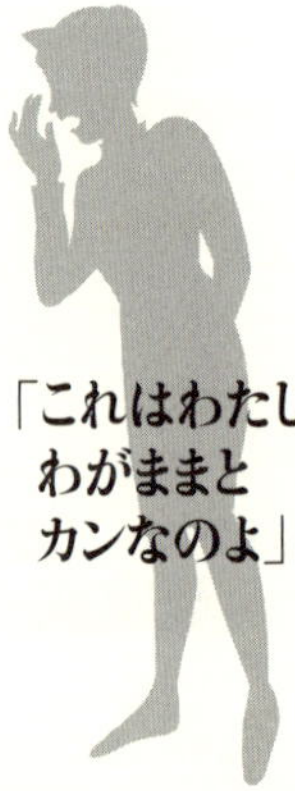

「これはわたしの
わがままと
カンなのよ」

病院一の横着者

猫田麻里 ねこたまり

経歴●東城大学医学部付属病院
肩書き●手術室看護主任→小児科病棟看護師長
登場作品●(ナ)(凱)(ブ)(伝)

教授回診に同行しないことを許される、唯一の小児科看護師長。得意な仕事は「人をこき使う」こと。昼寝ばかりしているが、千里眼を持つとされ畏れられている。通称眠り猫。

「ICUで速水部長の
指令に逆らえる人間
なんて、いませんわ」

将軍の美しきお供

花房美和 はなぶさみわ

経歴●東城大学医学部付属病院
肩書き●ICU病棟看護師長
登場作品●(ナ)(凱)(ブ)(伝)

手術室勤務から始まり花形部署を歴任し、オレンジ新棟設立と同時に救命救急センター看護師長着任。隙のない身だしなみと、典雅ともいえる所作からは気品が漂う。通称ハヤブサ。

「私は君の窓になる」

特殊な才能をもった病棟の歌姫

浜田小夜　はまださよ

経歴●東城大学医学部付属病院→4Sエージェンシー
肩書き●小児科病棟看護師→4Sエージェンシーアシスタント
登場作品●(ナ)(凱)(夢)[モ]

オレンジ新棟、小児科ユニットに所属する看護師。病院の忘年会にて、「アヴェ・マリア」と「タヌキ囃子」を歌い、桜宮大賞を受賞した。桜宮病院の養女だった時期がある。

少年時代を飛び越えてしまった少年

牧村瑞人　まきむらみずと

経歴●東城大学医学部付属病院→4Sエージェンシー
肩書き●患者→4Sエージェンシー所長
登場作品●(ナ)(夢)[モ]

網膜芽種で入院中の中学三年生。父親から虐待を受けている可能性がある。図書室のミステリーは全部読んでいるほどの読書家。本書内で読んでいたミステリーは『暁の殺意』と『殺人遊戯』。

「いいんだ別に。
治りたくもないし」

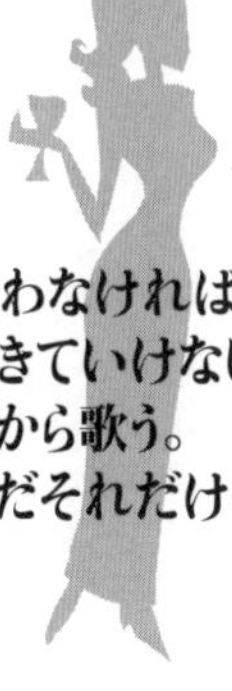

「歌わなければ
生きていけない。
だから歌う。
ただそれだけのこと」

多くのファンを持つ伝説の歌姫

水落冴子　みずおちさえこ

肩書き●歌手
登場作品●(ナ)(凱)[ブ](伝)

予告なしのシークレット・ライブは伝説化している。感情を揺さぶる歌声から、仏の声を持つという「迦陵頻伽（かりょうびんが）」と称される。重度の肝硬変で入院。

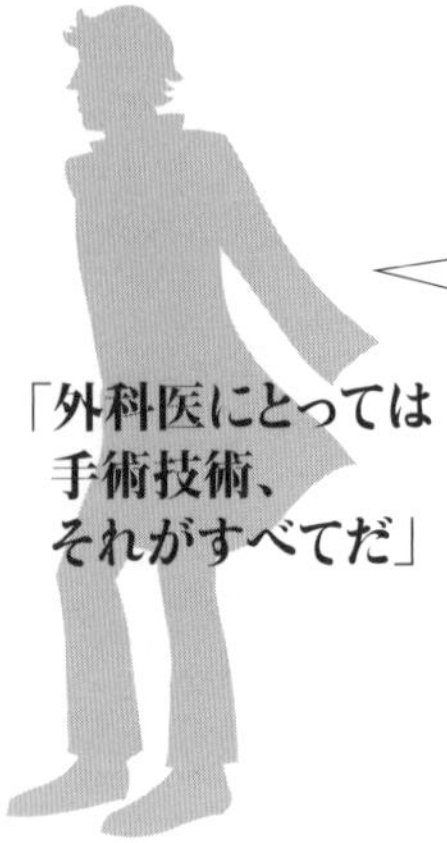

「外科医にとっては
手術技術、
それがすべてだ」

卓越した手術技術を持つオペ室の悪魔

渡海征司郎 とかいせいしろう

経歴●東城大学医学部付属病院
肩書き●総合外科学教室
登場作品●(ブ)(ひ)[伝]

ヒラでは最年長の医局員。だが卓越した手術技術の持ち主で、いつも手術控え室を自分の居場所としていることから東城大学オペ室の悪魔と呼ばれている。

二人の外科医の意志を受け継ぐ医師

世良雅志 せらまさし

経歴●東城大学医学部付属病院
肩書き●総合外科学教室
登場作品●(ブ)(ひ)(伝)

口が達者な新人医局員。教授にも堂々と意見をする。そのことが災いしてか、帝華大学からやってきた小天狗こと高階と、オペ室の悪魔・渡海の二人から指導を受けることに。

「目の前で患者が
死ぬのを見るのは
絶対にイヤなんだ」

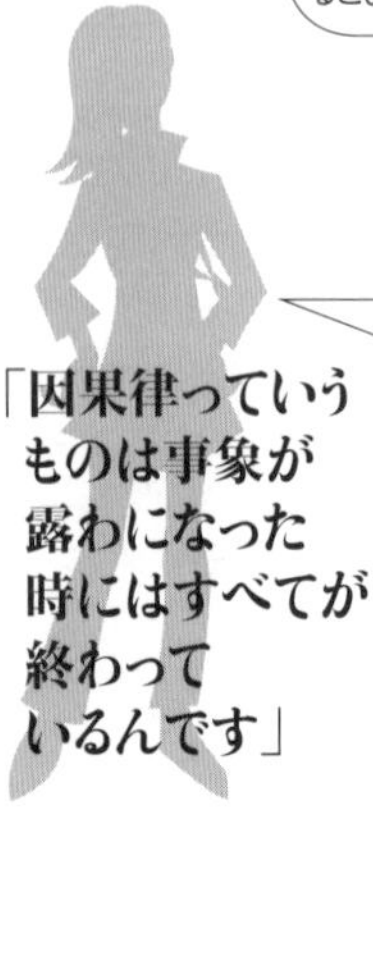

「因果律っていう
ものは事象が
露わになった
時にはすべてが
終わって
いるんです」

冷徹な魔女

曾根崎理恵 そねざきりえ

経歴●帝華大学医学部／マリアクリニック
肩書き●産婦人科学教室助教
登場作品●(ジ)[医]

産婦人科医療に限界を感じ、厚労省に直訴状を提出し続ける。冷静に、すべてを理詰めで相手を追いつめることからクール・ウィッチと呼ばれる。マリアクリニックに非常勤として通っている。

「げにすまじきものは
宮仕えかな、
ですね。」

神の手を持つ産婦人科の名医
清川吾郎 きよかわごろう

経歴●帝華大学医学部
肩書き●産婦人科学教室准教授／不妊学会理事
登場作品●(ジ)(ひ)

ラパロスコピック・ゴッドハンド（腹腔鏡下手術の神の手）を持つと言われる帝華大産婦人科の准教授。キザな仕草が身についた二枚目。学生時代は剣道部に所属し、東城大の速水とはライバル。

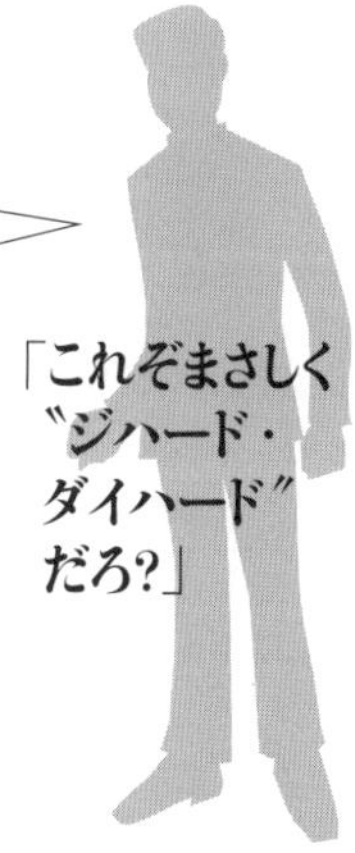
「これぞまさしく
〝ジハード・
ダイハード〟
だろ?」

厄介事の憑依体質
平沼平介 ひらぬまへいすけ

経歴●平沼鉄工所
肩書き●営業部長兼臨時工員
登場作品●(夢)

桜宮一の発明家を父に持つ、町工場の営業部長兼臨時工員。毎日鬱々としていて、刺激的なことが起きないかと願っている。大学院時代に盗みを働いたことがある。

「凡人のアリバイ仕事は
無駄どころか
有害でさえある」

徹底的な合理主義者
加納達也 かのうたつや

経歴●警察庁
肩書き●刑事局警視正／刑事企画課電子網監視室室長→桜宮署
登場作品●㋤㉓㋑(青)

警視正。警察庁刑事局刑事企画課電子網監視室室長だったが現在、桜宮署に出向中。最新機械DMAを使いこなし、検挙率を向上させた電子猟犬（デジタル・ハウンドドッグ）。白鳥の同期。

「……そう、貧乏クジは

不運に翻弄されるアンラッキー・トルネード

天馬大吉 てんまだいきち

経歴●東城大学医学部
登場作品●(螺)

留年を繰り返す落ちこぼれ医学生。おめでたいのは名前だけで、不幸が染みついた人生を送ってきた。あまりにも不運が連続することから、付いたあだ名はアンラッキー・トルネード。

弱小新聞社の敏腕記者

別宮葉子 べっくようこ

経歴●時風新報社
肩書き●桜宮支所社会部主任・記者
登場作品●[バ](螺)[ナ](イ)

時風新報という弱小新聞社の支所に所属。なかなかの遣り手で、「レッツ・カジノ」という企画で社長賞をかっさらった。天馬大吉とは幼馴染み。

「いいものと
売れるもの、

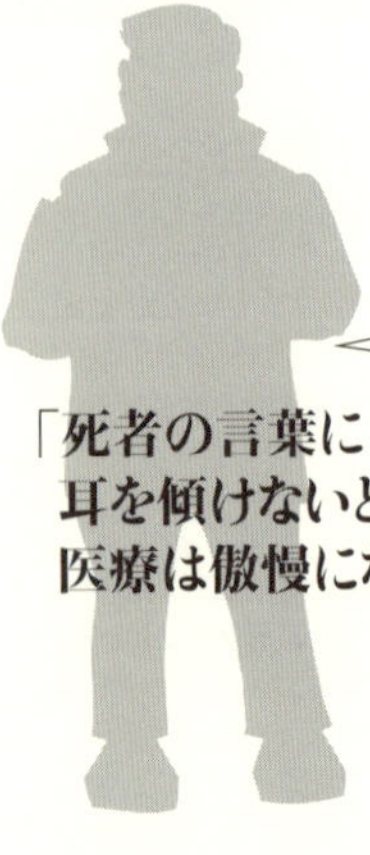
「死者の言葉に
耳を傾けないと、
医療は傲慢になる」

伝説の国手・佐伯清剛と並び称された銀獅子

桜宮巖雄 さくらのみやいわお

経歴●東城大学医学部付属病院→碧翠院桜宮病院
肩書き●総合外科学教室→碧翠院桜宮病院院長
登場作品●(螺)[ナ][凱][ブ]

100年続く医師の名門・桜宮家の三代目にして碧翠院桜宮病院院長。若かりし頃勤めていた東城大学では佐伯初代病院長と並び称され、総合外科の竜虎と言われていた。

大学の医学部に飛び級入学したスーパー中学生

曾根崎薫　そねざきかおる

経歴●桜宮中学校→（東城大学医学部）
肩書き●東城大学医学部総合解剖学教室
登場作品●ジ 医

世界的ゲーム理論学者を父に持ち、尊敬している。その父とのメールで感動した言葉を秘密のノートに書きつけている。潜在能力試験で全国1位をとり、東城大医学部に飛び級で入学することに。

医療制度の変革を目論むスカラムーシュ

彦根新吾　ひこねしんご

経歴●帝華大学医学部→房総救命救急センター
肩書き●帝華大学外科→房総救命救急センター診断課・病理医
登場作品●イ ひ

現状の医療制度に不満を抱き、医師のストライキを企てたこともある医学会の問題児。虚実を織り交ぜた巧みな話術で相手をリングサイドへ追いつめることからスカラムーシュ（大ぼらふき）と呼ばれる。

お察し申し上げます」

失敗《ミス》ドミノ倒しの女王

姫宮　ひめみや

経歴●厚生労働省
肩書き●医療過誤死関連中立的第三者機関設置推進準備室室長補佐
登場作品●バ ナ 螺 凱 イ 極

桃色フレームの眼鏡がトレードマークの白鳥唯一の部下。その年の首席入省者だが、現場でありえないミスを連発するためミス・ドミノ倒しと呼ばれる。

全登場人物表

海堂尊
†
ワールド

海堂尊ワールドの人気のひとつ、個性豊かな登場人物の面々
総勢295人を大公開!　目当てのキャラクターを探してみよう!

※ネタバレを避けるため、一部登場作品を省略しています。

※登場人物は、セリフ有／○囲み、名前の記述のみ／□囲みで表記しています。
〈書名略号〉
バ…『チーム・バチスタの栄光』、ナ…『ナイチンゲールの沈黙』、螺…『螺鈿迷宮』、
凱…『ジェネラル・ルージュの凱旋』、ブ…『ブラックペアン1988』、夢…『夢見る黄金地球儀』、
23…「東京都二十三区内外殺人事件」、医…『医学のたまご』、極…「極北クレーマー」、
ジ…『ジーン・ワルツ』、ひ…『ひかりの剣』、イ…『イノセント・ゲリラの祝祭』、青…「青空迷宮」、
モ…「モルフェウスの領域」、伝…「ジェネラル・ルージュの伝説」

あ行

名前 かな	所属	備考	登場作品
相川太一 あいかわたいち	日本医師会	常任理事	(イ)
青井ユミ あおいゆみ	マリアクリニック	患者	(ジ)
青木 あおき	東城大学	総合外科学教室	(ブ)
赤木 あかぎ	東城大学	神経制御解剖学教室	(医)
アガピ・アルノイド	東城大学	患者（バチスタ・ケース31）	[バ]
浅井貞吉 あさいさだきち	帝華大学	心臓外科教授	(イ)
浅沼岳導 あさぬまがくどう	神々の楽園	教祖	[凱]
朝比奈ひかり あさひなひかり	帝華大学	薬学部／剣道部マネージャー	(ひ)
東美香 あずまみか	極北市民病院	外科看護師	(極)
甘利みね子 あまりみねこ	マリアクリニック	患者	(ジ)
荒井 あらい	極北市役所	市長秘書	(極)
新垣 あらがき	東城大学	放射線科教授	(ナ)[螺]
荒木浩子 あらきひろこ	マリアクリニック	患者	(ジ)
飯沼達次 いいぬまたつじ	東城大学	クローン病患者	[ブ]
五十嵐 いがらし	東城大学	ICU病棟部副部長	[凱]
斑鳩芳正 いかるがほうせい	桜宮署	広報課室長	(イ)
石田 いしだ	帝華大学	教授／剣道部顧問	[ひ]
井出 いで	極北保健所	課長	(極)
糸田 いとだ	東城大学	教授／剣道部顧問	(ひ)
今井 いまい	帝華大学	医学部／剣道部	[ブ](ひ)
今中良夫 いまなかよしお	極北大学→極北市民病院	第一外科学教室→極北市民病院外科部長／病院環境改善検討委員会委員長／リスクマネジメント委員会委員長／医療事故調査委員会設立委員	(極)
岩根 いわね	厚生労働省	事務次官	(イ)
植草 うえくさ	東城大学	総合外科学教室	[ブ]
内山聖美 うちやままさみ	東城大学	小児科病棟医長	(ナ)
宇月 うづき	東城大学	総合解剖学教室藤田教授付秘書	(医)
有働 うどう	東城大学	神経内科学教室教授	[バ]
宇野 うの	東城大学	渡海一郎の上司	[ブ]
江尻 えじり	東城大学	第二内科学教室	(伝)
大久保リリ おおくぼりり	サクラテレビ	レポーター	(医)
大谷 おおたに	病理学会	理事長	[凱]
大友直美 おおともなおみ	東城大学	手術室看護主任	(バ)

名前 かな	所属	備考	登場作品
大林 おおばやし	東城大学	総合外科学教室教授	ブ
オールド・ジョー	神奈川県警灯籠署		23
女将 おかみ	牡丹灯籠	女将	23
奥寺隆三郎 おくでらりゅうざぶろう	東城大学	小児科教授	ナ 凱
小倉勇一 おぐらゆういち	医療事故被害者の会	代表	イ
小倉勇吉 おぐらゆうきち	東城大学	患者	バ
おジイ	薬殿院	住職／朝比奈ひかりの祖父	ひ
織田 おだ	極北大学医学部	第一外科教室准教授	極
小原 おはら	文部科学省	事務官	医 イ
小山田 おやまだ	桜宮水族館	桜宮市役所課長→桜宮水族館館長	夢
カイ	小児科総合治療センター	患者	医
加賀 かが	碧翠院	患者	螺
鏡博之 かがみひろゆき	東城中央市民病院	外科部長	ブ
香川テル かがわてる	極北市民病院	外科看護主任	極
垣谷雄次 かきたにゆうじ	東城大学	総合外科学教室助手→臓器統御外科講師→教授	バ ブ 医
垣谷雪之丞 かきたにゆきのじょう		垣谷の息子	バ
垣根 かきね	東城大学理学部海洋研究所	名誉理事	夢
片岡徹 かたおかとおる	厚生労働省	審議官	イ
片山 かたやま	極北市民病院	内科看護主任	極
加藤 かとう	東城大学	カルテ係	バ
加藤寅雄 かとうとらお	極北市役所	市民安全課課長	極
蟹江 かにえ	極北市民病院	事務	極
金田 かねだ	帝華大学	医学部／発生学生徒	ジ
カネダキク	東城大学	患者	バ
金村 かねむら	東城大学	神経内科学教室助教授	バ
加納達也 かのうたつや	警察庁	刑事局警視正	ナ 23 イ 青
釜田均 かまたひとし	桜宮市役所	桜宮市市長	夢
鎌本寛 かまもとひろし	さくら新聞	医療専従班	イ
亀田敏子 かめだとしこ	極北市民病院	外科看護師	極
鴨下 かもした	厚生労働省	局長	イ
加代 かよ	桜宮病院	患者	螺
河井 かわい	東城大学	医学部／剣道部	ひ
神崎貴子 かんざきたかこ	マリアクリニック	患者	ジ
神田 かんだ	東城大学	放射線科主任	ナ 凱
神林三郎 かんばやしさぶろう	東城大学	第一内科学教室教授	ブ
菊池日菜 きくちひな	碧翠院	教師／患者	螺
如月翔子 きさらぎしょうこ	東城大学	ICU看護師	ナ 凱 医
木島 きじま	東城大学	医学部／柔道部	ひ
北島 きたじま	東城大学	総合外科学教室	ブ
北山錠一郎 きたやまじょういちろう	警察庁	刑事局局長	イ
木下 きのした	サンザシ薬品	社員	ブ
木下 きのした	東城大学	第二内科学教室	伝
木下 きのした	神奈川県警灯籠署		23
木村 きむら	東城大学	総合外科学教室→肺外科学教室教授	ブ
木村 きむら	極北署	署長	極
清川吾郎 きよかわごろう	帝華大学	医学部／剣道部→准教授	ジ ひ

か行

名前 かな	所属	備考	登場作品
清川志郎 きよかわしろう	東城大学	医学部／剣道部	(ひ)
桐生恭一 きりゅうきょういち	サザンクロス心臓疾患専門病院→東城大学	東城大学臓器統御外科助教授	(バ)[螺]
草加 くさか	東城大学	神経制御解剖学教室教授	(医)
工藤 くどう	東城大学	精神科講師	(凱)
久保 くぼ	帝華大学	医学部／剣道部	(ひ)
久保圭子 くぼけいこ	東城大学	ICU病棟看護主任	(凱)
久美 くみ		「キャンディ・ドロン」（芸人）	[青]
栗岡誠 くりおかまこと	厚生労働省	参事官	[イ]
クリフ・エドガー・フォン・ヴォルフガング	ジュネーヴ大学	画像診断ユニット教授	(イ)
黒崎誠一郎 くろさきせいいちろう	東城大学	総合外科学教室助教授→臓器統御外科教授	(バ)(ブ)(凱)(伝)
剣崎太郎 けんざきたろう	厚生労働省→参議院議員		(イ)
小池加奈子 こいけかなこ	極北市民病院	外科看護師	(極)
コージ		青井ユミの恋人	(ジ)
小谷 こたに	東城大学	医学部／剣道部	(ひ)
後藤 ごとう	みちのく大学→極北市民病院	内科・医長	(極)
小西輝一郎 こにしきいちろう	桜宮市役所	桜宮市役所主査→管財課課長	(夢)
小堀 こぼり	マネージャー		(伝)
小松 こまつ	サクラテレビ	キャスター／ディレクター	(夢)(青)
小山兼人 こやまかねと	東城大学	患者	[ブ]
コンジロウ		元パッカーマン・バッカスメンバー	(青)
権堂昌子 ごんどうまさこ	東城大学	小児科看護主任	(ナ)
西園寺さやか さいおんじさやか		医療ジャーナリスト	(極)
西郷綱吉 さいごうつなよし	上州大学／東京都監察医務院	法医学教室教授／非常勤職員	[イ]
斉藤 さいとう	東城大学	小児科学教室教授	[ブ]
斉藤 さいとう	桜宮署		[凱]
佐伯清剛 さえきせいごう	東城大学	第二外科教授→総合外科学教室教授→病院長	(ブ)(ナ)(伝)
三枝久広 さえぐさひさひろ	極北市民病院	産婦人科部長	(ジ)(極)
三枝茉莉亜 さえぐさまりあ	マリアクリニック	院長	(ジ)
酒井利樹 さかいとしき	東城大学	臓器統御外科助手	(バ)
坂田寛平 さかたかんぺい	厚生労働省	医政局長	[バ](螺)(イ)
坂部 さかべ	帝華大学	医学部／剣道部	(ひ)
坂元 さかもと	東城大学	卵巣茎捻転術後患者	[凱]
桜宮葵 さくらのみやあおい		小百合、すみれの姉	(螺)
桜宮巌雄 さくらのみやいわお	碧翠院桜宮病院	碧翠院桜宮病院院長	(螺)[ナ][凱][ブ]
桜宮小百合 さくらのみやさゆり	桜宮病院	桜宮病院副院長	(螺)
桜宮すみれ さくらのみやすみれ	桜華女子医大→桜宮病院	碧翠院副院長	(螺)[ナ]
桜宮華緒 さくらのみやはなお	桜宮病院	碧翠院代表	(螺)
笹井 ささい	東城大学	司法解剖担当教授	(バ)
佐々木アツシ ささきあつし	東城大学→未来医学探求センター→東城大学医学部	患者／総合解剖学教室医学生	(ナ)(医)(モ)
佐々木洋子 ささきようこ	東城大学	患者（バチスタ・ケース4）	[バ]
佐竹景子 さたけけいこ	極北市民病院	外科看護師	(極)
佐藤伸一 さとうしんいち	東城大学	ICU病棟副部長代理／講師	(ナ)(凱)
忍 しのぶ		曾根崎薫の双子の妹	[ジ][医]
柴田 しばた	帝華大学	医学部／剣道部	(ひ)
島田 しまだ		顧問弁護士	(極)
島津吾郎 しまづごろう	東城大学	医学部／柔道部→放射線科准教授	(ナ)(凱)(ブ)(ひ)(イ)

名前 かな	所属	備考	登場
下田 しもだ	極北市民病院	放射線技師	(極)
白石早苗 しらいしさなえ	東城大学	神経内科看護師長	(ナ)
白鳥圭輔 しらとりけいすけ	厚生労働省	大臣官房秘書課付技官	(バ)(螺)(ナ)(凱)(イ)(23)[極]
城崎 しろさき	バタフライ・シャドウ→マネージャー		(ナ)[凱](伝)
進藤美智子 しんどうみちこ	桜宮中学校		(医)
新保 しんぼ	帝華大学	医学部／剣道部	(ひ)
菅井 すがい	帝華大学	医学部／剣道部	(ひ)
杉山由紀 すぎやまゆき	東城大学	患者	(ナ)
鈴木 すずき	東城大学	医学部／剣道部	(ひ)
鈴木 すずき	桜宮中学校	副校長	(医)
鈴木 すずき	戸山署	署長	[イ]
鈴木久子 すずきひさこ	東城大学	患者	[ブ]
スズメのママ	スズメ	店主	(螺)
鈴本 すずもと	帝華大学	医学部／発生学生徒	(ジ)
スターリーナイト店長	スターリーナイト	店長	(凱)
砂井 すない	厚生労働省		[イ]
須永 すなが	須永整形外科医院	院長	(イ)
関川 せきかわ	東城大学	総合外科学教室	(ブ)
世良雅志 せらまさし	東城大学	総合外科学教室	(ブ)(ひ)(伝)
副島真弓 そえじままゆみ	東城大学	小児科病棟助教授	(ナ)[ジ]
曾根崎薫 そねざきかおる	桜宮中学校／東城大学	東城大学総合解剖学教室医学生	[ジ](医)
曾根崎伸一郎 そねざきしんいちろう	マサチューセッツ大学	教授／ゲーム理論学者	[ジ](医)(モ)
曾根崎理恵 そねざきりえ	帝華大学	産婦人科学教室助教	(ジ)(医)
高井戸 たかいど	サクラテレビ	リポーター	(凱)
高階権太 たかしなごんた	帝華大学→東城大学	東城大学病院長	(バ)(螺)(ナ)(凱)(ブ)(23)(医)(ひ)(イ)[伝]
高田信夫 たかだのぶお	東城大学	医学部／剣道部	(ひ)
高嶺宗光 たかねむねみつ	内閣府	主任研究官	(イ)
高野 たかの	東城大学	脳外科学教室教授	[ブ]
高橋 たかはし	精錬製薬	社員	[ブ]
田上義介 たがみぎすけ	田上病院	院長／神奈川県嘱託警察医	(23)
高安秀樹 たかやすひでき	さくら新聞	論説委員	(イ)
高山 たかやま		医療ジャーナリスト	(ジ)
タク		青井ユミの息子	[ジ]
田口公平 たぐちこうへい	東城大学	神経内科学教室講師	(バ)[螺](ナ)(凱)(23)(ブ)(医)(ひ)(イ)[極](伝)
武田多聞 たけだたもん	日本医療業務機能評価機構	サーベイヤー顧問	(極)
田島勇作 たじまゆうさく	相模原大学	法学部教授／『医療関連死モデル事業』座長	(イ)
田尻 たじり	東城大学	患者	[ブ]
立花茜 たちばなあかね		結城の娘／立花善次の妻	(螺)
立花善次 たちばなぜんじ	メディカル・アソシエイツ	社員	[螺]
田中 たなか	東城大学	麻酔科教授	[バ][ブ]
田中佳子 たなかけいこ	桜宮中学校	曾根崎薫の担任	(医)
田中秀正 たなかひでまさ	東城大学	患者	(ナ)
棚橋 たなばし	桜宮署	鑑識	(ナ)(青)
田辺義明 たなべよしあき	墨江総合法律事務所	所長	(イ)

名前 かな	所属	備考	登場作品
谷口 たにぐち	桜宮署	捜査本部長	ナ
谷村 たにむら	東城大学	循環器内科講師	凱
田端健市 たばたけんいち	東城大学	医学部	螺
玉村誠 たまむらまこと	桜宮署	警部補	ナ 夢 青
田村 たむら	消防署極北支署	班長	極
田村幸三 たむらこうぞう	帝華大学	病理学教室教授	イ
田村洋子 たむらようこ	東城大学	食道癌患者	ブ
塚本 つかもと	帝華大学	看護学部／女子部責任者	ひ
角田サキ子 つのださきこ	極北市民病院	外科看護師長	極
鶴岡 つるおか	極北市民病院	内科看護師長	極
天童隆 てんどうたかし	崇徳館大学	医学部／剣道部主将	ひ
天馬大吉 てんまだいきち	東城大学	医学部	螺
渡海一郎 とかいいちろう	極北大学→東城大学→離島医	極北大学内科助手→東城大学内科講師→離島医	ブ
渡海征司郎 とかいせいしろう	東城大学	総合外科学教室講師	ブ ひ 伝
トク	桜宮病院	患者	螺
利根 とね	東城大学	臓器統御外科講師	医
利根川一郎 とねがわいちろう		元バッカーマン・バッカスメンバー	青
殿村アイ とのむらあい	ブラック・ドア	バーテンダー	夢
戸村義介 とむらぎすけ	東城大学	患者	ブ
豊田カエ とよだかえ	極北大学	クラーク	極
中野美佐子 なかのみさこ	桜宮女子短大	倫理学教授	凱
長村 ながむら	東城大学	医学部／剣道部	ひ
中村和敏 なかむらかずとし	神々の楽園	信者	イ
中村清子 なかむらきよこ	神々の楽園	信者	イ
中村貞夫 なかむらさだお	東城大学	皮膚科学教室教授	ブ
中村浩昌 なかむらひろまさ	神々の楽園	信者	イ

な行

名前 かな	所属	備考	登場作品
南雲忠義 なぐもただよし	極北市監察医務院	院長	極
南雲杏子 なぐもきょうこ	碧翠院	ネット関連全般担当	螺 極
ナナ	チェリー・ホームセンター	店員	夢
並木 なみき	極北市民病院		極
鳴海涼 なるみりょう	サザンクロス心臓疾患専門病院→東城大学	東城大学基礎病理学教室助教授	バ 凱
西川洋子 にしかわようこ	NPO法人・ペイジェント・バイスタンダーの会	理事長	イ
西崎 にしざき	帝華大学	第一外科教授	ブ ひ
仁科裕美 にしなゆみ	東城大学	患者（バチスタケース32）	バ
丹波千代 にわちよ	東城大学	神経内科看護主任	ナ
沼田泰三 ぬまたたいぞう	東城大学	心療内科学教室准教授→教授／エシックス・コミティ委員長	凱 医
根岸 ねぎし	碧翠院	経理	螺
猫田麻里 ねこたまり	東城大学	小児科病棟看護師長	ナ 凱 ブ 伝
野村勝 のむらまさる	桜英弁護士事務所		凱

は行

名前 かな	所属	備考	登場作品
袴田 はかまだ	厚生労働省	大臣官房局長	イ
花房美和 はなぶさみわ	東城大学	ICU病棟看護師長	ナ 凱 ブ 伝
花村大樹 はなむらだいき	東城大学	医学部／剣道部	ひ
羽場貴之 はばたかゆき	東城大学	臨床工学士	バ 凱
浜田小夜 はまださよ	東城大学	小児科病棟看護師	ナ 凱 夢 モ
速水晃一 はやみこういち	東城大学	ICU病棟部長	ナ 凱 ブ ひ イ 伝

名前 かな	所属	備考	登場作品
ハリー	バタフライ・シャドウ	ボーカル	伝
坂東 ばんどう	桜宮署	警部	ナ
日垣 ひがき	東城大学	呼吸器内科講師	凱
日笠 ひがさ	東城大学	医学部	ひ
東野 ひがしの	東城大学	患者	ブ
日上 ひがみ	東城大学／神々の楽園	患者／神々の楽園導師	ブ イ
曳地 ひきち	東城大学	呼吸器内科助教授／リスクマネジメント委員会委員長	バ 凱
ヒギンズ	マサチューセッツ大学	教授	ブ
樋口 ひぐち	極北市役所		極
彦根新吾 ひこねしんご	房総救命救急センター	房総救命救急センター診断課・病理医	イ ひ
久倉留蔵 ひさくらとめぞう	東城大学	患者	バ
ヒサト	桜宮中学校	ナナの息子	夢
久光譲治 ひさみつじょうじ		平沼平介の友人	夢
肥田 ひだ	東京都監察医務院	院長	23
日野真人 ひのまさと	帝華大学	法学部教授	イ
日比野涼子 ひびのりょうこ	未来医学探求センター	非常勤職員	モ
日向千花 ひむかいちか	碧翠院	臨床心理士／患者	螺
氷室貢一郎 ひむろこういちろう	東城大学	麻酔科講師	バ
姫宮 ひめみや	厚生労働省	医療過誤死関連中立的第三者機関設置推進準備室室長補佐	バ ナ 螺 凱 イ 極
桧山シオン ひやましおん	ジュネーヴ大学	画像診断ユニット准教授	イ
兵藤勉 ひょうどうつとむ	東城大学	神経内科学教室助手／医局長	バ ナ 螺 凱 イ
平島雄一 ひらしまゆういち	東城大学	眼科助教授	ナ
平田 ひらた	帝華大学	産婦人科学教室講師	ジ
平沼君子 ひらぬまきみこ	平沼鉄工所	経理課長	夢
平沼豪介 ひらぬまごうすけ	平沼鉄工所	社長	夢
平沼平介 ひらぬまへいすけ	平沼鉄工所	営業部長	夢
平沼豊介 ひらぬまほうすけ	帝華外語大学→国際商社	平介の弟	夢
平沼雄介 ひらぬまゆうすけ	桜宮中学校	平介の息子	夢 医
平松勇樹 ひらまつゆうき	極北市民病院	事務長	極
広井 ひろい	東城大学	病院事務	凱
広崎明美 ひろさきあけみ	極北市民病院	患者	極
広崎宏明 ひろさきひろあき	消防署極北支署	消防士	極
フィリップ・オアフ	マサチューセッツ大学	教授	医
福山 ふくやま	極北市役所	市長	極
布崎夕奈 ふざきゆうな	日本医療業務機能評価機構	サーベイヤー	極
藤田要 ふじたかなめ	東城大学	総合解剖学教室教授	医
藤原真琴 ふじわらまこと	東城大学	不定愁訴外来専任看護師	バ ナ 螺 凱 ブ イ 伝
別宮葉子 べっくようこ	時風新報社	桜宮支所社会部主任・記者	バ 螺 ナ イ
辺見 へんみ	極北市民病院	薬局長	極
星野響子 ほしのきょうこ	元東城大学	元手術室看護師	バ ナ
細井 ほそい	厚生労働省	事務次官	凱
本田 ほんだ	消防署極北支署	署長	極
前園 まえぞの	東城大学	医学部／剣道部	ひ
前田 まえだ		「トンカツ」（芸人）	青
牧村鉄夫 まきむらてつお		牧村瑞人の父	ナ
牧村瑞人 まきむらみずと	東城大学	患者	ナ 夢 モ

名前 かな	所属	備考	登場作品
真木裕太 まきゆうた	サクラテレビ	アシスタント・ディレクター	青
真咲 まさき	県立こども病院	部長	ナ
松井 まつい	東城大学	看護課総看護師長	バ ナ 凱
松田美代 まつだみよ	極北市民病院	事務	極
真奈美 まなみ	東城大学	患者	凱
真奈美の父 まなみのちち		弁護士	凱
三浦 みうら	桜宮市役所	主査	夢
美智 みち	桜宮病院	患者	螺
美香 みか	シャングリラ	店員	ブ
三上 みかみ	東城大学	医学部／剣道部	ひ
三島 みしま	平沼鉄工所	元工員	夢
水落冴子 みずおちさえこ		歌手／患者	ナ 凱 ブ 伝
水沢栄司 みずさわえいじ	極北大学	医学部／剣道部主将→教授	ひ 極
三田村優一 みたむらゆういち	桜宮中学校		医
三井 みつい	帝華大学	基礎解剖学教室教授	ジ
皆川妙子 みながわたえこ	東城大学	患者	ブ
美奈代 みなよ		久美の元同級生	青
美濃 みの	帝華大学	医学部／軟式庭球部	ひ
ミヒャエル	サザンクロス心臓疾患専門病院	教授	バ
三船 みふね	東城大学	事務長	ナ 凱 医
ミホ	帝華大	循環器内科病棟	ジ
美由 みゆ	カッコーズ	ウェイトレス	凱
妙高みすず みょうこうみすず	マリアクリニック	助産師	ジ
村上 むらかみ	厚生労働省	課長	イ
村山弘 むらやまひろし	時風新報	科学部・記者	医
室町 むろまち	極北市民病院	院長	極
桃倉 ももくら	極北救命救急センター	センター長	ブ 極
桃倉 ももくら	東城大学	総合解剖学教室	医
森野弥生 もりのやよい	東城大学	ICU病棟看護師	ナ
諸田藤吉郎 もろたとうきちろう	サクラテレビ	プロデューサー	ジ 夢 青 極
や行			
八神直道 やがみなおみち	厚生労働省	医療安全啓発室課長	イ
屋敷 やしき	帝華大学	産婦人科学教室教授	ジ
矢部 やべ	帝華大学	医学部／弓道部	ひ
山咲みどり やまさきみどり	マリアクリニック	患者→曾根崎薫のシッター	ジ 医
山本 やまもと	東城大学	小児科病棟看護師	ナ
結城 ゆうき	メディカル・アソシエイツ	代表	螺 凱
わ			
渡辺勝雄 わたなべかつお	薩摩大学→東城大学	医学部→東城大学総合外科学教室	ブ

海堂尊
†
ワールド

登場人物相関図

複雑に絡みあった海堂ワールドの住人たち。
「現在」「過去」「未来」の
3つの時代にわかれた相関図から、
それぞれのキャラクターたちの
関係の移り変わりや意外な接点を探ってみよう。

※登場した作品の時代によって肩書きは異なります。

2006~2008 現在

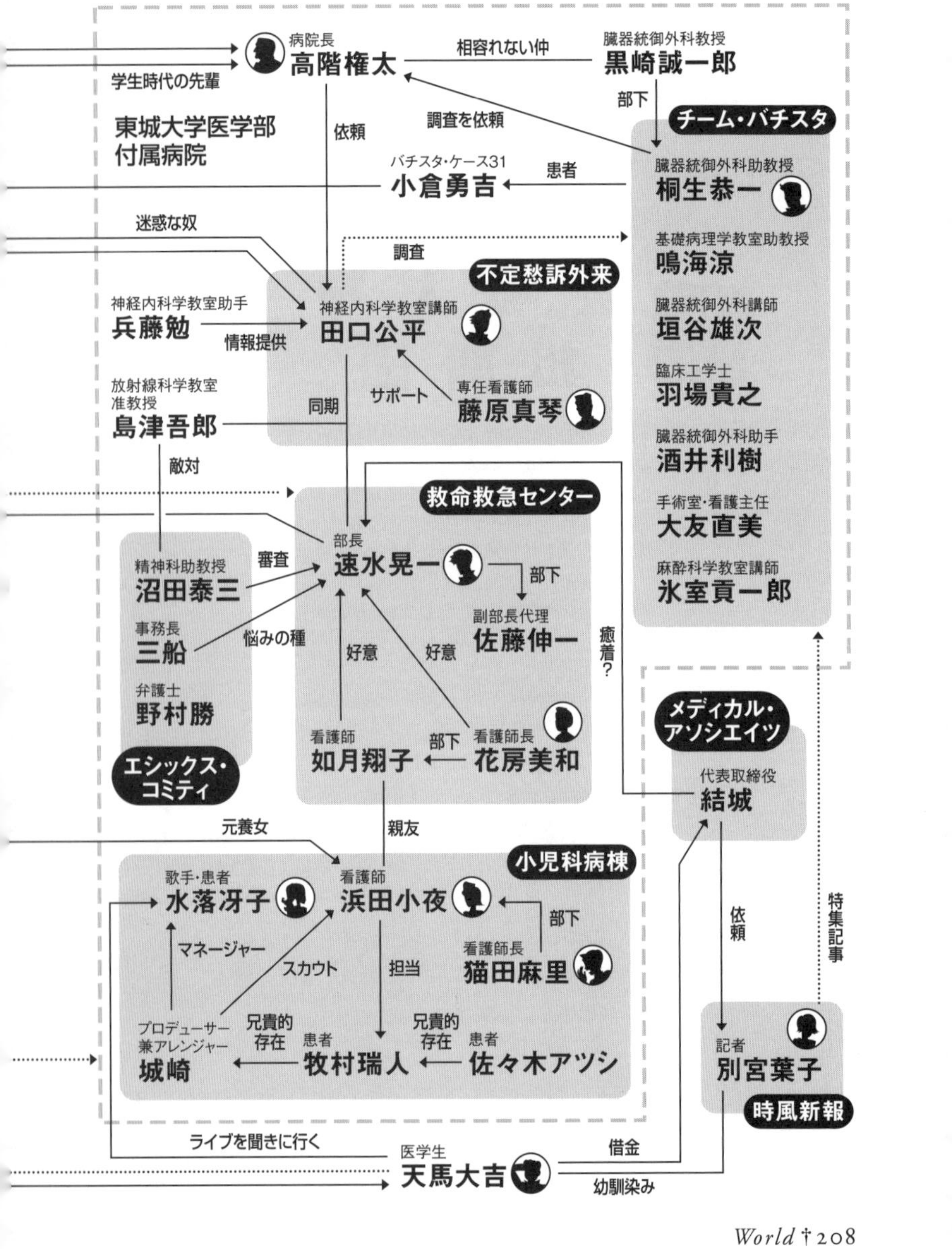
東城大学医学部
付属病院
病院長
高階権太
学生時代の先輩
相容れない仲
臓器統御外科教授
黒崎誠一郎
部下
調査を依頼
依頼
チーム・バチスタ
臓器統御外科助教授
桐生恭一
基礎病理学教室助教授
鳴海涼
臓器統御外科講師
垣谷雄次
臨床工学士
羽場貴之
臓器統御外科助手
酒井利樹
手術室・看護主任
大友直美
麻酔科学教室講師
氷室貢一郎
バチスタ・ケース31
小倉勇吉
患者
迷惑な奴
調査
不定愁訴外来
神経内科学教室助手
兵藤勉
情報提供
神経内科学教室講師
田口公平
サポート
専任看護師
藤原真琴
同期
放射線科学教室
准教授
島津吾郎
敵対
救命救急センター
部長
速水晃一
部下
副部長代理
佐藤伸一
癒着？
審査
精神科助教授
沼田泰三
事務長
三船
悩みの種
弁護士
野村勝
エシックス・コミティ
好意
好意
看護師
如月翔子
部下
看護師長
花房美和
親友
元養女
メディカル・アソシエイツ
代表取締役
結城
依頼
特集記事
小児科病棟
歌手・患者
水落冴子
看護師
浜田小夜
部下
看護師長
猫田麻里
マネージャー
スカウト
担当
プロデューサー
兼アレンジャー
城崎
兄貴的存在
患者
牧村瑞人
兄貴的存在
患者
佐々木アツシ
記者
別宮葉子
時風新報
ライブを聞きに行く
医学生
天馬大吉
借金
幼馴染み

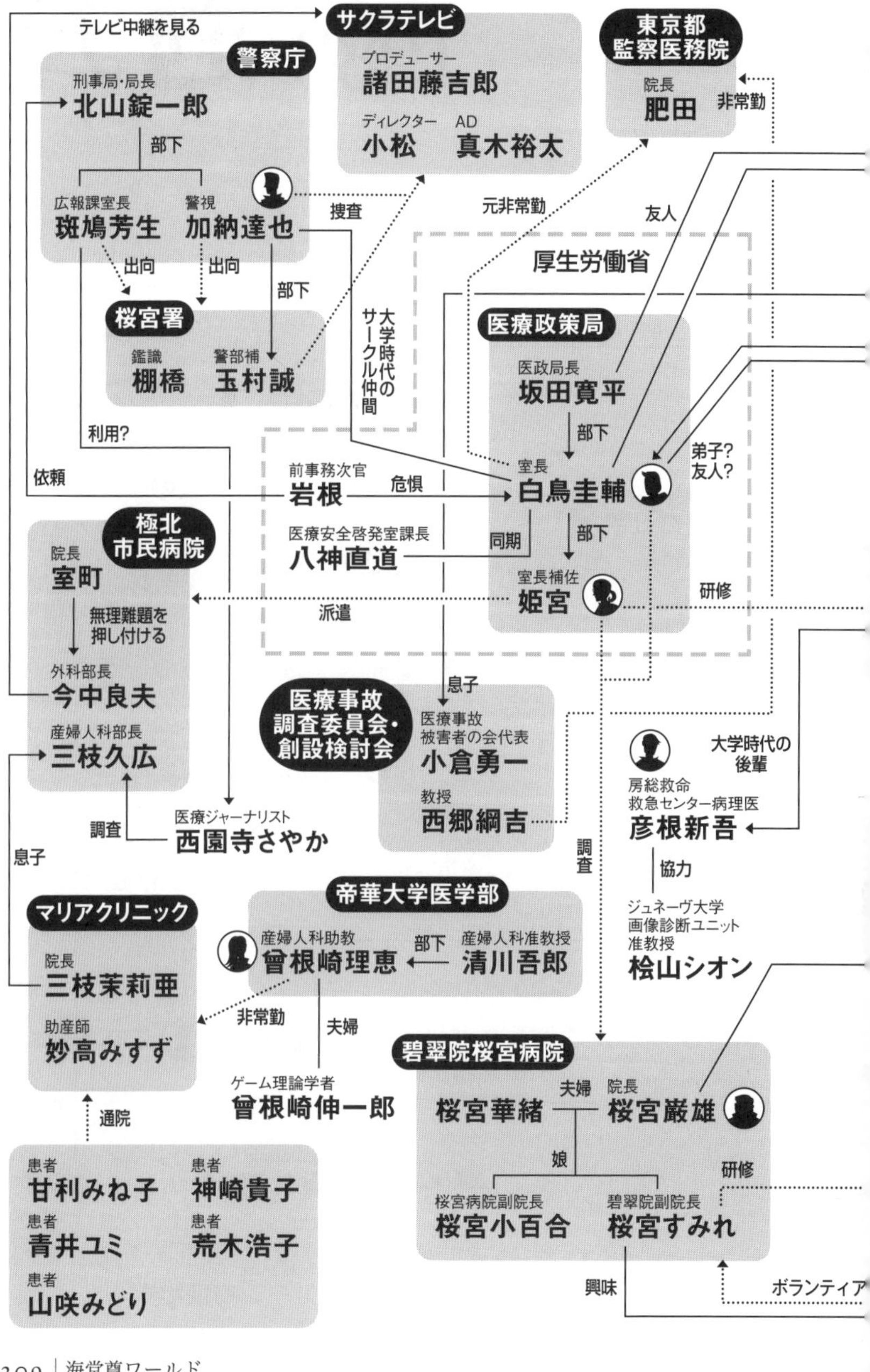
テレビ中継を見る
サクラテレビ
プロデューサー
諸田藤吉郎
ディレクター
小松
AD
真木裕太
東京都
監察医務院
院長
肥田
非常勤
警察庁
刑事局・局長
北山錠一郎
部下
広報課室長
斑鳩芳生
警視
加納達也
捜査
出向
出向
部下
桜宮署
鑑識
棚橋
警部補
玉村誠
元非常勤
友人
厚生労働省
大学時代のサークル仲間
医療政策局
医政局長
坂田寛平
部下
利用?
依頼
前事務次官
岩根
危惧
室長
白鳥圭輔
弟子?
友人?
医療安全啓発室課長
八神直道
同期
部下
室長補佐
姫宮
研修
極北
市民病院
院長
室町
無理難題を
押し付ける
外科部長
今中良夫
産婦人科部長
三枝久広
派遣
息子
医療事故
調査委員会・
創設検討会
医療事故
被害者の会代表
小倉勇一
教授
西郷綱吉
大学時代の
後輩
房総救命
救急センター病理医
彦根新吾
協力
ジュネーヴ大学
画像診断ユニット
准教授
桧山シオン
調査
医療ジャーナリスト
西園寺さやか
調査
息子
マリアクリニック
院長
三枝茉莉亜
助産師
妙高みすず
帝華大学医学部
産婦人科助教
曾根崎理恵
部下
産婦人科准教授
清川吾郎
非常勤
夫婦
ゲーム理論学者
曾根崎伸一郎
碧翠院桜宮病院
桜宮華緒
夫婦
院長
桜宮巌雄
娘
研修
桜宮病院副院長
桜宮小百合
碧翠院副院長
桜宮すみれ
通院
患者
甘利みね子
患者
神崎貴子
患者
青井ユミ
患者
荒木浩子
患者
山咲みどり
興味
ボランティア

1988 過去

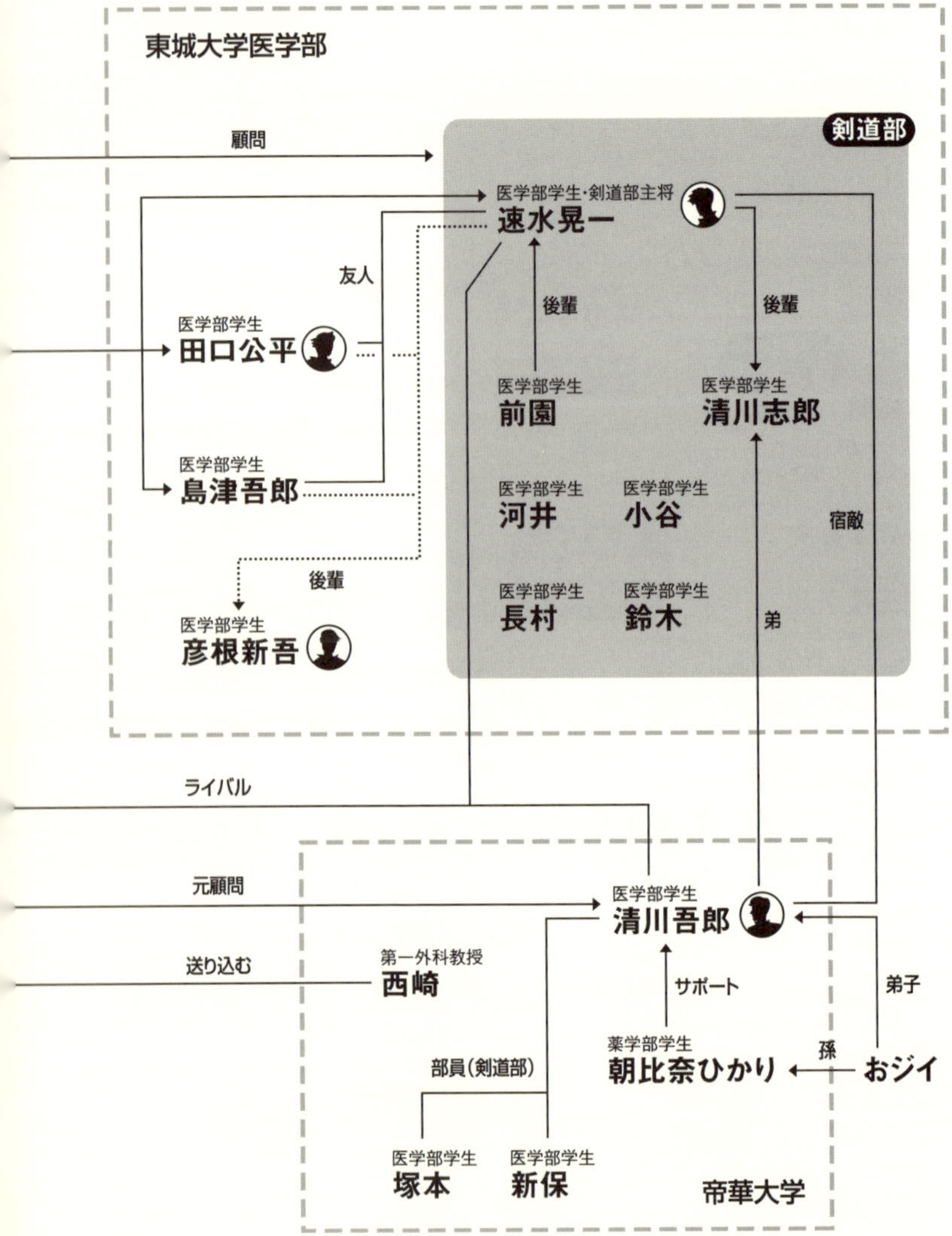
東城大学医学部
剣道部
顧問
医学部学生・剣道部主将
速水晃一
友人
後輩
後輩
医学部学生
田口公平
医学部学生
前園
医学部学生
清川志郎
医学部学生
島津吾郎
医学部学生
河井
医学部学生
小谷
宿敵
後輩
医学部学生
長村
医学部学生
鈴木
弟
医学部学生
彦根新吾
ライバル
元顧問
医学部学生
清川吾郎
送り込む
第一外科教授
西崎
サポート
弟子
薬学部学生
朝比奈ひかり
孫
おジイ
部員（剣道部）
医学部学生
塚本
医学部学生
新保
帝華大学

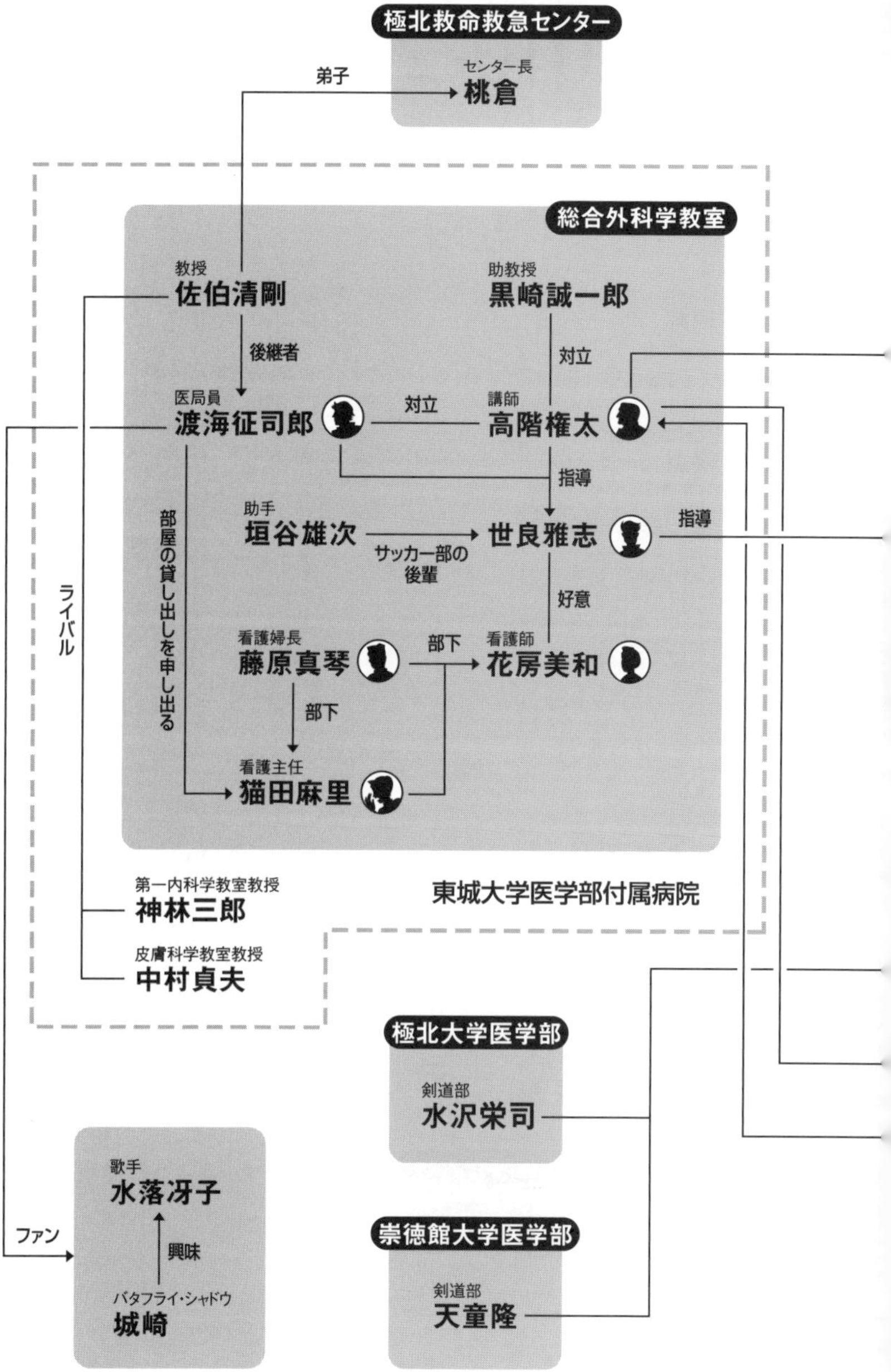
極北救命救急センター
センター長
桃倉
弟子
総合外科学教室
教授
佐伯清剛
後継者
助教授
黒崎誠一郎
対立
医局員
渡海征司郎
対立
講師
高階権太
指導
助手
垣谷雄次
サッカー部の後輩
世良雅志
指導
好意
部屋の貸し出しを申し出る
ライバル
看護婦長
藤原真琴
部下
看護師
花房美和
部下
看護主任
猫田麻里
第一内科学教室教授
神林三郎
東城大学医学部付属病院
皮膚科学教室教授
中村貞夫
極北大学医学部
剣道部
水沢栄司
歌手
水落冴子
ファン
興味
バタフライ・シャドウ
城崎
崇徳館大学医学部
剣道部
天童隆

2010~2022 未来

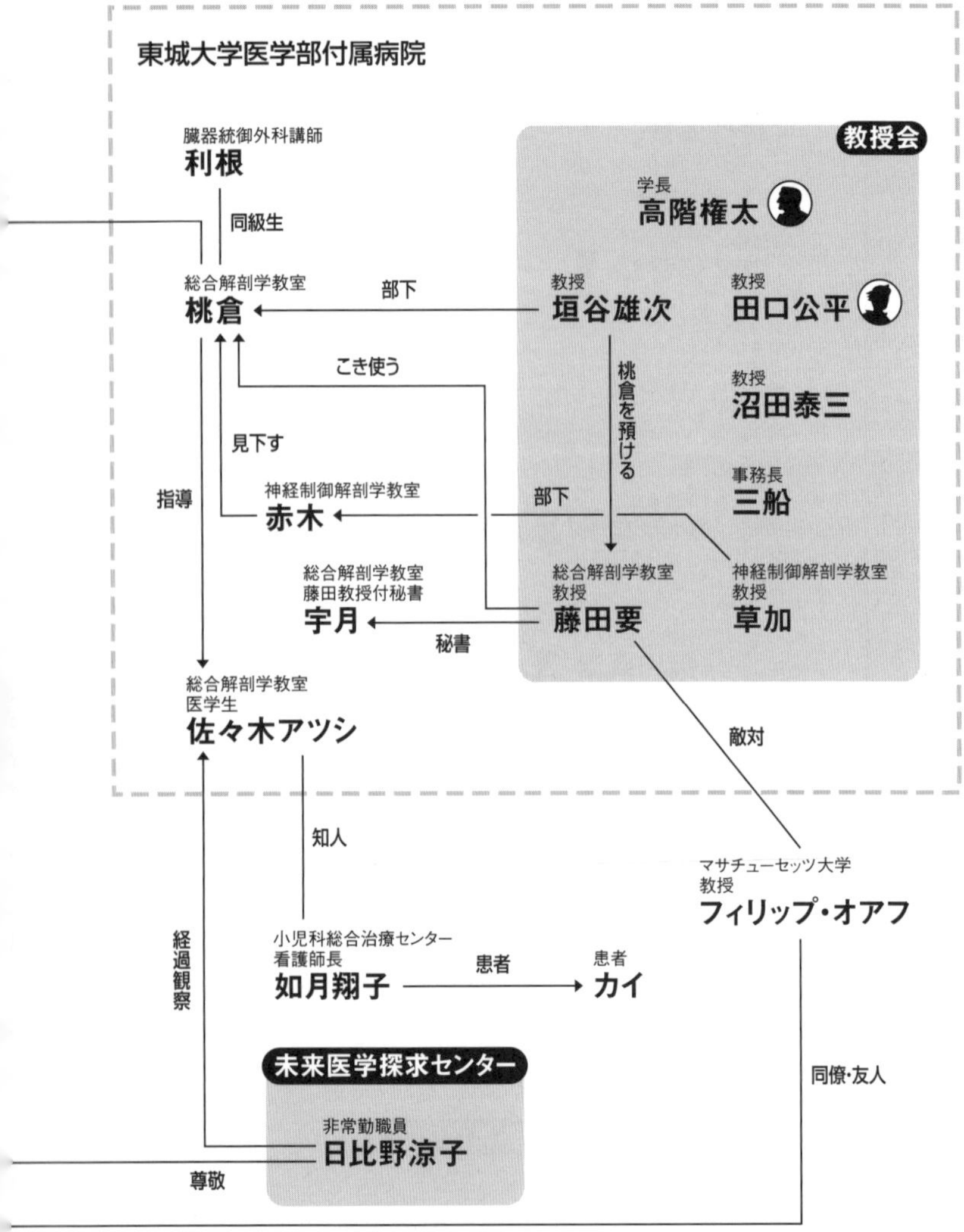
東城大学医学部付属病院
臓器統御外科講師
利根
同級生
総合解剖学教室
桃倉
部下
こき使う
見下す
指導
神経制御解剖学教室
赤木
部下
総合解剖学教室
藤田教授付秘書
宇月
秘書
総合解剖学教室
医学生
佐々木アツシ
教授会
学長
高階権太
教授
垣谷雄次
桃倉を預ける
教授
田口公平
教授
沼田泰三
事務長
三船
総合解剖学教室
教授
藤田要
神経制御解剖学教室
教授
草加
敵対
マサチューセッツ大学
教授
フィリップ・オアフ
知人
小児科総合治療センター
看護師長
如月翔子
患者
患者
カイ
経過観察
未来医学探求センター
非常勤職員
日比野涼子
尊敬
同僚・友人

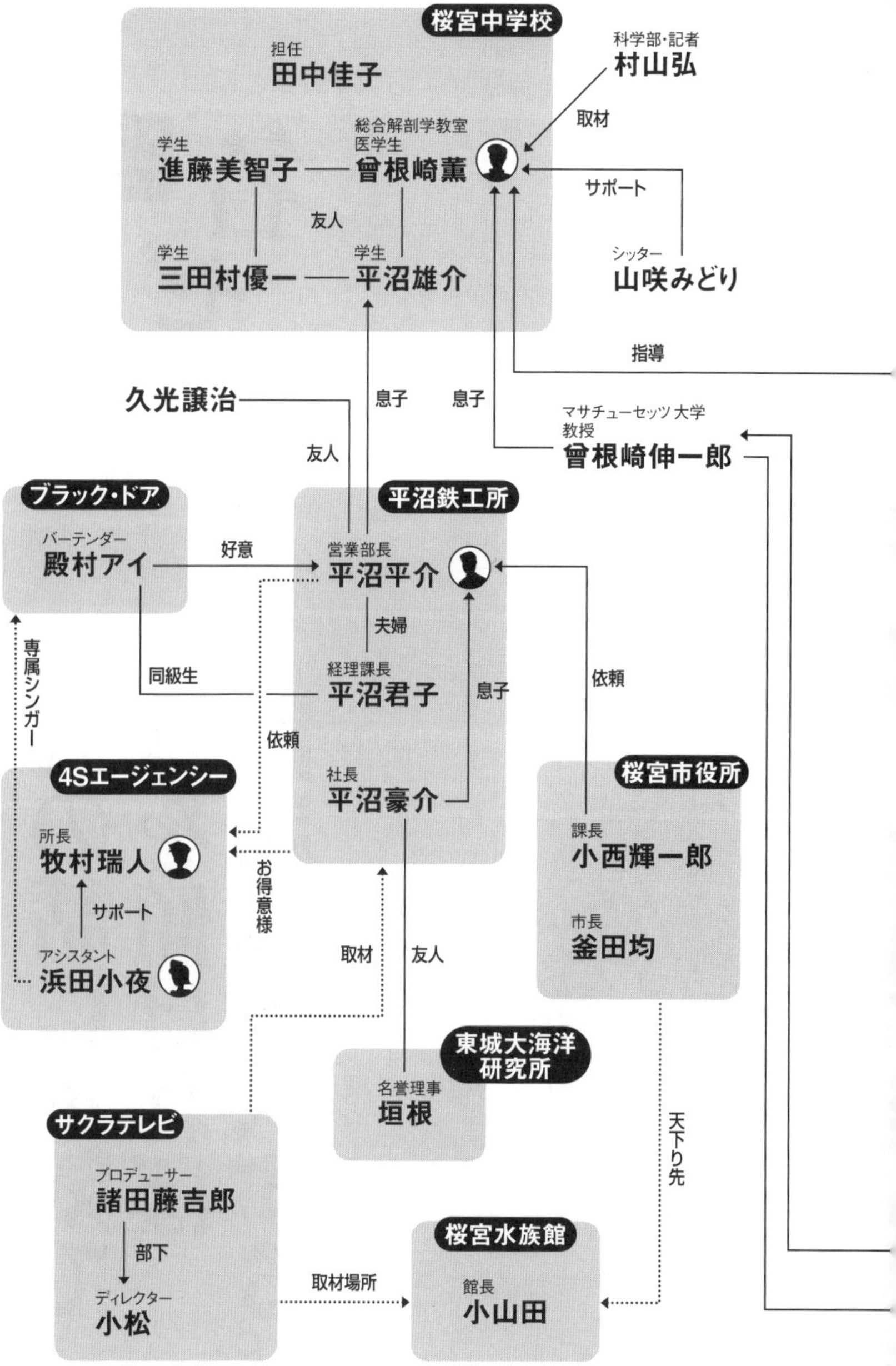
桜宮中学校
担任
田中佳子
総合解剖学教室
医学生
曾根崎薫
学生
進藤美智子
学生
三田村優一
学生
平沼雄介
友人
科学部・記者
村山弘
取材
サポート
シッター
山咲みどり
指導
息子
息子
久光譲治
友人
マサチューセッツ大学
教授
曾根崎伸一郎
ブラック・ドア
バーテンダー
殿村アイ
好意
同級生
平沼鉄工所
営業部長
平沼平介
夫婦
経理課長
平沼君子
社長
平沼豪介
息子
依頼
依頼
専属シンガー
4Sエージェンシー
所長
牧村瑞人
サポート
アシスタント
浜田小夜
お得意様
取材
友人
桜宮市役所
課長
小西輝一郎
市長
釜田均
天下り先
東城大海洋研究所
名誉理事
垣根
サクラテレビ
プロデューサー
諸田藤吉郎
部下
ディレクター
小松
取材場所
桜宮水族館
館長
小山田

海堂尊†ワールド

心に響く名ゼリフ

物語を彩る、数多くのキラー・フレーズ。
それは、海堂尊から私たちへの、強く生きるための
ヒントであり、エールでもあるのだ。

「もっと自分の頭で考えなよ。
先入観を取り除いてさ……。」

（白鳥圭輔『チーム・バチスタの栄光』）

「人の話に本気で
耳を傾ければ
問題は解決する。」

（田口公平『チーム・バチスタの栄光』）

「ルールは破られるためにあるのです。
そしてルールを破ることが許されるのは、
未来に対して、よりよい状態を
お返しできるという確信を、
個人の責任で引き受ける時なのです。」

（高階権太『チーム・バチスタの栄光』）

「折れると格が下がる。倒されても立ち上がればいい。でも折れてはいけない。ナメられる。」

（結城『螺鈿迷宮』）


「生まれ落ちる前、僕たちに意識はない。そして僕たちは必ず死ぬ。膨大な虚無と虚無の間の一瞬の煌めき、それが生だ。」

（天馬大吉『螺鈿迷宮』）


「必要とされる存在であり続けるためには相応のエネルギーが必要で、それは闘争と自己肯定の中からしか生まれてこない。」

（桜宮すみれ『螺鈿迷宮』）


「相手の言葉を百パーセント信じるということは、その人に感心がないのと同じことよ。」

（桜宮すみれ『螺鈿迷宮』）


「死を学べ。死体の声に耳を澄ませ。ひとりひとりの患者の死に、きちんと向き合い続けてさえいれば、いつか必ず立派な医者になれる。」

（桜宮巌雄『螺鈿迷宮』）


「医学とは屍肉を喰らって生き永らえてきた、クソッタレの学問だ。」

（桜宮巌雄『螺鈿迷宮』）

「たとえ国家は滅びても医療は必ず残る。
医療とは人々の願いであり、
社会に咲いた大輪の花なんです。
医療の花に、欲にまみれた
愚鈍な手で触るな。」
（彦根新吾『イノセント・ゲリラの祝祭』）

「無能なヤツほど
無駄な言葉を吐く。」
（斑鳩芳正『イノセント・ゲリラの祝祭』）

「人を真実から遠ざけるものは、
頑なな思いこみなのに。」
（彦根新吾『イノセント・ゲリラの祝祭』）

「子どもと医療を軽視する社会に、
未来なんてないわ。」
（副島真弓『ナイチンゲールの沈黙』）

「負けてもいいの。
人間なんて必ずどこかで
負けるんだから。
だけど怪我をしないような
負け方を覚えないと、ね。」
（猫田麻里『ナイチンゲールの沈黙』）

「いいえ、運命と人生は、
絶対に違う。」
（水落冴子『ナイチンゲールの沈黙』）

心に響く名ゼリフ

「真実なんて、どうせ誰にもわからない。だって、人って自分自身のことすらよくわかっていないんですから。」

（白鳥圭輔『ナイチンゲールの沈黙』）

「眼は窓にすぎないの。通り抜けてしまえば、あとは閉じても同じこと。心に届いてしまったら決して無くなりはしない。」

（杉山由紀『ナイチンゲールの沈黙』）

「信じることがすべて。だって私たちは、意味なく生まれ、そしてただ死んでいくだけの、はかない存在にすぎないのだから。」

（水落冴子『ナイチンゲールの沈黙』）

「基本動作をおろそかにすればエラーが起こる。手順が悪いのよ。」

（猫田麻里『ナイチンゲールの沈黙』）

「力があれば罪は飛び越えられる。」

（桜宮巌雄『ナイチンゲールの沈黙』）

「世の中の人たちの厳しすぎる視線と、役人の能天気な無理解が、現場を殺すのよね。」

（曾根崎理恵『ジーン・ワルツ』）

心に響く名ゼリフ

「素質と才能の違い、それは努力する能力の差なんだよ。」

（高階権太『ひかりの剣』）


「心に飼っているサソリを解き放て。」

（曾根崎伸一郎『医学のたまご』）


「悪意と無能は区別がつかないし、つける必要もない。」

（曾根崎伸一郎『医学のたまご』）


「〝ジハード・ダイハード〟。我々は常にフロンティアに挑戦し続けて生きていくのです。」

（平沼平介『夢見る黄金地球儀』）


「青春とはリスクと引き替えにスリルを得る季節なのだ。」

（久光譲治『夢見る黄金地球儀』）


「弱い人間に対していい加減になれるのは、強くて優しい人にしかできない気がします。」

（花房美和『ブラックペアン1988』）

「どんな些細な仕事でもきちんとやれ。
俺たちの仕事はいつでもどこでも、
人の命と直結しているんだ。」
（垣谷雄次『ブラックペアン1988』）

「ゴールチャンスは
刹那のはざまにある。」
（世良雅志『ブラックペアン1988』）

「俺を裁くことができるのは、
俺の目の前に横たわる、
患者という現実だけだ。」
（速水晃一『ジェネラル・ルージュの凱旋』）

「うすっぺらな優秀さなんて
現場ではクソの役にも立たない。」
（渡海征司郎『ブラックペアン1988』）

「周囲のことなど考えず
ワガママいっぱいに振る舞う。
それこそが
トップというものだ。」
（速水晃一『ジェネラル・ルージュの凱旋』）

「人の生き死にを決めるのは、
神だ。俺は今から神になる。」
（速水晃一『ジェネラル・ルージュの凱旋』）

毎日に活かせる!?
白鳥圭輔の「極意」一覧

変人役人、白鳥圭輔が生み出した〝最恐〟の話法をご紹介。これを読んでマスターすれば、周囲をから一目置かれること間違いナシ!

㊟
あくまでも白鳥のセリフであり、学術的根拠があるのかは定かではありません。

アクティヴ・フェーズの純血種・白鳥圭輔と、パッシヴ・フェーズのピュアタイプ・田口公平。彼らはこれらの技術を駆使して、人間の真の姿をあぶりだしていった(『チーム・バチスタの栄光』)。
どちらの用語も、白鳥自身が日常生活に心理学を応用するために作った、説得と心理読影の技術を指す名称である。アクティヴ・フェーズの別名は〝やられたらやり返せ〟。『ナイチンゲールの沈黙』では、田口がアクティヴ・フェーズを使おうとするときに、〝張られたツラは張り返せ〟とつぶやいている。白鳥の部下の姫宮も、田口と同様のパッシヴ・フェーズの使い手。
また、曾根崎伸一郎が息子・薫に対して、藤田教授への対策として伝授している。伸一郎が言うには、アクティヴ・フェーズは相手が本気で反撃してくるため総力戦になり、パッシヴ・フェーズは相手がとても悪質だった場合は無傷ではすまない(『医学のたまご』)らしい。

アクティヴ・フェーズ(能動的聞き取り調査)

極意その1 相手が怒るか怒らないかギリギリのところで持ちこたえる。

極意その2 ガツンとやる前に、隠れる物影を確保しておくこと。

極意その3 用件が終了したら長居は禁物。

極意その4 複数同時聴取で反射情報をからめ取れ。

極意その5 身体を張って情報をゲット。

極意その6 ?

極意その7 反射消去法。

極意その8 弱点を徹底的に攻めろ。

海堂尊
†
ワールド

パッシヴ・フェーズ（受動的聞き取り調査）

極意

「明鏡止水」。すべての事象をあるがままに受け止めて、可能な限り波風を立てない。

セルフポートレート・ヒアリング

（⇔オフェンシヴ・ヒヤリング）
パッシヴ・フェーズの聞き取り。

スネイル（かたつむり）**・トーク**

相手が秘密を守るために守備的になること。

シーアネモネ（いそぎんちゃく）**・トーク**

苦悩が原因の場合。

セルフポートレート・トーク

自画像トーク。田口の名前の由来を尋ねる形式が「セルフポートレート・トーク」を促進すると評価している。

極意 その9

最後に信じられるのは自分だけ。

極意 その10

すべての事象をありにままに見つめること。

極意 その11

強大な相手には次元を変え、ホットスポット（戦いの焦点）を移動させよ。

極意 その12

とどめを刺すまでは油断大敵。

奥義

いざとなったら他力本願。

極意

土石流。

※パペット・タイプの相手に対してのみ有用。

極意 たしか11

フルーツバスケット。

※エシックスで島津の「検死に対するエーアイの普遍的適用」を通過させるために適用。論理で固めて相手の矛盾点を仲間はずれのように浮かび上がらせる戦法と思われる。

イメージ写真でわかる!

東城大学医学部付属病院案内

海堂尊†ワールド

東城大学医学部付属病院とは?

戦前に建築された旧病院（赤煉瓦棟）老朽化にともない、1989 年に新築された 13 階建ての病院。2001 年に救命救急・小児科・産婦人科を備えた 3 階建てのオレンジ新棟が、独立行政法人化の際の切り札として新たに併設された。新築後の初代病院長に佐伯清剛、二代目が現病院長である高階権太。

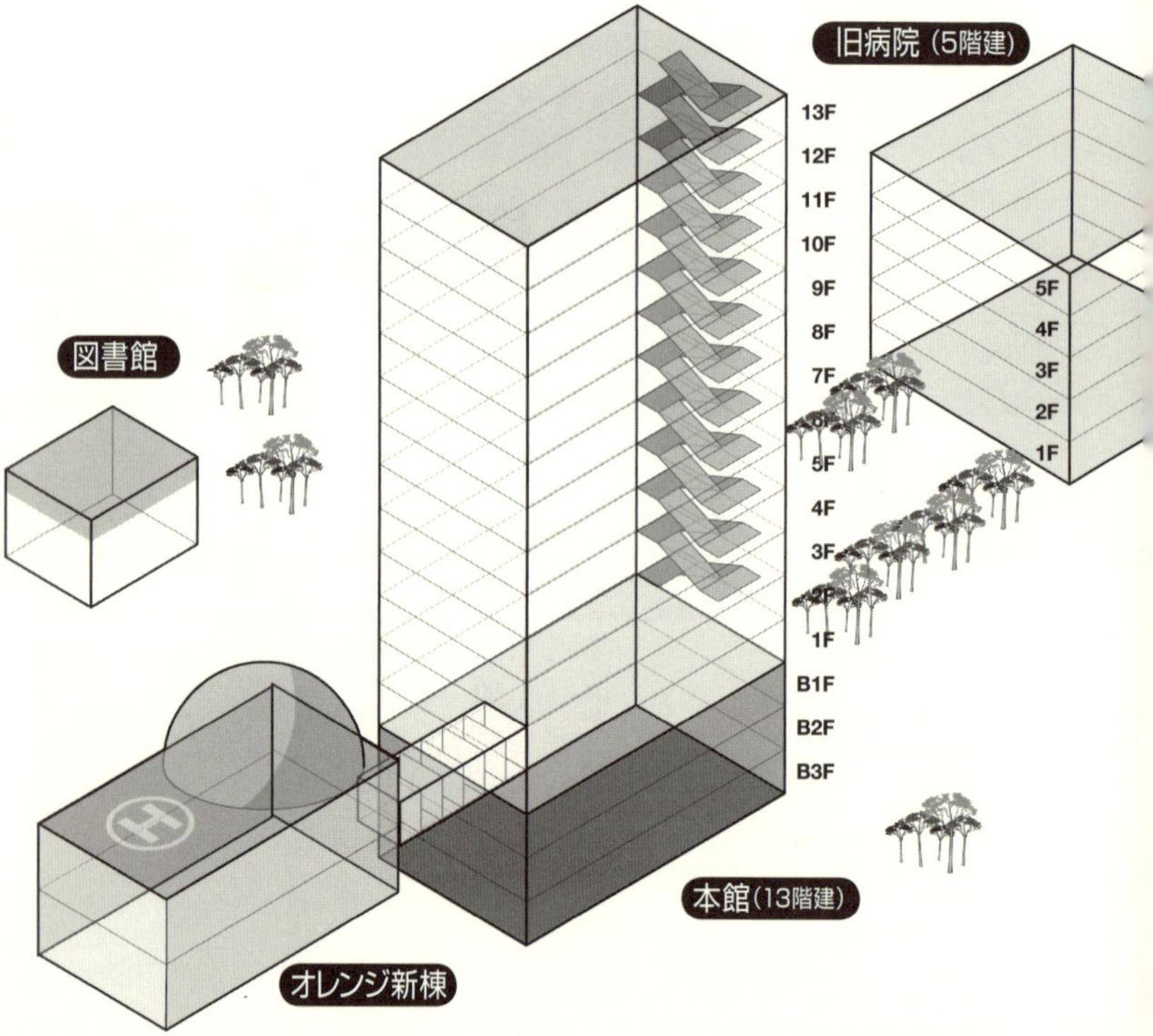

4F 病院長室

高階の部屋。田口は、ここの窓から見る薄暮の眺めは世界でも五本の指に入る、と思っている。

1F 不定愁訴外来診察室

田口が学生時代に発見した隠し部屋。ちなみに田口が使っている机は有働教授からのプレゼント。

オレンジ新棟 救命救急センター

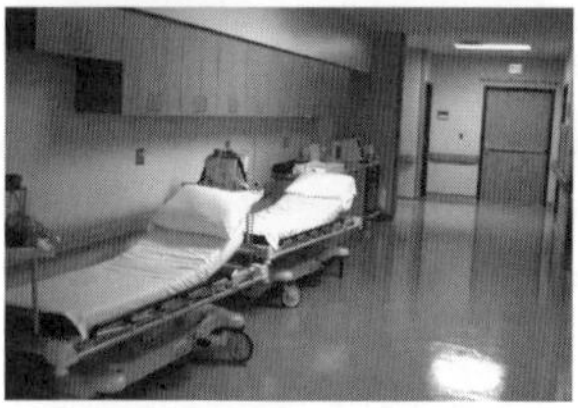

地域救急医療の要として24時間対応をしているが、採算がとれず病院最大の赤字を抱えている。

13F スカイ・レストラン『満天』

白鳥御用達の院内食堂。メニューは、うどんだけで20種類以上。珈琲150円、満天うどん300円、スパゲッティ400円。

別館 図書館

大学病院ならではの充実した書物がそろう図書館。個別ブースがあり、集中して勉強することができる。

旧病院 東城大学医学部付属病院

通称・赤煉瓦棟。新病棟建築後、精神科と基礎医学系の教室が居残り、テリトリー拡大を果たしている。

はやわかり!
全国大学・病院MAP

作品内で登場する大学と病院を大紹介!

海堂尊†ワールド

関東・東海　主な出身者・在籍者

桜宮市

東城大学　田口公平（医学部）、天馬大吉（医学部）、平沼平介（理学部）

桜宮市を一望する小高い丘陵に立つ。明治時代に医療施設として建てられた碧翠院が医学専門学校に認定され東城院と名前を変えた後、桜宮市北端に移動。

碧翠院桜宮病院　桜宮巌雄（院長）

赤煉瓦の三層構造で上層に行くほど床面積が減るため遠目には巻貝に見え、セピア色の色彩に塗り替えられたことで「でんでん虫」と呼ばれる。警察医協力病院の中核施設。

桜宮女子短期大学　中野美佐子（教授）

須永整形外科医院　須永（院長）

県立こども病院　真咲（部長）

東城中央市民病院　鏡博之（外科部長）

田端整形外科　田端健市

東京

帝華大学　白鳥圭輔、高階権太（医学部）、清川吾郎（医学部）、朝比奈ひかり（薬学部）

首都東京にある大学。別名霞ヶ関大学または官僚養成幼年学校。

帝華外語大学　平沼豊介（ノルガ語学科）

桜華女子医大学　桜宮すみれ

東京都監察医務院　肥田（院長）

マリアクリニック　三枝茉莉亜（院長）

その他

田上病院　田上義介（院長）

神奈川県嘱託警察医・田上義介が経営する内科小児科麻酔科の個人病院。過去に解剖をしていないのにしたと言い張り「やらずの田上」として警察庁で有名。

相模原大学　田島勇作（教授）

筑波中央病院

1985年よりAiを導入している病院。

房総救命救急センター　彦根新吾

上州大学　西郷綱吉（教授）

群馬県にある大学。西郷綱吉は同大学の医学部法医学教室教授。

富士野大学

海外

アメリカ　主な出身者・在籍者

- **フロリダ・サザンクロス心臓疾患専門病院**　桐生恭一　ミヒャエル（教授）
- **マサチューセッツ大学**　曾根崎伸一郎（教授）　フィリップ・オアフ（教授）

フロリダにある心臓疾患の専門病院。桐生恭一が10年間勤めていた。

フランス　主な出身者・在籍者

- **ジュネーヴ大学**　桧山シオン（准教授）

ロシア　主な出身者・在籍者

- **サンクトペテルブルグ大学**　ドミトリ・メンデレーエフ（教授）

元素記号発見者
ドミトリ・メンデレーエフ教授が在籍。

北海道　主な出身者・在籍者

- **極北大学**　渡海一郎（医学部）　水沢栄治（医学部）
- **極北救命救急センター**　桃倉（センター長）
- **極北市民病院**　三枝久広（産婦人科部長）
- **極北市監察医務院**　南雲忠義（院長）
- **喜多野産婦人科医院**

東北　主な出身者・在籍者

- **崇徳館大学**　天童隆（医学部）
- **みちのく大学**　後藤（医学部）

九州　主な出身者・在籍者

- **薩摩大学**　渡辺勝雄（医学部）

関西

- **浪速大学**
- **祇園大学**

全国主要施設ガイド

桜宮市※1

事業・施設名	事業・施設内容	所縁のある主な人物
海風公園	公園	
カコス	ファミリーレストラン	
関東桜宮会	暴力団	
さくら新聞※2	新聞社	高安秀樹（論説委員）
サクラ総合警備保障※3	警備会社	
サクラテレビ※4	テレビ局	諸田藤吉郎（社員） 小松（社員）
桜宮市市民体育館	体育館	
桜宮市役所	役所	小西輝一郎（課長）
桜宮署	警察署	加納達也（警視正） 玉村誠（警部補）
桜宮水族館※5	水族館	小山田（館長）
桜宮中学校	中学校	曾根崎薫（学生）
シーサイド・ホテル	ホテル	
j	スナック	
シャングリラ	スナック	渡海征司郎（常連） 美香（店員）
ジョナーズ	ファミリーレストラン	浜田小夜（常連）如月翔子（常連）
すずめ※6	雀荘	田口公平（常連）速水晃一（常連）
すみれエンタープライズ※7	螺鈿細工製造・販売会社	桜宮すみれ（代表）
チェリー※8	ショッピングモール	
チェリー・ホームセンター	ホームセンター	ナナ（店員）
東城酒店	酒店	久光譲治（従業員）
東城大学理学部海洋研究所※9	研究施設	垣根（名誉理事）
時風新報・桜宮支所※10	新聞社	別宮葉子（記者）
ひまわり	フィリピンパブ	ナナ（店員）
平沼鉄工所※11	鉄工所	平沼豪介（社長）平沼平介（社員）
4S エージェンシー※12	困りごと専門事務所	牧村瑞人（所長）
ブラック・ドア※13	ジャズバー	水落冴子（ライブ） 殿村アイ（店員）
纏※14	料亭	東城大学総合外科学教室（宴会）
未来医学探求センター※15	医学資料館	日比野涼子（非常勤職員）
メディカル・アソシエイツ※16	医療代理店	結城（代表）
リップス※17	口紅専門店	
桜英弁護士事務所	弁護士事務所	野村勝（所属）

※1　首都圏の端っこに位置する、人口20万人の小地方都市。富士山よりも西に位置しているらしい。

※2　全国版の新聞。

※3　大手の警備会社。桜宮水族館深海館の警備を委託された。

※4　桜宮市で二大勢力を誇るテレビ局。

※5　老朽化が激しい水族館。その隣に別館「深海館」が建てられ、「ボンクラボヤ」や黄金地球儀の目玉展示品があり僅かながら賑わっている。

※6　東城大学正門近くの雀荘。薄利多売、過剰な設備投資の回避という一貫した営業方針により固定客が離れないため生き延びてきた。

※7　桜宮すみれが社長を務める螺鈿細工を製造・販売する有限会社。

※8　2006年に桜宮市に竣工した大型ショッピングモール。

※9　桜宮湾がメイン・フィールドだったが、『深海七千』購入がきっかけでボンクラボヤに続くホヤの新種を発見。深海ホヤ研究の世界最先端施設となる。

※10　地方の弱小新聞社の支局。

※11　発明家・平沼豪介が社長を務める町工場。深海シリーズで有名。

※12　困り事全般に対応する事務所。

※13　歌姫、水落冴子がシークレットライブを行なったジャズバー。

※14　東城大学医学部付属病院総合外科学教室御用達の高級料亭。

全国に散らばる施設を、エピソード付でリスト化。
その施設で起きた物語に想いを馳せながら見てみよう!

神奈川県

事業・施設名	事業・施設内容	所縁のある主な人物
神奈川県警灯籠署	警察署	木下（所属）

東京都

事業・施設名	事業・施設内容	所縁のある主な人物
カッコーズ※18	ファミリーレストラン	彦根新吾（常連）
墨江総合法律事務所	弁護士事務所	田辺義明（所長）
凰凰※19	焼肉店	白鳥圭輔（常連） 坂田寛平（常連）
牡丹灯籠※20	小料理屋	白鳥圭輔（常連）
薬殿院※21	寺	おジイ（住職）

関東

事業・施設名	事業・施設内容	所縁のある主な人物
加賀組	暴力団	
結城組	暴力団	

極北市※22

事業・施設名	事業・施設内容	所縁のある主な人物
北の大地の遊園地	遊園地	
極北市民鉄道	鉄道	
極北市役所	役所	福山（市長）
極北署	警察署	木村（署長）
極北保健所	保健所	井出（課長）
消防署極北支署	消防署	広崎宏明（所属）
ファーノース・ホテル	ホテル	
ファーノース・マウンテン・スキーゲレンデ※23	スキー場	
羅堂割烹※24	割烹料理店	極北市民病院（宴会）

仙台市

事業・施設名	事業・施設内容	所縁のある主な人物
仙台市民センター体育館※25	体育館	

その他

事業・施設名	事業・施設内容	所縁のある主な人物
神々の楽園※26	宗教団体	浅沼岳導（教祖）
サンザシ薬品	製薬会社	木下（社員）
精錬製薬	製薬会社	高橋（社員）
ユウヒテレビ※27	テレビ局	

※15　東城大学の医学資料の整理・保管、『モルフェウス』の維持・管理を行なっている。

※16　表向きは医療関連ビジネスを手広く手がけるミニ商社。しかしその実態は病院買収関連の企業舎弟。

※17　口紅の専門店。大型ショッピングモール『チェリー』内にオープンした日本初上陸の有名ブランド。

※18　墨江駅前近くの新興ファミレス。店内は広いが、人気はない。

※19　銀座の焼肉屋。坂田局長の行きつけ。

※20　笹月駅付近にある小料理屋。年増だがちょっと綺麗な女将がいる小洒落た店。

※21　朝比奈ひかりの実家の寺。

※22　北海道にある人口10万人の都市。ニーズとアクティビティの高い極北救命救急センターがある。

※23　スキー場。降雪量があまりにも多く、雪が積もるとリフトが埋まってしまい営業を停止することもしばしば。

※24　極北市民病院御用達の高級割烹料理屋。

※25　第37代医鷲旗大会開催地。

※26　浅沼岳導を教祖とする新興宗教団体。

※27　テレビ局。サクラテレビの対抗局と思われる。

海堂尊†ワールド

桜宮市年表

『チーム・バチスタの栄光』から始まった一連の海堂作品は、舞台を東京近郊の中堅都市「桜宮市」を中心に「過去」「現在」「未来」を描き広がり続けている。そんな海堂ワールドの歴史を振り返ろう。

年代	出来事	関連作品
一八七〇年頃	碧翠院、桜宮病院建設	
一九七一	極北大学医学部内科助手渡海一郎、東城大学医学部内科講師就任	
	佐伯清剛助教授、国際学会inスペイン	
一九七八	医鷲旗大会で帝華大学優勝（主将・高階権太）	
一九八五	赤煉瓦棟（現・旧館）改修工事	
一九八八	世良雅志、東城大学医学部総合外科学教室（佐伯外科）に入局	
	花房美和、手術室一年目（21歳）	『ブラックペアン1988』
	高階権太、帝華大学医学部より佐伯外科・講師着任	『ひかりの剣』
	桜宮湾にて新種のボヤ発見（ボンクラボヤ、ウスボンヤリボヤ）	
	第37回医鷲旗大会で崇徳館大学優勝（主将・天童隆）	
	桜宮水族館別館「深海館」開館	
	桜宮市、ふるさと創生金一億円で桜宮水族館別館「深海館」に黄金地球儀を設置	

一九八九	11月　国際外科フォーラム１９８８
	第38回医鷲旗大会で帝華大学優勝（主将・清川吾郎）
	佐伯清剛教授、病院長就任
	新病院棟（現・本館病棟）完成
一九九一	4月　田口公平・神経内科、速水晃一・総合外科、島津吾郎・放射線科にそれぞれ入局
	10月　城東デパート火災
	国際消化器外科学会in東京〈主管・佐伯外科、佐伯清剛〉
	バタフライ・シャドウ、ジャズバー「黒い扉」で伝説のライブ
一九九三	日比野涼子が医務官とノルガ共和国で遭遇
一九九九	桜宮少年通り魔事件
二〇〇〇	田口公平、講師・医局長に就任
二〇〇一	オレンジ新棟完成
	速水晃一、救命救急センター部長に就任
	花房美和、同センターの看護師長就任
二〇〇二	高階権太、病院長就任
二〇〇三	田口公平、不定愁訴外来開設
	猫田麻里、小児科病棟看護師長就任
二〇〇五	2月　桐生恭一、サザンクロス心臓疾患専門病院より臓器統御外科助教授就任

『ジェネラル・ルージュの伝説』

年代	出来事	関連作品
二〇〇六	時風新報「チーム・バチスタの奇跡」記事掲載	
	ジャズバー「ブラック・ドア」開店	
	バチスタ・スキャンダル	『チーム・バチスタの栄光』
	田口公平、電子カルテ導入委員会委員長およびリスクマネジメント委員会委員長就任	
	6月　エシックス・コミティ発足	
	三船、事務長就任	
	9月　加納達也警視正（44歳）、警察庁刑事局刑事企画課電子網監視室長に就任と同時に桜宮警察署に出向	
	10月　厚生労働省事務次官が岩根から細井に	
	12月　ショッピングモール「チェリー」開店	『ナイチンゲールの沈黙』
二〇〇七	総看護師長選挙	『ジェネラル・ルージュの凱旋』
	6月　碧翠院桜宮病院、ボランティア募集	『螺鈿迷宮』
	「神々の楽園」事件	『イノセント・ゲリラの祝祭』
	11月　「青空迷宮」事件発生。加納警視正、警察庁へ帰還、入れ替わりで斑鳩芳正警視正、桜宮署着任	『青空迷宮』
	今中良夫、極北大学医学部第一外科学教室より極北市民病院外科部長として赴任	『極北クレーマー』

二〇〇八	12月　田口公平、東京出張 医療事故調査委員会設立委員会創設 9月　極北市民病院産婦人科部長三枝久広逮捕 10月　極北市、財政再建団体に 12月　帝華大学医学部産婦人科学教室で曾根崎理恵助教、発生学の講義開始	「東京都二十三区内外殺人事件」 『ジーン・ワルツ』
二〇〇九	コールドスリープ法、国会で成立 10月　セントマリアクリニック開院　薫・忍・タク誕生	
二〇一〇	社会保険庁解体 4月　未来医学探求センター開所 10月　未来医学探求センターに日比野涼子、非常勤として勤務開始	
二〇一二		「モルフェウスの領域」
二〇一五	歌「ボンクラボヤの子守唄」がヒット ゲームソフト「ハイパーマン・バッカスの逆襲」がヒット	『夢見る黄金地球儀』
二〇二二	曾根崎薫、中学一年生から飛び級で東城大学医学部総合解剖学教室に入学	『医学のたまご』

作中キーワード273

用語解説

海堂尊の作品で使用される独特の用語。
そこには深い意味が隠されている。ここでは海堂ワールドを
より深く理解してもらうために厳選した用語を辞書形式で紹介する。

あ行

『暁の殺意』【あかつきのさつい】
瑞人が読んでいたミステリ。数年前のベストセラー。

赤煉瓦棟【あかれんがとう】
精神科解放病棟。現在の病院棟が一九八九年に建設されるまでは病院の本館であったこともあり、現在は旧病院とも呼ばれ、精神科・基礎医学系の教室が残されている。病院棟へは徒歩約五分の細い小道でつながっている。春の桜並木は見事。

阿修羅【あしゅら】
高階の帝華大学での門外不出の呼び名。

アッカンベー
曾根崎伸一郎のハンドルネーム。

『敦盛』【あつもり】
平安末期の武将、平敦盛を題材とした能。巌雄がこの能の一節を口ずさんでいる。

「あなたの街を守る！警察24時」
サクラテレビ・ナンバーワンプロデューサーの諸田が携わる年に一度の番組。

アパシー状態
無気力状態。エシックス・コミティに審議課題を提出している臨床医の心情。原因は沼田による「重箱の隅つつき攻撃」。

『アルガンダムの書』
『占星術の鏡』に収められた小冊子。

アルマジロ
屋敷教授のあだ名。

© torugo - Fotolia.com

アルマーニ
イタリアの世界的ファッションブランド。白鳥が着ている「見るからに高級仕立ての紺の背広」を田口はアルマーニだと考えているが、実際は「アルマーニと判断してしまいそうな高級な服」のこと。

アンチョコ
手軽な参考書。「安直」から派生した言葉。白鳥の『皮膚病スーパーアトラス』を天馬がアンチョコと指摘。白鳥は「医者は誰でも陰ではアンチョコを見ながら診断しているんだ」と言い返している。

医師法21条【いしほうにじゅういちじょう】
異状死体等の届出義務に関する条例。『医師は異状死を最寄りの警察署に届ける必要がある』とされるが、彦根は異状死の判断は医師の裁量。致死経過を医師が把握している医療関連死は異状死ではなくなるという矛盾を指摘。

医鷲旗大会【いしゅうきたいかい】
東日本医科学生体育大会剣道部門の別称。優勝者には「医鷲旗」と呼ばれる旗が授与される。その旗を手にしたものは外科の世界で大成するという言い伝えがある。高階も過去に優勝している。

異状死ガイドライン【いじょうしがいどらいん】
異状死の定義を規定するために法医学

会が作成したガイドライン。

一顆明珠【いっかめいじゅ】
帝華大剣道部のモットー。人間は誰でも一つの明るい珠のような存在だから、各自以って己を磨くべし、という意味。

一刀流極意　切り落とし【いっとうりゅうごくい　きりおとし】
高階が速水に伝授した極意。清川も朝比奈祖父との修行の結果これを秘密兵器としている。

医翼【いよく】
Medical Wing。右翼か左翼かという質問に対して彦根が自身を評した言葉。社会の土台に医療を据えるというプリンシプルに則っている。

医療安全課【いりょうあんぜんか】
本来エーアイ認知等を担当する部署。厚生労働省の中にある古い体質の部署で、担当は二年に一度「フルーツバスケットのように」入れ替わる。

医療安全啓発室【いりょうあんぜんけいはつしつ】
『モデル事業』を運営する機関。

医療事故調・創設検討会【いりょうじこちょう・そうせつけんとうかい】
厚生労働省医政局長の私設懇談会である『診療関連死因究明等の在り方に関する検討会』の略称『医療事故調査委員会創設検討会』の部内通称。

医療庁【いりょうちょう】
医療行政に専念する組織として彦根が提唱。社会保険庁を解体させ、その跡地に司法から独立させた医師による新庁という医翼・彦根が描く近未来のユートピア。

医療費亡国論【いりょうひぼうこくろん】
国家に一大方針転換をさせた、一官僚の手による論文。

医療を守る議員連盟【いりょうをまもるぎいんれんめい】
超党派一五〇人による議員連盟。

ヴァートプシー
virtopsy：検視画像。ヴァーチャルとオートプシーを短縮した造語で欧米版エーアイ。

ウエスタンブロット
無数にある蛋白質の中から、ある特定の蛋白質だけを検出する方法。

ウスボンヤリボヤ
「深海五千」時代に桜宮湾で発見されたボンクラボヤに続き、「深海七千」で発見される。東城大海洋研究所は深海ホヤ研究の世界最先端施設に躍り出た。どちらも白色透明だが三〇〇気圧以上の水圧下では赤く変色。

エーアイ・センター
解剖を検視システムの土台に据えた『モデル事業』とは相反する、エーアイを土台に据えたシステム確立を目指す施設。

M88星雲【えむ88せいうん】
ハイパーマン・バッカスのふるさと。

黄金地球儀【おうごんちきゅうぎ】
直径七〇センチメートルの金塊でできた地球儀。使途自由のふるさと創生基金一億円を投入して桜宮市が制作。

オオサイト・リミックス
卵子バンクを堂々と謳ったいかがわしい業者。極北市で立ち上げ。

おキョウ
星野響子のあだ名。彼女がチーム・バチスタ内でかわいがられていたことが分かる。

オレンジ・シャーベット／ホワイト・パフェ
ドーム型と鮮やかなオレンジ色の外観をもつ東城大学医学部付属病院新棟の通称。白亜の一三階建本館をホワイト・パフェと見立て、新棟をそれに添えられたシャーベットとしている。

オレンジ・スクランブル（緊急事態）
オレンジ新棟が緊急事態に入ったことを指す院内用語。

オレンジ踊り子部隊
忘年会のために結成されたオレンジ新棟有志による踊り子隊。如月翔子がヘッド。翔子はウツボ、猫田は大蛸、森野はマンボウのコスチューム。演目は「パラダイス龍宮城・ザ・群舞」。

オレンジドラフト会議
オレンジ新棟における看護師配分の師長会議。看護師の異動時期に行われる。猫田はうつらうつらしながら花房の言い分を聞き、最後にひと言「それでいいわ」と承認するのが定番。

か行

霞ヶ関大学／官僚養成幼年学校【かすみがせきだいがく、かんりょうようせいようねんがっこう】
帝華大学が世間で揶揄される別名。

霞ヶ関中央合同庁舎第五号館【かすみがせきちゅうおうごうどうちょうしゃだいごごうかん】
医療関連死モデル事業特別文科会・病

院リスクマネジメント委員会標準化検討委員会の開催会場。

カタストロフ・ポイント（破断点）
止まり木のような時空間エアポケットがあり遡行点が停止する地点。ＤＭＡの弱点として加納が説明している。

確研【かっけん】
帝華大学確率研究会のこと。数学を研究する真面目なサークルではない。確率が一番役立つ局面、つまり麻雀を研究するサークルである。

確研カルテット
確率研究会のメンバーであった白鳥、加納、高嶺、小原の四人のこと。

「カリフォルニアの青空」
アメリカの歌手アルバート・ハモンドの楽曲。日本では南沙織がカヴァーしている。「迷路最速王」のＢＧＭで使用されているのがどちらの盤かは不明。

「監察医・高井祐子」【かんさつい・たかいゆうこ】
テレビドラマ。監察医制度があつかわれたドラマと思われる。

監察医制度【かんさついせいど】
司法解剖と病理解剖の中間的性質をもつ解剖を行うための制度。公衆衛生上必要な組織として終戦直後、ＧＨＱが日本政府に設置させたが、軽視した官僚が地域限定とすることで骨抜きに。

韓信「背水の陣」【かんしん　はいすいのじん】
韓信が河を背にして布陣を行なう当時の兵法では不利とされる状況から趙軍を倒したとされる。絶体絶命の状況で全力を尽くすことのたとえ。アクティヴ・フェーズの薫向けの置き換えとして伸一郎が例に出した。

キメラ組織
ギリシア神話に登場する生物キマイラに由来。作中では勤務時間遵守体制のコ・メディカル組織と、業務がプライベートを侵食しがちな医師の世界という二つの異文化が混在する病院の体制を表現。

キャンディ・ドロン
久美という芸人の芸名もしくはユニット名。売れない芸人の形態模写というコアな芸風で茶の間に一瞬顔見せし、その後は深く潜行。「迷路最速王者」で再起を図る。

クール・ウィッチ
曾根崎理恵のあだ名。

愚痴外来【ぐちがいらい】
不定愁訴外来の俗称。診療内容と、担当医・田口の名前を掛け合わせている。

グッチー
田口のあだ名。看護師のシャネルのバッグをグッチと間違えたというウワサからグッチーと呼ばれるようになったが、実は間違えたのはエルメス。

『暗闇の供物』【くらやみのくもつ】
瑞人の愛読書。屑のような父親を息子が殺す、完全犯罪の物語。

黒い扉【くろいとびら】
碧翠院の解剖室の扉。天馬が巌雄に案内され、通される。内部には黒長靴が乱立、ひんやりと澱んだ空気。素っ気無いタイル張り。部屋の真ん中に銀色のステンレス製ベッドが二台。

黒ナマズ
速水がつけた黒崎教授のあだ名。

グロリアス・セブン
桐生が人選した心臓外科手術チーム、〝チーム・バチスタ〟の七名のこと。

『外科学大全』【げかがくたいぜん】
ある医務官が日比野涼子に手渡した本。

ケズリン
平沼豪介作。球体の内空を削り取る機械。開発費は一五〇〇万円。

ケズリン・ビッグマウス
平沼豪介作。ケズリンの大型版。「深海一万」の直径五メートルの球体の中身を削り取る機械。

ケズリン・プッチーニ
平沼豪介作。ケズリンをサイズダウンしたミニチュアマシン。

ケズリン・プッチモニ
平沼豪介作。ケズリン・シリーズ最新作。煮た栗の殻の近くの一番おいしいところをほじくる機械。

ゲドンガモモンガ
ハイパーマンバッカスが一番たくさん光線を使った怪獣。

コ・メディカル
医療従事者のうち医師を除く看護師・技師チームを指す。

コウモリ君
二重スパイを告白した天馬に対して白鳥が命名。

亢竜、悔いあり【こうりゅう、くいあり】
亢龍有悔。古代中国の書物『易経』のなかの言葉。栄華をきわめた者は必ず衰えるという意味。

氷姫【こおりひめ】
白鳥の部下・姫宮のあだ名。白鳥は「火喰い鳥」がコードネームであるのに対し、「氷姫」があだ名である点を強調している。

ゴキブリボコボコ
平沼豪介作。機械に触れたゴキブリを叩き潰す。

五星堂【ごせいどう】
流行のリップメーカー。如月翔子御用達と思われる。

コックピット
救命救急センター部長室。机には精巧な銀色のヘリコプターの模型。壁面には複数のモニタ。左端はテレビ番組。ただし無音。真中のモニタ一〇台はICUの一〇床のベッド。右端にはドクターヘリ到着確認用画面。

「この冬、遍路が熱い」【このふゆ、へんろがあつい】
ジョナーズで玉村が熱心に読んでいた雑誌の特集記事。玉村が加納のせいでクビになった時に備えている。

コックピット※写真はイメージです
© TOM ANG - Fotolia.com

さ行

サイエンスアイアイ
サクラテレビの朝の人気情報番組「バッサリ斬るド」の中の優良コーナー。科学の先端情報を子どもにも分かりやすく解説してくれるばかりでなく、専門家が見ても勉強になる。

再任用制度【さいにんようせいど】
定年退職予定者などを再任用する制度。この制度の適用により定年退職予定だった藤原真琴が不定愁訴外来の専任看護師に。

サイフォン式
田口こだわりのコーヒー製法。気圧の差によって湯が上下に移動するコーヒー抽出器具。一九世紀のヨーロッパで発明され、大正時代に「コーヒーサイフォン」として日本に輸入。

財務省のプリンス
内閣府主任研究官・高嶺宗光の通り名。

サイレント・ボンバー
息を潜めている爆弾。桜宮すみれのこと。東城大につぶされる時に備え、すみれが付属病院に潜入していることを指して白鳥が発言。

サイレント・マッドドッグ（無声狂犬）
斑鳩芳正の警察内での通り名。就任した短期間に達成した業績と苛烈な捜査手法、極端に少ない口数から。

桜の乙女像
桜宮駅の待ち合せ場所のモニュメント。

桜の花びら
桜宮市のシンボルマークである桜の花びらが、一億円の金塊で作るものの候補になった。

桜宮丘陵【さくらのみやきゅうりょう】
東城大学医学部付属病院・病院棟が位置する小高いという形容詞がぴったりのささやかな丘。桜宮市内で一番標高が高い。

桜宮三姉妹【さくらのみやさんしまい】
一〇〇年前日本で初めて作られた一本一〇〇万円もするヴィンテージワイン。幻の桜宮限定ワイン。フィリピンパブ・ひまわりが客寄せのために購入。

桜宮三姉妹像【さくらのみやさんしまいぞう】
桜宮水族館の中庭にある像。夜な夜なすすり泣くというウワサがある。

桜宮大賞【さくらのみやたいしょう】
東城大学医学部付属病院の忘年会で行われる出し物の祭典。

桜宮の銀獅子【さくらのみやのぎんじし】
桜宮巌雄のこと。天馬が命名。

桜宮バイパス
桜宮市国道五五号線の別称。事故多発地帯の桜宮トンネルの崖下に石油コンビナートがある。

笹月駅【ささづきえき】
東京駅からメトロで三〇分。都会から少々ずれた東京二三区ぎりぎりの位置にある駅。次の駅は神奈川県。田口行きつけの小料理屋「牡丹灯籠」や曾根崎理恵が勤務する「マリアクリニック」がある。

サブマリン

下段に構える朝比奈の剣先が緩やかに浮上してその途上で面を捉える様子。

サヤカ

バッカス憧れの女性隊員。裏特技はFFK（不倫二股交際）。

『サラダ記念日』

一九八七年の俵万智の第一歌集。歌集としては異例のミリオンセラーとなった。デートの待ち合せで、花房が世良を待つ間に読んでいた。

サンザシン

サンザシ薬品の消毒薬。

残心【ざんしん】

一本打ち終わっても気を抜かず、次の一本を打てるように心の準備をしておくという剣道の心得。

三婆(西遊記)トリオ【さんばばとりお】

赤・青・黄色の色違いでおそろいのTシャツを着た婆ちゃん三人組（美智・加代・トク）。天馬は赤（美智）を孫悟空、青（加代）を沙悟浄、黄色（トク）を猪八戒と命名。西遊記の見立ては三人の真ん中にいた小百合が三蔵法師に見えたことから。

CAD(コンピューター自動診断支援システム)【しーえーでぃー】

コンピュータを使用して設計や製図をするシステム。エーアイと関連した技術。

シーリング(上限)

上限。「天井を張る」という動詞から派生した言葉で、金額等に上限を設定すること。

死因究明事務所【しいんきゅうめいじむしょ】

監察医制度拡充に替わる代替新組織として西郷が提案した隠し玉。検視から司法解剖といった捜査過程を集約させ一元化する意図をもつが、八神の一言で一蹴される。

ジェネラルの近衛兵【じぇねらるのこのえへい】

速水（ジェネラル）が率いる花房を筆頭としたICUの看護師達の尊称。近衛精鋭部隊の中核は七年目の中堅、久保圭子主任、久保と同期の森野弥生、問題児・如月翔子。

シカトでスルー

攻撃と防御が一体化した高度な技（話法）。翔子が初対面である白鳥に発動した心理ガードに対し、白鳥が適用。

自家用自動車タケシ号

ハイパーマン・バッカスの自家用車。

直訴箱【じきそばこ】

三船事務長が病院改革の一環として外来廊下に設置。投函された要望は高階病院長に届けられる。

時限立法・人体特殊凍結保存法【じげんりっぽう・じんたいとくしゅとうけつほぞんほう】

第一三八回通常国会で成立。通称、コールドスリープ法。

シトロン星人【しとろんせいじん】

正論宇宙人。M57星雲のシトロン星からやってきた。バッカスに負けっぱなし。警察庁の加納に似ている。佐々木アツシはシトロン星人のファン。

しのぶれど色に出にけり我が恋は…【しのぶれどいろにでにけりわがこいは…】

曾根崎理恵の夫、伸一郎が好きな和歌。平兼盛作。この和歌の冒頭から、子どもを「しのぶ」と命名。

ジハード・ダイハード

「聖戦に死ね」という意味。平介とガラスのジョーが世直し聖戦と称して繰り返していたささやかな違法行為の最後に、でっかい正義の大義名分の下、反社会的行為を行おうとした。その目標の象徴となる合言葉。

ジャイアント・ブリッツ

小夜の歌を聴いた結果、佐々木アツシの脳を映すモニタに巨大なブリッツ（輝点）が出現。歌を聴いて視覚野が活性化されていることを示す。

シャトル病院

長期療養患者の医療負担を抑制するために作った、入院三ヶ月で医療費交付額を極端に減らす仕組みに対抗して複数病院間で書類上患者をやり取りすることで交付額を減額させない仕組みをとる病院。

ジャパニーズ・ヤッピー

速水による三船事務長のあだ名。

重箱の隅つつき攻撃【じゅうばこのすみつつきこうげき】

新しい研究を行うため厳格な書式と規約に則るという大原則を遵守するためのエシックス・コミティにおける沼田

委員長の技。

「シュガー・ソルト」
時々桜宮の駅前で配っている薄手のフリーペーパー。

手術室の牢名主【しゅじゅつしつのろうなぬし】
業務時間は手術室の外科控えでごろごろしている渡海のこと。関川が命名。

瞬間湯沸かし器
島津のこと。学生時代から変わらない短気な気質を田口が命名。

城東デパート火災【じょうとうでぱーとかさい】
一五年前、城東デパートで起こった火災。死者一〇数名、重軽傷者合わせて一〇〇名を超えた。病院に怪我人が運び込まれたのは、多くの医師が学会等で留守にし、病院が最も手薄な日。ICU病棟に医師は速水だけだった。

小児愚痴外来【しょうにぐちがいらい】
小児科版不定愁訴外来。猫田の依頼により牧村・アツシの二人を診る予定が藤原の独断により四人を診ることに。

昇龍【しょうりゅう】
崇徳館大の天童の剣道の胴衣の模様。胴を抜かれない自信があるから。

地雷原【じらいげん】
藤原看護師のあだ名。

シラミ
白鳥ラミネート方式の略。ラミネート加工した新聞記事の切り抜き。白鳥が中立的第三者機関の説明に持ち歩いているもの。加納のほか霞ヶ関でも密かな流行に。

シラミプチンプチン
平沼豪介作。ゴキブリボコボコの姉妹品。シラミバージョン。ノミプチンプチンとも呼ばれる。

白髭皇帝の殿前軍【しろひげこうていのでんぜんぐん】
奥寺（白髭皇帝）教授の希望で呼び寄せられた猫田が率いる小児科病棟の尊称。

深海五千【しんかいごせん】
平沼豪介作。ボンクラボヤを発見した有人潜水艦第一号。

深海探査シミュレーション【しんかいたんさしみゅれーしょん】
東城大海洋研究所で開発されたゲーム感覚の「深海七千」運転操作マニュアル。パソコンとつなげて情報閲覧も可能。雄介は操作を熟知。隠れアイテムは赤くなるボンクラボヤ。

深海七千【しんかいななせん】
平沼豪介作。平沼鉄工所が誇る有人潜水艦。製作者として豪介が「サイエンスアイアイ」に出演。

「スーパーサンセット」
サクラテレビのニュース番組。

スーパースター列伝【すーぱーすたーれつでん】
「スーパーサンセット」内の大人気コーナー。使用されているハイパーマン・バッカスのテーマソングは、ベートーベンの交響曲第五「運命」。

スカイレストラン星・空・夜（スターリーナイト）【すかいれすとらんほし・そら・よる】
白鳥の根城。あまりに白鳥がちらかすため、店長がレストランの経費で、間仕切り・関係者以外進入禁止の札を用意。

スカラムーシュ
フランス語で道化、大ぼらふきのこと。彦根は「医療界のスカラムーシュ」と呼ばれ、厚生労働省から蛇蝎のごとく毛嫌いされている。

「スカラベの涙」
バタフライ・シャドウの曲。スカラベとはフンコロガシのこと。古代エジプトでは創造神ケプリの象徴とされた。

「スケルツォ第二番」
ショパン。日比野涼子のお気に入り。

すずめ四天王
学生時代に、雀荘「すずめ」に入り浸っていた田口、速水、島津、彦根の四人。

ストレートフラッシュ
平沼豪介作。ジェット水流切断機。どんな金属でも真っ二つに。開発費およそ四〇〇万円。

スピードスター
速水部長のあだ名。迅速な判断力・行動力から。

スペシャル・アンプル
田口が学会出張の際に飛行機内で貰うワインのミニボトルコレクション。ナンバー1からナンバー30まで一ヶ月分のストックがある。収集の理由は「綺麗だから」。ナンバー3はウィスキー、4はドライ・ジン、5は赤ワイン、8はウォッカ。

墨江駅【すみええき】
東京二三区と千葉の境界とにある駅。霞ケ関からメトロで一本。駅のホームは澱んだ空気に包まれ、地上へ向かう階段にはゴミが散乱している。地権者が再開発に抵抗し、一〇数年前のミニバブルの波に乗りそびれたため廃れ、駅前の店の半分はシャッターが下りている。

スリーパー
コールドスリープを選択した個人のこと。

生殖補助医療の在り方検討委員会【せいしょくほじょいりょうのありかたけんとういいんかい】
日本学術会議が政府の諮問を受けて設置した会。

セイレイン
精錬製薬の消毒薬。

C'est la vie.【せらゔぃ】
「それが人生」という意味のフランス語。城崎解釈では「それが運命」。だが、冴子は「人生」と「運命」は絶対に違うとして意見が対立。

潜在能力試験【せんざいのうりょくしけん】
文部科学省の小原（スカーレット）から全国平均点を三〇点にしてほしいという依頼で曾根崎伸一郎が問題を作成。

『占星術の鏡』【せんせいじゅつのかがみ】
姫宮の愛読書で、マックス・ジャコブとクロード・バランスによる禁断の書。一七世紀に出版された貴重な小冊子「アルガンダムの書」の抜き書きを含む異色の占星術書。

セント・マリアクリニック
新しくなったマリアクリニック。メディアの圧力を背景に、半強制力を有した地域医療協力ネットを作り上げ、地域医療改革を行おうとしている。

千里眼【せんりがん】
普段はぼんやりしているのにミスを見つけるのが早い猫田師長につけられたあだ名。権堂主任のミスを見つけるのが猫田の得意技。

戦略的将来構想プロジェクト【せんりゃくてきしょうらいこうそうぷろじぇくと】
文部科学省特別科学研究費Ｂ（資金総額一〇億円）のプロジェクトとして藤田が提案。

卒業記念麻雀【そつぎょうきねんまーじゃん】
田口・速水・島津・彦根の〝すずめ四天王〟がなけなしの小銭とささやかなプライドを賭けて行なった学生時代最後の麻雀。速水は田口のラス牌の紅中をぶち込み、オーラスで大逆転負けを喫している。

ソネザキ・ドクトリン
母子救済センター・セント・マリアクリニックが提唱した三つの誓い。それに従い、地域社会に密着した新しい医療のかたちを目指すと宣言。

た行

ターミネーター
碧翠院内での姫宮のあだ名。いつもどこかをふらふらしていて、用事を頼もうとしてもなかなかつかまらず、頼みもしないことをやってはその場を滅茶苦茶にすることから。

大臣官房付【だいじんかんぼうつき】
不祥事官僚がいったん転地させられる、省庁内部の一時拘置所みたいな部署。白鳥の所属部署。サービス残業を拒否したことが異動の原因と白鳥は説明。

太陽の輝き
金の元素記号 Au の元となったラテン語 Aurum の意味。

立ち切り稽古【たちきりげいこ】
秋季合宿最後の稽古で卒業する先輩に対して、部員全員で立ち切りをして送り出すという東城大剣道部の伝統。

たまごっち
一九九六年にバンダイから発売された電脳玩具。二〇〇〇年代に再ヒット。白鳥が長女から世話を押し付けられている。

チーム・モロッコ
「バッサリ斬るド」の精鋭部隊。

血塗れヒイラギ【ちまみれひいらぎ】
天馬が密かにつけた別宮葉子のあだ名。〝血塗れ〟は葉子が手を入れた真っ赤な校正原稿の隠喩。

チンアナゴ
アナゴの一種で全長四〇センチ程度の細長い生き物。藤田教授の様子を秘書部屋から顔だけ覗かせて確認し、顔を引っ込める宇月の様子を曾根崎薫が「海底の砂の中にいるチンアナゴ」と表現。

綱吉【つなよし】
西郷の父が可愛がっていた土佐犬。土

佐闘犬界では生涯無敗の永世横綱。

梅雨合宿（解剖合宿）【つゆがっしゅく】

新入生を試合に出せるように仕立て上げる東城大学医学部剣道部の合宿。梅雨合宿では昼稽古がなく、代わりに昼休みに合宿所に集まり、解剖実習が始まった二年生のための解剖合宿が行なわれる。体の部位の名称を尋ね、一問不正解ごとに掛かり稽古一回。正解の場合は出題者が掛かり稽古。

ティアラ

桜宮大賞の記念品として浜田小夜に贈呈されたもの。

DMA【でぃーえむえー】

事件現場をビデオ撮影し、デジタルデータ化し解析する加納が導入した捜査法。デジタル・ムービー・アナリシスの略。CADを外部拡張させたことにより派生した新技術。殺人現場情報をデジタル化し閉鎖亜空間を再構築、犯行経緯を追尾するシステム。欧米で先行していたものを加納が改良して導入。検挙率の向上により加納は警察庁長官顕彰を授与され、室長に昇進した。

帝華大の小天狗【ていかだいのこてんぐ】

若き日の高階の呼び名。医学部の主義に流されず、我流を推し進めるビッグマウスであることから。

ディンギー

小型のヨット。清川は顔見知りのペンションの主人にディンギーを借りて遊んでいる。

© NBina - Fotolia.com

電子カルテ導入委員会【でんしかるてどうにゅういいんかい】

曳地助教授が委員長を兼任。田口がメンバーに名を連ねる。バチスタ・スキャンダル以後は田口が委員長に。

天然パーマの針金迷路【てんねんぱーまのはりがねめいろ】

南雲杏子に天馬がつけたあだ名。

ドア・トゥ・ヘヴン

VIP患者のための隠し部屋。管轄責任者は高階病院長。暗黙の了解だった各科の隠し部屋を一箇所に集め縮小するという佐伯教授による抜本改革により実現。

Doll（3Dリコンストラクション）【どーる】

Display of 3-Dimentional Objective CT for Logetronographic Locator Reconstruction の略。エーアイ画像を二次元から三次元バーチャル立体構造に構築する技術の総称。

土砂崩れウインク【どしゃくずれういんく】

顔をくしゃくしゃにした白鳥のウインク。田口による命名。「本人がウインクだと固く信じている、眼輪筋を主体とした一連の顔面筋の収縮」とも表現される。

トトロ

一九八八年公開のスタジオジブリ作品『となりのトトロ』。この映画を見るまで世良は映画館でアニメを見ることに抵抗感があった。花房は宮崎アニメファンらしく、上映中に泣いてしまう。

トネトネ

パッカーマンバッカスの利根川一郎のあだ名。すれ違った女子高生が「あ、トネトネだ」と言っている。

トリー

白鳥が気まぐれにつけた自身のあだ名。「トリーとグッチーと呼び合った仲じゃないですか」と身に覚えのない過去を田口に強要。

泥沼エシックス【どろぬまえしっくす】

精神科・沼田助教授が率いる倫理問題審査委員会（エシックス・コミティ）のこと。原則を遵守しすぎるあまりに、なかなか物事が進まないことから。

トンカツ

前田という芸人の芸名。五年前に共演者の服を脱がせるという一発芸でブレイクするが、調子に乗って美人キャスターのスカートまでめくって以後画面から姿を消した。事件前日に「迷路最速王」でトップ記録五分三三秒をマーク。

「ドンドコ」

コミック雑誌。曾根崎薫の愛読書だが、内容は小学校低学年向け。「ハイパーマン・バッカス・リターンズ2」が掲載されている。

とんま大吉【とんまだいきち】

オレンジ色の看板を見ただけで胸焼けに襲われるほど牛丼を食べた天馬に同級生が命名。「てんま」と「とんま」

をかけている。

な行

ナイチンゲール誓詞【ないちんげーるせいし】

一八九三年にナイチンゲールの偉業を讃え作成。看護に対する精神を基とし、医療に携わる看護師としての必要な考え方、心構えを示したもの。久保が如月翔子の独断による行動を誓詞に忠実な看護師と皮肉っている。

鉈の加賀【なたのかが】

碧翠院従業員（患者）加賀のバクチ打ちとしての通り名。

虹の触角【にじのしょっかく】

でんでん虫の触角、東塔のてっぺんが虹色に光るという桜宮の子供たちの間での噂。

日光・月光菩薩【にっこう・がっこうぼさつ】

厚生労働省の片岡徹審議官・栗岡誠参事官についての白鳥のネーミング。

二度とキミをハナさない【にどときみをはなさない】

超強力瞬間接着剤。

ヌエ

日本古来から伝わる伝説上の生き物。白鳥が桜宮巌雄の存在を表現。

「ネイチャー・メディスン」

アメリカの有力医学誌。曾根崎薫は『Nature』をローマ字読み（ナ・ツ・レ）し、真冬のツンドラのような表情で藤田教授に見つめられることに。

年金リンリンダイヤル

年金についての相談ダイヤルと思われる。社会保険庁がミスを繕うために電話オペレーターを雇用して運営。

のっぺら童子【のっぺらどうじ】

桜宮古来の妖怪。黄金地球儀制作の提案者？

野良タヌキポンポコ【のらたぬきぽんぽこ】

平沼豪介作。ゴキブリボコボコから始まる一連の作品の最終完成形、最高傑作。

ノルガ共和国

南アフリカに位置する小国。内戦状態にある。

は行

バーチャルスライド

彦根のアイテム。標本を画像にバーチャル化し、転送する病理診断のシステム。パソコンとネットで、職場で顕微鏡を見るのと同じ速度で仕事ができる。

ハイパー一族

地球上では二分五〇秒しか変身を維持できず、三分間変身していられる本家ウルトラマンを超えられず、世の中のパチモノへの厳しい視線に甘んじることに。全部で一七人兄弟。

ハイパーマン・バッカス

ハイパーマン一族の勇士。酔っ払わなければ変身できないというハンデを背負う。変身する際に両腕を胸の前でクロスさせる。

「ハイパーマン・バッカス・エキストラ」

「ハイパーマン・バッカス」シリーズの一つ。アニメ化されており、曾根崎薫がそのテーマソングを口ずさんでいる。

「ハイパーマン・バッカス・リターンズ2」

コミック雑誌「ドンドコ」に掲載。「ハイパーマン・バッカス」の続編と思われる。桃倉と曾根崎薫の共通の愛読マンガ。これをきっかけに仲良くなった。

ハウンドドッグ

猟犬。学生時代の加納のあだ名。電脳紙芝居システムを開発して現場でふりまわして以降はデジタル・ハウンドドッグ（電子猟犬）に格上げ。

ハエパシパシ

平沼豪介作。ゴキブリボコボコの姉妹品。ハエバージョン。

迦陵頻伽【かりょうびんが】

不死鳥の歌姫、水落冴子のあだ名。雪山や極楽に住むといわれる上半身が人、下半身が鳥の架空の生物。その鳴き声は仏の声を伝えるといわれている。

爆弾娘【ばくだんむすめ】

如月翔子のあだ名。

ハコ

小学時代の別宮葉子のあだ名。葉子はこの呼び方をいやがっている。

バスキュラー・メディックス社（VM社）【ばすきゅらー・めでぃっくすしゃ】

医療機器会社。速水が代理店のメディカル・アソシエイツ経由で心臓カテーテルを使用。

蓮っ葉通り【はすっぱどおり】

渋谷や新宿の八分の一モデルである桜宮繁華街で、風俗店などがあふれるエリア。浜田小夜のお気に入りのパスタ屋などもあり昼と夜では別世界。

バタフライ・シャドウ

城崎がベーシストとして所属していたバンド。五年前の復刻版のタイトルは「ダークネス」。速水が所有。

パッカーマン・バッカス

お笑い三人組。人気特撮番組「ハイパーマン・バッカス」の物真似で一世を風靡したが、あっという間に賞味期限が過ぎ、ツッコミの利根川一郎だけがピンで活躍。

バッカス

ハイパーマンに変身する酔っぱらいヒーロー。学生時代はオール2。出張手当詐取によって地球防衛軍をクビに。ローマ神話ではワインの神のこと。

バッカス友の会【ばっかすとものかい】

ヒデマサが会長。会員カードを発行する。会員ナンバーはヒデマサの気分や会員の希望でつけられる。田口はナンバー二五。アツシは一〇〇万番。

『バッカスの総て』【ばっかすのすべて】

大人が読むことを前提として書かれた「ハイパーマン・バッカス」の分厚い解説本。白鳥も名著と認めている。

「バック・トゥ・ザ・フューチャー」

一九八五年公開のSF映画。世良がかつての恋人、祐子と最後に見た映画。

「バッサリ斬るド」【ばっさりきるど】

サクラテレビの怪物番組。辛口キャスター・諸田藤吉郎（通称・モロさん）の鋭いツッコミがウリで社会的告発力が強い。

花の巻【はなのまき】

学生時代のジョーと平介が盗み損ねた桜宮三姉妹の残りの一本。

パブコメ（パブリックコメント）

新制度や法令、規則を制定する際に各省庁が一定期間を定めて広く一般の意見を求める制度。白鳥からすれば「ただのガス抜き」「僕たち官僚は国民の声を聞きましたというアリバイ工作」。

パペットタイプ

人形のように中身が空っぽなタイプ。白鳥はエシックスの沼田がパペットタイプだと推論する。

パペット使い【ぱぺっとつかい】

人形使い。画像情報を取り出す機器の操縦者である桧山シオンのこと。

ハヤブサ

花房師長の陰でのあだ名。適材適所の迅速な采配力から。

速水の別荘

第九手術室。本来は全身麻酔を使わない小手術のための小部屋だが、速水のための麻酔器が常設されている。速水の緊急手術がない合間に小手術が行なわれている、というのが現状。

パラサイトトランスロケーション（寄生虫的転移）

個人が組織を搾取する際のパラダイムシフトとして桜宮すみれが提案。

『PCRの総て』【ぴーしーあーるのすべて】

曾根崎薫が藤田教授から課された宿題本。PCRとはポリメラーゼ連鎖反応、複製連鎖反応のこと。

ビッグ・マウス

東城大医学部行きつけのカラオケ店。兵藤によると水落冴子の傑作バラード「La Mer」のカラオケ番号は26811-55らしい。

火の鳥【ひのとり】

平沼豪介作。小型溶鉱炉。開発費は二〇〇〇万円。

ヒプノス社【ひぷのすしゃ】

最長五年のコールドスリープ技術を開発した。

『皮膚病スーパーアトラス』【ひふびょうすーぱーあとらす】

白鳥が自分のヒフ科医生命を捧げる参考書。この本を患者に見せながら診断する。

ヒヤリハット事象

事故や災害に直結する一歩手前の事象。医療系におけるヒヤリハット事象は医療業務機能評価機構が蒐集。

ヒューマン・エラー

人為的過誤。人間の注意力に限界があるため、注意しても一定比率で起こるエラーのこと。

平沼鉄工所特製スーパーチャージャー（別名　根性箱）【ひらぬまてっこうじょとくせいすーぱーちゃーじゃー】

平沼豪介作。作品の性能を一〇％アップさせる製品。

ファイアー・カー
地方経済の査察をするチームのコードネーム。

フーディニ
「脱出王」の異名をとるアメリカで活躍した奇術師。一度脱走したが再び現れた天馬を桜宮巌雄が「誰かと思ったらフーディニじゃないか」と言っている。世代が違う天馬は「せめてマリックにしてほしかった」と語る。

フクロウ親父【ふくろうおやじ】
藤田教授のこと。如月翔子が命名。

プッツン
渡海の用語で針つきバイクリルのこと。糸を引っ張って切るための器具であることから。

「プライムエイト」
サクラテレビのニュース番組。曾根崎理恵はこの番組に一年間セント・マリアクリニックの密着取材を依頼。

ふるさと創生資金
国が全国の市町村に一億円ずつ配布した使途自由の資金援助。桜宮市はその一億円をまるごと金塊に換えて、黄金地球儀を作成。一九八九年春にオープンする桜宮水族館の別館「深海館」に展示。実際、バブル期に時の政権が全国の市町村に一律一億円の使途自由資金をばらまいた。

分配円卓会議【ぶんぱいえんたくかいぎ】
各省庁から選ばれた役人が集まり、社会の根幹部分で新しいシステムを立ち上げる際にのみ行なわれる実質的な省益分配会議。

ペタコ
平沼豪介作。瞬間金属接着マシン。溶接に近い強度が得られる。「二度とキミをハナさない」のメーカーが商標権の買取を頼みにきたことがある。

ヘラ沼【へらぬま】
平沼雄介の通称。

ヘリオトロープ
太陽神に恋した乙女の化身という神話をもつ花。バニラに似た芳香がある。

ヘリカルパープル
リップメーカー・五星堂の秋の新色。パープル系のカラーと思われる。

ベンツ・カブリオレ
加納警視正愛用のオープンカー。

辺見タケシ【へんみたけし】
元地球防衛軍。

ボイルド・エッグ
桜宮中学校校長の陰でのあだ名。でっぷりと肥えたつるっぱげであることから。

BOØWY【ぼうい】
一九八〇年代に活躍した日本のロックバンド。清川のお気に入り。いつも剣道の稽古をサボりながらウォークマンで聴いている。

『法医放射線学』【ほういほうしゃせんがく】
九〇年代の書籍。ヴァートプシーの源流として西郷が取り上げている。

砲丸投げのアフロディテ
ブラック・ドアのバーテンダー、殿村アイが高校時代に陸上部で砲丸投げをしていた時のあだ名。

ボヤキの王様
愚痴に終始する田村幸三に対する田口の印象。

ホワイト・サリー
東城大医学部付属病院新棟のとなりに建築中の二〇階建て超高層病院の通称。ビートルズのナンバー『ロング・トール・サリー』からのもじり。一二階以上がVIP病室となる点が特長。

ボンクラボヤ
桜宮湾で発見された新種のホヤ。一九八九年春にオープンする桜宮水族館の別館「深海館」の目玉。

「ボンクラボヤに捧げた一生」
深海館で行なわれる予定の講演。

「ボンクラボヤの子守唄」
「サイエンスアイアイ」のびっくり企画で売れた浜田小夜の歌。

ま行

『マーフィーの法則』
「起こる可能性のあることは、いつか実際に起こる」という基本精神に基づき経験則をユーモラスにまとめたもの。

「マグニフィスント・メディカル・アイ」
医学誌。曾根崎薫が聞き間違え、「マグニチュード・スンスン・マジカル・アイ」と読んでしまう。

マコリン
不定愁訴外来・専任看護師　藤原真琴の昔のあだ名。揉めた時に藤原をおとなしくさせる言葉として高階から田口に伝授。

マシン・ゴキブリ
平沼豪介作。ゴキブリバシンバシン（ゴキブリボコボコ）のデモを行うために開発中。超極秘計画。

マシン・ノミ
平沼豪介作。ノミプチプチの性能を見せびらかすために作られた機械仕掛けのノミ。

マリアクリニック
三枝茉莉亜が経営する産科病院。かつては帝華大学の医師が多数派遣されていたが、茉莉亜の息子・久広が医療ミスで逮捕されて以降は曾根崎理恵だけが非常勤医として通う。ぎりぎり東京二三区内。

満天【まんてん】
東城大学医学部付属病院本館にあるレストラン。二〇〇三年の球つき的な総入れ替えにより、病院長室に代わって設置。うどん・そば（各二〇種類）三〇〇円、スパゲティ四〇〇円、珈琲一五〇円など。

マンマルマリン
平沼豪介作。立方体から球体を削りだす機械。

水落冴子三部作【みずおちさえこさんぶさく】
『黒い森』、『暗い海原』、『闇の輝き』。ジャケットは色彩あふれる抽象画。速水が揃えて所有しており、田口に貸している。タイトルに負けず、中身も暗いらしい。

ミスター厚生労働省
八神のこと。

ミス・ドミノ
姫宮が東城大学病院及び桜宮病院でつけられたあだ名。ミスをドミノ倒しのように連発することから。

三田村・曾根崎理論【みたむら・そねざきりろん】
三田村が曾根崎薫にアイデアを提供し、二人三脚でノーベル医学賞を狙う。曾根崎薫が曾根崎・三田村理論を提唱したのに対し、三田村が前後入れ替えを要求。

緑の園のジャンヌ・ダルク【みどりのそののじゃんぬ・だるく】
桜宮すみれのあだ名。東城大との全面戦争に備え、敵陣へ一人乗り込み情報収集を行なうすみれの姿を表現したものと思われる。

ミラージュ・シオン
桧山シオンの別名。彼女の手にかかればあらゆる画像情報が歌いだす。

明鏡止水（パッシヴ・フェーズ）【めいきょうしすい】
すべての事象をあるがままに受け止めて、可能な限り波風を立てない方法。東城大剣道部のモットー。

メール開け閉め同時処理
曾根崎伸一郎のワザ。メールは開けたら返事を書いてすぐ削除が伸一郎流。

メタボ
メタボリックシンドローム（内臓脂肪型肥満）の略。厚生労働省はメタボ対策に健康診断を推奨。だがその実態は、ラクして金を巻き上げるための企画だと白鳥は指摘している。

モグラ
桃倉のあだ名。

モデル事業【もでるじぎょう】
医療関連死モデル事業の略。頻発する医療事故に対応するため、患者遺族の要望に応えて新しい届出組織を作ろうという主旨で、その手始めに立案。

モルフェウス・プリンシプル
曾根崎伸一郎が提言したコールド・スリープ八原則。

や行

ヤケのヤンパチ攻撃
僅かな可能性に賭ける攻撃。ヘラ沼とのドッジボール攻防戦で覚えた戦略。

焼け太りの田口【やけぶとりのたぐち】
バチスタ・スキャンダルでリスクマネジメント委員会委員長という要職を手に入れた田口に対する世評。

ヤマビコ・ユニット
彦根とガラスのヒロイン桧山のコンビの通称。医学会が一斉に拒否反応を示すほどの劇薬。

幽鬼【ゆうき】
結城の通り名。気配を消すことを得意とすることから。

幽霊医局員【ゆうれいいきょくいん】
医師国家試験に不合格であった学生が研究生という名で医局に在籍すること。

ゆずり葉【ゆずりは】
河井酔茗の詩。次世代のために散るゆずり葉の心を、親が子どもに言い聞かせるという内容。死期の近い患者に解剖承諾をもらい、次の患者のための医療基礎知識とする流れを、天馬はこの詩と重ね合わせている。

ら行

ライジング・サン／イヴニング・サン

オレンジ新棟は、ドーム型の外観と鮮やかなオレンジ色から〝昇る朝陽〟という美辞麗句で船出を飾ったが、収益性が低いため現代医療のお荷物分野の寄木集めとして今では〝沈みゆく夕陽〟と揶揄されている。

螺鈿細工【らでんざいく】

夜光貝を砕きモザイク状に貼り付ける工芸品。すみれエンタープライズの商品。週に一度、碧翠院の南端の砂浜を散歩して拾い集めて作製。電脳班がネット販売。

ラブカ

サメの一種。原始的なサメの特長を表していることから、生きた化石と呼ばれる。

ラブカ親父【らぶかおやじ】

黄金地球儀事件以降、平介についたあだ名。雄介のクラスでは「逆切れのラブカのおっちゃん」として人気。

ラブカ抱っこツアー【らぶかだっこつぁー】

小松が勝手に立ち上げた思いつき企画。平介が依頼され制作したレプリカを抱っこさせる趣向。意外と繁盛。

ラプサン・スーチョン

正山小種。紅茶の茶葉を松葉で燻したフレイバーティー。

「ラプソディ」

幻の名盤。水落冴子の最高傑作。恐怖や悪意を増幅する性質があるため、ベスト盤CD発売に際しても再録はされなかった。島津は学生時代に速水に一度貸したが返ってこないため中古屋で買い直した。

「La Mer」【ら　めーる】

水落冴子の傑作バラード「夏」の副題。フランス語で「海」。

リスクマネジメント委員会

医療現場の問題を把握して医療事故防止対策を検討するための組織。委員長に呼吸器内科の曳地助教授。バチスタ・スキャンダル以後は田口が委員長に。

「レッツ・カジノ」

螺鈿事件の半年前に掲載された特集記事シリーズ。別宮が企画を強引に通し時風新報で社長賞を受賞。この企画の際も天馬は別宮に潜入取材を依頼されている。別宮はその取材で結城やその娘・茜と知り合った。

レディ・リリィの小部屋

ウェブページ、すみれ・エンタープライズ内の黒い十字架をクリックすると表示される。真っ黒な画面に銀文字で「レディ・リリィの小部屋」と書かれている。そこから先へはパスワードが必要。碧翠院の秘密が隠されたクローズドサークル。

レティノ・グループ

網膜芽腫専門治療研究チームの別称。メンバーは小児科・副島助教授、放射線診断課・島津助教授、眼科・平島助教授。

レディバード

テントウ虫のこと。クラブ・シャングリラのホステス美香が自身を表現。相手が弱ったらすぐ乗換える渡海の性分をダニと表現し、そのダニを食べて生きる自分を「ダニがご馳走、可愛いレディバード」と言っている。

ロング・トール・サリー

ロックの創始者リトル・リチャードらの一九五六年録音の名曲。六週にわたって一位を獲得。ロックンロールのスタンダードナンバーとしてビートルズやレッド・ツェッペリンにカヴァーされている。

わ行

わがままバイオレット

桜宮すみれのあだ名。

『ワトソン・クリックの二重らせんの悪魔』
【わとそん・くりっくのにじゅうらせんのあくま】

曾根崎薫が藤田教授から課された宿題本。ジェームズ・ワトソンとフランシス・クリックの二人はDNA構造モデルの提唱者。

海堂尊
†
ワールド

物語を100倍楽しむための

医療用語事典

監修:海堂尊(医学博士) 協力:清水一範

作中に登場した医療用語を解説。
知っていると、海堂ワールドをさらに楽しめること間違いなし!

あ

IVH【あいぶいえいち】(中心静脈栄養輸血)
中心静脈栄養法。鎖骨下静脈に太いチューブを留置することで、濃い栄養液を投与できる。

アナムネ
初診患者に対して診察前にとる問診のこと。

APGARスコア【あぷがーすこあ】
新生児の状態を評価する基準のこと。0~3点は重症仮死で、人工換気が必要、4~6点は軽症仮死で蘇生術が必要、7~10点は正常。APGARは以下の五項目の頭文字である。A.様子(Appearance) B.心拍数(Pulse) G.刺激反応(Grimace) A.筋緊張(Activity) R.呼吸(Respiration)

アメラノーティック・メラノーマ
悪性黒色腫参照。黒色腫は色素顆粒が細胞質にあるが、色素顆粒が確認できないタイプ。

アンビュー
手動式人工呼吸器のこと。呼吸停止時や人工呼吸器を使えないときに使用する。

EKG【えーかーげー】(心電図)
心電図のドイツ語。ちなみに英語ではECG。

インパクトファクター
特定の一年間において、ある特定雑誌に掲載された論文が平均的にどれくらい頻繁に引用されているかを示す尺度。一般に、その分野における雑誌の影響度を表す。

ウィルヒョウ
ドイツ人の医師、病理学者、政治家(1821-1902)。白血病の発見者として知られる。プロイセン王国の時代に活躍し、政敵は鉄血宰相ビスマルク。

エーアイ
オートプシー・イメージング(Autopsy imaging)の略(Ai)。

SBチューブ【えすびーちゅーぶ】
Sengstaken-Blakemore(セングシュターケン・ブラックモア)管。チューブの二カ所にバルーン(風船)がついている。チューブ挿入後、先端を胃に入れて先端バルーンを胃の入り口で膨らませ、胃静脈を圧迫、食道静脈を虚血化する。次いで手前のバルーンを膨らませ、食道静脈を圧迫止血する。圧迫止血のため、しばらくチューブは入れっぱなしになる。

NICU【えぬあいしーゆー】
新生児集中治療室。

MRI【えむあーるあい】
核磁気共鳴画像法。昔はNMRとも呼ばれていた。CTと並ぶ二大画像診断法。

塩カリ【えんかり】

塩化カリウムの略。静注すると、心房細動を起こす。

エンバーミング（遺体衛生保全）

遺体に消毒、保存処理を施し、必要に応じて修復して、長期保存を可能にしようとする技法。

オーベン

指導医（ドイツ語）。

か

カイザー

帝王切開。ローマ皇帝カエサルがこの方法で生まれたのが語源。

開窓器【かいそうき】

手術の際に術視野を広げるために使用する。

カウンターショック

心臓に直流電通し、心室細動，心房細動などの不整脈を正常に復帰させるために行なう。

鉗子【かんし】

手術において血管や臓器をつかんだり牽引したりするのに使用する。

クーパー

手術中や、処置で使うハサミ。

クロスマッチ

血液交差適合試験。輸血前に行なわれるチェック。異なった血液型だと凝血する。

結紮【けっさつ】

手術で行なう糸結び。

絹糸【けんし】

絹の糸である。結びやすくほどけにくい、値段も安いため日本では手術に使用されている。

ゲフリール（迅速組織診）

術中迅速病理検査の略で、術中に切除した検体を即時に検査すること。

減数分裂【げんすうぶんれつ】

生物細胞の核分裂で、2回の連続した核分裂により染色体数が半減するものをいう。

コッヘル

手術時に血流を止める器具。先端に鉤（かぎ）がついている。細いゴム管などをはさむ時にも使用する。

コンタミ

コンタミネーションの略。科学や医学実験の場における汚染のこと。

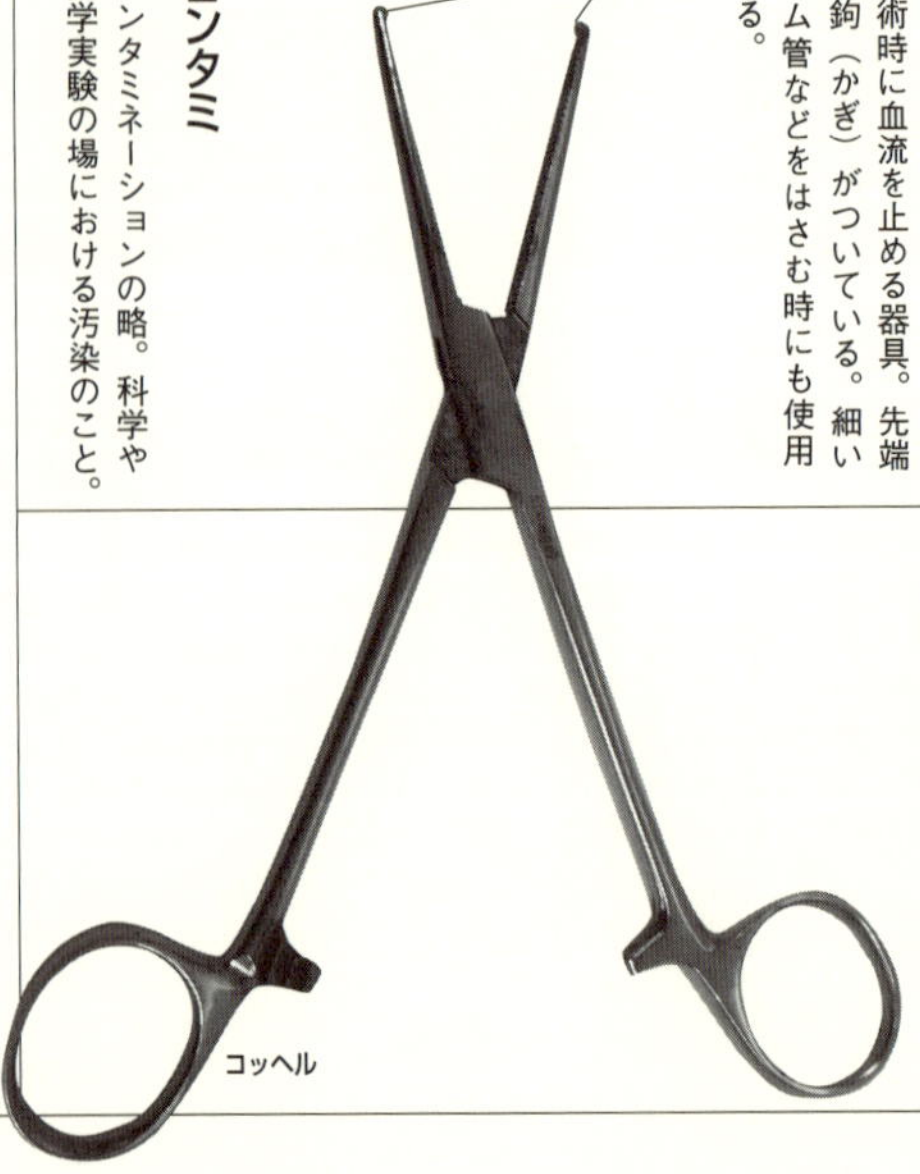

さ

GCS【じーしーえす】**（グラスゴー・コーマスケール）**

意識障害の評価方法。3－8点で

重傷、9–13点で中等度、14–15点が軽度意識レベル傷害。A.開眼、B.言葉応答、C.運動応答の三項目について点数をつけて単純加算する。

シェイク・ヘッド症候群【しぇいく・へっどしょうこうぐん】

虐待の一種。幼児の体を過度に揺さぶることで、脳障害などを起こす。

JCS【じぇーしーえす】**(ジャパン・コーマ・スケール)**

国内でもっとも普及した意識障害の評価法。覚醒レベルを9段階で表す。3段階をそれぞれ3段階に分けるため、三三九度方式ともいわれる。大項目3段階はI.刺激をしないで覚醒、II.刺激をすると覚醒、III.刺激をしても覚醒しない、でそれぞれがまた細かく3段階に分かれている。乳幼児と成人では判定法が異なる。

シャウカステン

レントゲン写真を貼り付けて見る白い電灯付き器具。ドイツ語。

シリンジ

注射器。

心臓カテーテル【しんぞうかてーてる】

カテーテルという細長い管を腕や大腿の動脈から入れ心臓まで到達させて、心臓内部の血圧測定や、造影剤注入による画像診断により、心臓病の種類や重症度を診断する。

ストレッチャー

動けない怪我人や病人を搬送するための、車輪のついた簡易ベッド。

シャウカステン

スナイプAZ1988

食道自動吻合器。小さなホッチキスのような針を円形に配置した器械で、切断した消化管を一度で吻合する医療器具。正式な手術道具であるが、この名称は『ブラックペアン1988』内での創作。

スパーテル

手術時に内臓などを押さえるための金属製ヘラ。

スティヒメス

先端の尖ったメス。

スティヒメス

ゾーナ・ペルシダ

透明体。受精卵発生時に出現する微細領域。

ソフラチュール

フラジオマイシン硫酸塩の貼り薬。やけどや広範な皮膚損傷の際、感染防止に使われる、網目状の貼り薬。

た

短肢症【たんししょう】

四肢の長骨が欠損または発育不全のまま生まれる奇形。

手洗い【てあらい】

手を洗うことであるが、手術前に行なわれる徹底したものを指す。『ブラックペアン1988』第一章に詳しい。

DOA【でぃーおーえー】
来院時死亡（Death on arrival）。現在はCPAOAと言われる。

ディープフリーザー
超低温フリーザー。細胞株の保存や検体保存に用いられる。

ディスポーザブル（使い捨て）
使い捨てできる、の意味。医療処置などの際、汚染を防ぐために使い捨てにする布や器具を指す。

デファン（筋性防御）
腹壁緊張状態。腹腔内の炎症刺激により腹筋部分が板のように硬くなる。

読影【どくえい】
レントゲン、CTなどの診断を行なう。

ドクター・ヘリ
救急専門医および看護師が同乗し、患者を医療機関に搬送する間、救命医療を行なうことのできる救急ヘリコプター。二〇〇八年五月、設置法案が国会を通過し、一般化をめざしている。

トタール（胃全摘出術）
胃を全て切除する術式。胃噴門部癌などで用いられる。

トリアージ・カード
患者重傷度分類。四色で黒、赤、黄、青で救急患者を仕分ける。

ドルック
血圧（ドイツ語）。

な

ナートセット
縫合セット。ナートは縫合を意味するドイツ語。

ニューロレプト系麻酔【にゅーろれぷとけいますい】
神経遮断薬と鎮痛薬とを併用することで意識を残して鎮痛作用だけをもたらす麻酔法。

は

バータード・チャイルド・シンドローム
虐待児症候群。

把針器【はしんき】
縫合の際などに針を持つための器具。

バチスタ
バチスタ氏が考案した拡張型心筋症に対する手術術式。

バッキング
人工呼吸中の咳込み。これが起こると、麻酔管理が悪いと言って外科医が怒る。

PCR【ぴーしーあーる】
断片DNAとDNAポリメラーゼを用いて、目的とするDNA領域を増幅する方法。検出感度がよい分、擬陽性などのエラーも起こりやすい。

PTSD【ぴーてぃーえすでぃー】
心的外傷後ストレス障害。

ビリルビン
胆汁に含まれている色素で、肝疾患などで高値となる。

プルス
脈拍を意味するドイツ語。

吻合【ふんごう】
血管と血管や神経と神経をつないだりすること。

ペアン
コッヘルと同様、止血鉗子の種類で鈎がないもの。

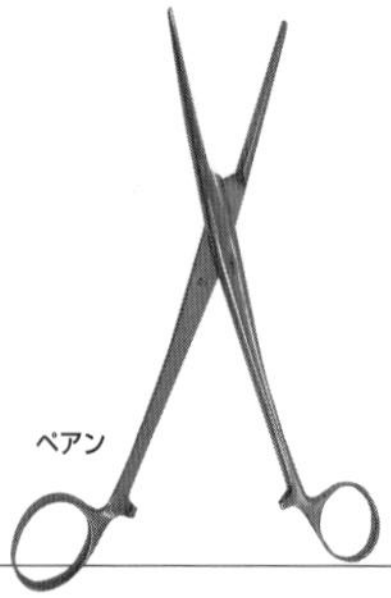

ベッド・コントロール

病棟での入退院管理。

ベッドサイドラーニング

病棟実習。医学生が高学年になって行なう。

ポリクリ

病棟実習。ベッドサイドラーニングのドイツ語。

ま

マッキントッシュ

喉頭鏡。気管内挿管する際に用いる補助具。

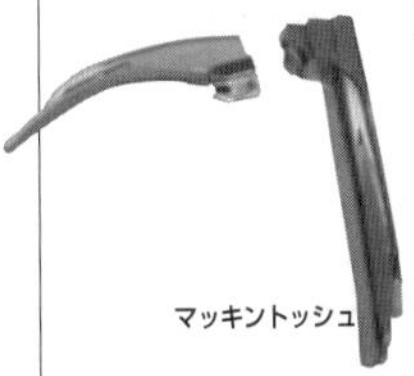

マッキントッシュ

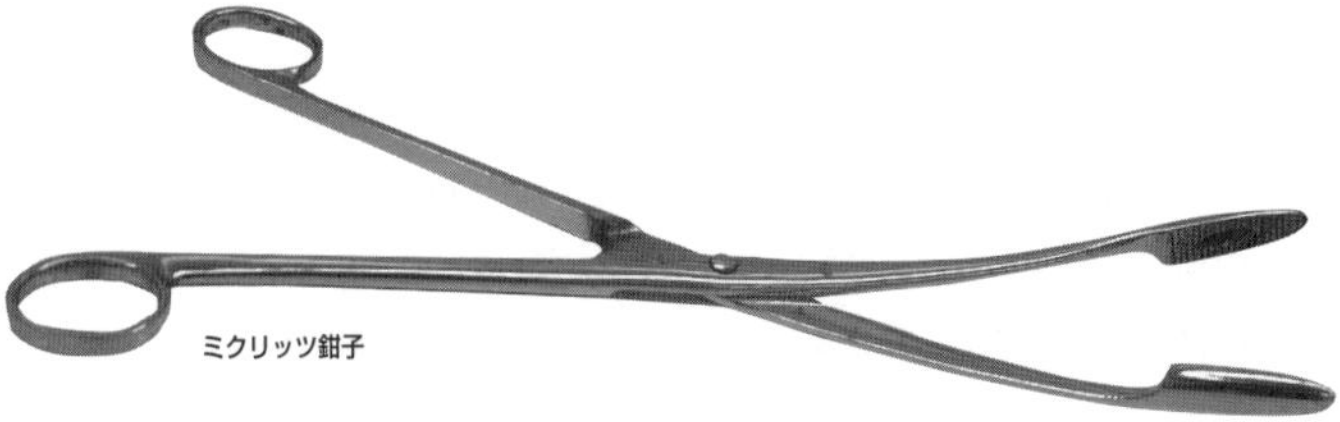

ミクリッツ鉗子

マテリアル（検体）

検査のために採取された生体物質。

マリグナンシー

悪性新生物。

マリグラント・メラノーマ

悪性黒色腫参照。黒色もしくは茶褐色の色素顆粒が細胞質にある。色素顆粒が確認できない亜型はアメラノーティック・メラノーマと呼ばれる。

ミクリッツ鉗子【みくりっつかんし】

腹膜を拡げる専用の腹膜把持鉗子。

無脳症【むのうしょう】

脳の無い胎児となる先天異常。

ムンテラ

ムントテラピー。患者やその家族へ病状や治療法の説明を行なうこと。ドイツ語。

メッツェン

手術に使用するはさみ。正式名称はメッツェンバウム。

ら

ラシックス

利尿剤の一種で、頻用度が高い。

リーク

縫合不全。主に消化管を縫合した時にうまく縫合できておらず漏れてしまうこと。安静による静養もしくは再手術などの処置が必要になる。

レセプト

医療機関が市町村や健康保険組合等に請求する医療費の明細書。

レティノ・ブラストーマ

網膜芽細胞腫。主に小児の眼内に発生する悪性腫瘍。眼球摘出が主な治療法。

海堂世界を総ざらい

カルトクイズ100

海堂 尊
†
ワールド

海堂作品から問題を作成。難問奇問とりそろえた100問にチャレンジして、海堂ワールドの理解度を確認してみよう!

→答えはP254

出題:『チーム・バチスタの栄光』

Q **001** 桐生と鳴海が東城大学医学部付属病院に来る前に所属していた病院は?

Q **002** 田口の珈琲のこだわりの淹れ方は?

Q **003** 白鳥の所持しているたまごっちの元々の持ち主は?

Q **004** チーム・バチスタの臨床工学士、羽場貴之の息子の名前は?

Q **005** バチスタ手術ケース31の患者、アガピ・アルノイドはどこの国の出身?

Q **006** バチスタ手術の正式名称は?

Q **007** 上司に意見し部署を追い出された白鳥が見つけた居場所はどこ?

Q **008** 白鳥の肩書きは二つあるが、大臣官房秘書課付技官ともう一つは?

Q **009** 田口のあだ名、グッチーは何と何を間違えて呼ばれるようになった?

Q **010** 白鳥の褒める時の口癖は?

出題:『ナイチンゲールの沈黙』

Q **011** 水落冴子の曲「夏」の副題は?

Q **012** スペシャル・アンプルのナンバー5は?

Q **013** 佐々木アツシが好きなキャラクターは?

Q **014** 浜田小夜と如月翔子がよく行くファミリーレストランはどこ?

Q **015** 城崎が昔所属していたロックグループの名前は?

Q **016** 杉山由紀が患っている病気の病名は?

Q **017** シトロン星人はどこから来た?

Q **018** 加納が事件現場で行なう捜査手法は?

Q **019** 猫田が毎日行なう恒例の行事は?

Q **020** 白鳥と加納が学生時代に所属していたサークルは?

出題:『ジェネラル・ルージュの凱旋』

Q **021** 水落冴子が緊急入院した神経内科病棟特室は何と呼ばれている?

Q **022** 冴子が噛み切った医療器具の名前は?

Q **023** 救命救急センター部長室に置いてあるヘリコプターの模型の色は?

Q **024** 速水の好物の飴は?

Q **025** 大型ショッピングモールの名前は?

Q **026** ドア・トゥ・ヘブンの考案者は?

Q **027** 看護師の異動時期に行なわれる会議の通称は?

Q **028** 突如看護研修を受けにきた姫宮のトレードマークは?

Q **029** 日本初上陸の有名ブランドで口紅の専門店は?

Q **030** 翔子が常備しているルージュの本数は?

出題:『イノセント・ゲリラの祝祭』

Q **031** 逆さパンダこと西郷綱吉の肩書きは?

Q **032** 信者リンチ事件を引き起こした宗教団体の名前は?

Q **033** 厚生労働省が長年かけて育て上げた国策の秘密兵器は?

Q **034** 彦根が会議室代わりに使用している新興ファミリーレストランは?

Q **035** 加納の愛車は?

Q **036** 高階病院長は米国留学時代、何のクラブに入っていた?

Q **037** 白鳥、坂田いきつけの銀座の焼肉屋の名前は?

Q **038** 厚生労働省医政局長の施設懇談会の正式名称は?

Q **039** 医師が解剖医の資格を取るには何体解剖することが必要?

Q **040** ヨーロッパ版Aiの名称は?

出題:『螺鈿迷宮』

Q **041** 別宮葉子が社長賞を受賞した企画は?

Q **042** 天馬大吉が結城に麻雀で負けて借金した額は?

Q **043** 結城が代表を務める医療関連会社の名前は?

Q **044** 碧翠院桜宮病院の通称は?

Q **045** 桜宮病院の副院長は?

Q **046** 碧翠院の電脳戦士とは誰のこと?

Q **047** 天馬の星座は何座?

Q **048** 姫宮の血液型は何型?

Q **049** 桜宮病院に来た非常勤の皮膚科の医師は?

Q **050** 白鳥が患者を診察する際に使用する医学書は?

出題:『ブラックペアン1988』

Q **051** 帝華大学の外科の第一人者とは誰のこと?

Q **052** 高階が日本の外科手術を変えると豪語した医療器具の名前は?

Q **053** 国家試験落第トトカルチョで一番人気なのは誰?

Q **054** 世良のかつての恋人の名前は?

Q **055** 世良が東城大学医学部サッカー部に所属していた時のポジションは?

Q **056** 小山さんの胃癌摘出手術で血飛沫を浴びて卒倒した学生は誰?

Q **057** 渡海と高階が行なった賭けの商品は?

Q **058** 速水がベッド・サイド・ラーニング終了後、世良に提出したレポートの内容は?

Q **059** 花房が世良と待ち合わせの時に読んでいた本のタイトルは?

Q **060** 渡海がいつも聴いているロックグループの名は?

出題:『夢見る黄金地球儀』

Q **061** 平沼平介の弟、豊介が進学先に選んだ大学の学科は何学科?

Q **062** 「深海七千」の一機あたりの粗利はいくら?

Q **063** 「深海五千」で発見された深海魚の新種の名称は?

Q **064** 桜宮市が「ふるさと創生基金」で作ったものは何?

Q **065** 「深海探査シミュレーション」でBボタン10回連射して出てくる生き物は?

Q **066** 平介とジョーの合言葉は?

Q **067** 平介とジョーが学生時代に奪い損ねたワインの名称は?

Q **068** 「ケズリン・プッチモニ」は何を食べる時に使う機械?

Q **069** ブラック・ドアのバーテン、殿村アイがジョーに作った焼酎の水割りの名前は?

Q **070** 4Sエージェンシーは何の略?

出題:『医学のたまご』

Q **071** 「潜在能力試験」のテスト問題作成者は?

Q **072** 合唱コンクールで1年B組が見事失敗に終わった曲は何?

Q **073** 薫の愛読書は?

Q **074** 桃倉はバッカス派? シトロン星人派?

Q **075** オアフ教授が在籍する大学は?

Q **076** 薫が間違えた『マグニチュードスンスン・マジカル・アイ』の正式名称は?

Q **077** 薫がコンビを組んだ東城大学医学部入学を夢見る少年の名前は?

Q **078** 桃倉のあだ名は?

Q **079** ハイパーマン・バッカスの変身ポーズは?

Q **080** 薫が紹介された教授会は第何回?

出題:『ジーン・ワルツ』

Q **081** マリアクリニックに勤務している助産師は?

Q **082** 理恵の好きな曲は?

Q **083** 神崎貴子は一ヶ月近くどこへアンティーク家具の買い付けに行く予定?

Q **084** 清川が理事を務めている学会の名称は?

Q **085** マリアクリニック院長は誰?

Q **086** 清川の手術手技を賞賛して付いた呼称は?

Q **087** 病棟のナース達が密かに呼んでいる薫のあだ名は何?

Q **088** 青井ユミが好きなキャラクターは?

Q **089** 理恵の好きな飲み物は?

Q **090** 理恵が担当していた講義は何?

出題:『ひかりの剣』

Q **091** 速水の剣道部内の立場は?

Q **092** 東日本医科学生体育大会剣道部門の優勝旗の別称は?

Q **093** 清川がよく聴いている音楽グループは?

Q **094** 高階が帝華大学で呼ばれていたあだ名は?

Q **095** 帝華大学剣道部のマネージャーは誰?

Q **096** 田口たちが入り浸っている雀荘は?

Q **097** 彦根の所属している部活動は?

Q **098** 崇徳館大学医学部の剣道部主将は誰?

Q **099** 清川が、客がいない間は自由に乗り回していいと許されているヨットの名前は?

Q **100** 高階が速水に授ける奥義は?

目指せ全問正解!

カルトクイズ100
アンサー

ここからは答え合わせ。
点数に応じて称号が変わる!
何問正解出来たかチェックしてみよう。

〈称号〉

100点	学長
80~99点	病院長
60~79点	教授
40~59点	准教授
20~39点	講師
10~19点	助教

問	答
001	サザンクロス心臓疾患専門病院（米国・フロリダ）
002	サイフォン式珈琲メーカーで淹れる
003	白鳥の娘
004	雪之丞
005	ノルガ共和国（アフリカ）
006	左心室縮小形成術
007	スターリー・ナイト（星・空・夜）の5番テーブル
008	医療過誤死関連中立的第三者機関設置推進準備室・室長
009	グッチとエルメス（シャネル説は誤り）
010	Bravo!（ブラヴォー）
011	La Mer（海）
012	赤ワイン
013	シトロン星人
014	ジョナーズ
015	バタフライ・シャドウ
016	白血病
017	M57星雲のシトロン星
018	デジタル・ムービー・アナリシス（DMA）
019	午睡（シエスタ）
020	確率研究会
021	ドア・トゥ・ヘブン
022	SB チューブ
023	銀色
024	チュッパチャプス
025	チェリー
026	佐伯清剛
027	オレンジ・ドラフト会議
028	桃色のフレームの眼鏡
029	リップス
030	5本
031	上州大学法医学教室教授
032	神々の楽園
033	メタボ
034	カッコーズ
035	ベンツ・カブリオレ
036	射撃クラブ
037	鳳凰
038	診療関連死死因究明等の在り方に関する検討会
039	20体
040	ヴァートプシー
041	レッツ・カジノ
042	100万円

問	答
072	『翼をください』
073	『ドンドコ』
074	シトロン星人
075	マサチューセッツ医科大学
076	『マグニフィスント・メディカル・アイ』
077	三田村優一
078	モグラ
079	拳を握り、胸の前で両腕をクロス
080	第 765 回
081	妙高みすず
082	ラプソディ
083	ポルトガル・リスボン
084	不妊学会
085	三枝茉莉亜
086	ラパロスコピック・ゴッドハンド（腹腔鏡下手術の神の手）
087	冷徹な魔女（クール・ウィッチ）
088	ハイパーマン・バッカス
089	カモミールティー
090	発生学
091	主将
092	医鷲旗
093	BOØWY
094	阿修羅
095	朝比奈ひかり
096	すずめ
097	合気道部
098	天童隆
099	ポセイドン号
100	一刀流奥義、切り落とし

問	答
043	メディカル・アソシエイツ
044	でんでん虫
045	桜宮すみれ
046	南雲杏子
047	射手座
048	AB 型
049	白鳥圭輔
050	『皮膚病スーパーアトラス』
051	西崎
052	スナイプ AZ １９８８
053	世良雅志
054	祐子
055	サイドバック
056	田口公平
057	セブンスター
058	「すぐに追い抜きます」
059	『サラダ記念日』
060	バタフライ・シャドウ
061	ノルガ語学科
062	5000 万円
063	ボンクラボヤ
064	黄金地球儀
065	ウスボンヤリボヤ
066	ジハード、ダイハード
067	花の巻
068	煮たクリ
069	ハナタレ小僧
070	サヨ・シークレット・システム・セキュリティ・エージェンシー
071	曾根崎伸一郎

海堂 尊（かいどう たける）
1961年生まれ。第4回『このミステリーがすごい!』大賞受賞、
『チーム・バチスタの栄光』（宝島社）にて2006年デビュー。
他の著書に『ナイチンゲールの沈黙』『ジェネラル・ルージュの凱旋』
『イノセント・ゲリラの祝祭』（宝島社）、
『螺鈿迷宮』（角川書店）、『ブラックペアン1988』（講談社）、
『夢見る黄金地球儀』（東京創元社）、『医学のたまご』（理論社）、
『ジーン・ワルツ』（新潮社）、『ひかりの剣』（文藝春秋）がある。
『死因不明社会』（講談社ブルーバックス）にて第3回科学ジャーナリスト賞受賞。

※本書の感想、著者への励まし等は、下記ホームページまで
http://konomys.jp

ジェネラル・ルージュの伝説《でんせつ》
海堂尊《かいどうたける》ワールドのすべて

2009年3月6日　第1刷発行

著　者：海堂 尊
発行人：蓮見清一
発行所：株式会社　宝島社
〒102-8388 東京都千代田区一番町25番地
電話：営業　03（3234）4621／編集　03（3239）0069
振替：00170－1－170829（株）宝島社
印刷・製本：図書印刷株式会社

落丁・乱丁本はお取り替えいたします

ISBN 978-4-7966-6912-2